천천히

오는

기쁨

천천히 오는 기쁨: 이안의 동시 이야기 21

ⓒ 2023 이안

초판인쇄 2023년 4월 27일
초판발행 2023년 5월 11일
지은이 이안
편집 황예인 강지영 원선화 이복희
디자인 장혜미
마케팅 정민호 김도윤 한민아 이민경 안남영 김수현 왕지경 황승현 김혜원 김하연
브랜딩 함유지 함근아 박민재 김희숙 고보미 정승민 배진성
저작권 박지영 형소진 최은진 오서영
제작 강신은 김동욱 임현식
제작처 한영문화사
펴낸곳 (주)문학동네
펴낸이 김소영
출판등록 1993년 10월 22일 제2003-000045호
주소 10881 경기도 파주시 회동길 210
전자우편 kids@munhak.com
홈페이지 www.munhak.com
카페 cafe.naver.com/mhdn
북클럽 bookclubmunhak.com
트위터 @kidsmunhak
인스타그램 @kidsmunhak
대표전화 (031)955-8888
팩스 (031)955-8855
문의전화 (031)955-3576(마케팅) (02)3144-0730(편집)
ISBN 978-89-546-9253-3 03810

*잘못된 책은 구입하신 서점에서 교환해 드립니다. 기타 교환 문의: (031)955-2661, 3580

이안의 동시 이야기 21

문학동네

천천히 오는 기쁨 같은 마음으로

오늘은 반점도 온점도 없이 쓰고 싶어

잠에서 막 깨어난 봄날의 일요일 아침. 이런 마음이나 기분은 어디에서 오는 걸까. 마당가 볕바른 자리에 수선화가 몇 송이 노랗게 피고 히아신스가 보랏빛 꽃대를 봉곳하게 올릴 때면 꼭 이때를 기다렸다는 듯이 몇 년에 한 번은 봄눈이 왔다. 오늘도 봄눈이 예정돼 있고 나는 기다린다. 노란 수선화 위에 얹히는 봄눈의 환한 무게를. 꽃과 눈이 만날 때만 어쩌다 열리는 문장이 오늘도 오기를.

15년 전부터 동시집에 해설을 썼다. 「'사람'을 벗고 '자연'을 입은 시」가 첫 해설 제목인데 지금이라면 '사람'과 '자연'에 붙인 작은따옴표를 떼어주고 싶다. 이 책에 데려오지 못한 해설이 많다. 제목으로나마 일깨우고 싶다.

종심의 눈으로 바라본 시의 세계. 반성과 소망, 순정의 시. 한 알 한 알 따뜻한 달걀의 시. 날아라, 동시. 전봇대는 혼자가 아니야. 안음과 휘어짐의 역설적 운동성. 순하고 다정하게, 돌보고 다독이는 말. 이 하나의 모든 것을 우리가 알 수 있다면. 당신에게도 처음인,. 부재를 비추는 거울의 시간. 어린이의 시간, 동심의 눈. 나도 그런 적 있는 우리들 이야기. 재미나고 맛있고 순한 동시의 말.

어느 글도 사랑 아니면서 쓴 글은 없다. 동시집의 뒷자리에 놓이는 해설은 사랑으로만 가능한 글이어서 나는 매번 내 사랑의 부족과 한계에 절망했다. 첫 문장의 실마리가 풀려나오기 전까지 읽고 또 읽고 녹음하고 듣고 필사하기를 반복했다. 당신의 이름을, 당신에게 알맞은 목소리로 부를 줄 아는 사람이 되고 싶었다.

「초대와 환대의 동시-판을 위하여」는 내 창작과 비평이 딛고 서 있는 바탕이다. 동시 입문 이후 공부의 모든 것을 압축해 놓았다. 21편의 해설은 독자적으로 읽힐 수 있게 지금의 관점에서 수정하고 보완하였다. 해설 이후 보론이 필요한 경우 「더 나아간 세계 읽기」를 두어 오늘에 이른 길과 내일이 내다보이게 했다.

첫 평론집을 낸 지 가득 9년이 되었다. 인사드릴 이들이 더 늘었다. 동시의 길을 함께 마중하는 동무들, 월·화·수·목요일의 벗들, 블랙 동지들, 동시 협력자 초등 선생님들, 언제나 최고의 조언으로 함께하는 문학동네 편집부에 감사드린다. 김이구의 부재는 여전히 애통하다. 송선미 시인께는 언제나 애쓰면서 더 나아지려는 태도를 배운다. 나를 더욱 다그쳐 조금이라도 더 나아가도록 만들어 주는 이 시대의 빛나는 시인들께 사랑과 존경을 바친다. 당신들 덕분에 동시라는, 불가능한 가능 건축의 꿈을 자꾸만 꾸게 된다. 안 오는 게 아니라 아직 오지 않았을 뿐인 천천히 오는 기쁨 같은 마음으로 당신의 말을 더 깊이 들을 줄 아는 귀를 갖고 싶다.

2023년 봄
이안

차례

제3부

불가능을 더듬어 가는 가능의 언어들

초대와 환대의 동시-판을 위하여

동시의 인카운터 부문
후보를 찾아서

베를린국제영화제는 2023년 제73회를 맞는 세계적인 영화제이다. 2020년에는 인카운터(Encounters) 부문을 신설하였는데, 전통적인 형식의 경쟁 부문과 달리 새로운 시도를 한 픽션과 다큐멘터리를 소개한다. 영화제 집행위원장은 인카운터 부문에 대해 "영화를 사전 정의된 예술형식으로, 도달해야 하는 어떤 표준으로 간주하지 않고, 우리가 살고 있는 우주와 같이 지속적으로 확장하는 장으로 받아들이는 영화감독을 초대하는 장"이라고 설명했다. 그리고 홍상수 감독의 영화 〈물 안에서〉를 인카운터 부문에 초청하며 다음과 같은 초대장을 보냈다. "우리는 〈물 안에서〉를 봤고, 영화의 미니멀리즘을 즐길 수 있었다. 모든 숏에 담긴 일관성과 정확함의 즐거움을 경험했다. 이 작품으로 홍상수 감독은 그의 시적 비전을 새로운 스타일을 통해 전달해 냈다고 생각한다. 우리는 이 성취를 사랑한다."[1]

기사를 읽자마자 나는 이것이 동시에 관한 이야기면 좋겠다는 바람에 휩싸였다. 동시를 위한 세계 무대가 있고 거기에 우리 동시가 초대되는 상상. 그러니 이것은 출품된 신작 동시집을 읽고 먼 곳에서 보내온 초대장의 문장들. "우리는 당신의 신작 동시집을 읽었다. 동시의 미니멀리즘을 즐길 수 있었다. 모든 곳에 담긴 일관성과 정확함의 즐거움을 경험했다. 이 동시집으로 당신은 자신의 동시적 비전을 새로운 스타일을 통해 전달해 냈다고 생각한다. 우리는 이 성취를 사랑한다." 게다가 이것은 전통적인 동시 형식에 도전하는 인카운터 부문의 초대장이어서 더욱 의미롭다. "동시를 사전 정의된 예술 형식으로, 도달해야 하는 어떤 표준으로 간주하지 않고, 우리가 살고 있는 우주와 같이 지속적으로 확장하는 장으로 받아들이는 동시인"으로 초대받은 거니까.

애석하게도 동시를 위한 세계 무대의 출범이 아직은 요원하므로, 1990년대 말 이후 우리 동시의 흐름에서 새롭게 주목할 만한 텍스트의 리스트를 국내용으로라도 먼저 작성해 본다면 어떨까. 전통적인 형식의 경쟁 부문을 포함해서 인카운터 부문에 초대할 만한 후보 성격의 리스트를 폭넓게 소환해 재배치해 보는 것이다. 무라카미 하루키는 '오리지널이 되기 위한 기본 조건'으로 남과 구분되는 독자적인 스타일을 가졌는가, 자발적·내재적인 자기 혁신력을 갖추었는가, 가치 판단 기준의 일부로 편입되거나 다음 세대의 풍부한 인용원이 되는가 등을 꼽았는데[2], 이를 리스트 작성 기준으로 가져와 보는 것이다. 이 기간 동안 전통적인 동

---

1   2023년 1월 23~24일 사이의 언론 기사 참고.

2   무라카미 하루키, 「오리지낼리티에 대해서」, 『직업으로서의 소설가』, 양윤옥 옮김, 현대문학, 2016

시의 형식을 새롭게 하거나 이러한 전통으로부터 조금이라도 달아난 자리, 한 발자국쯤 빕더선 자리에서 자기만의 목소리를 만들어 내고 그럼으로써 동시 창작과 비평의 새로운 오리지낼리티가 된 것에는 무엇이 있을까.

겨레아동문학선집 겨레아동문학연구회에서 엮은 근대 동화·동시 선집. 1999년 4월 보리에서 펴냈다. 8권까지가 동화, 9권(김소월 외 『엄마야 누나야』)과 10권(권태응 외 『귀뚜라미와 나와』)이 동요·동시이다. 9권과 10권은 1920년대에서 1950년 한국전쟁 전까지 대략 30년 동안 여러 지면에 발표된 동요·동시 가운데 78인의 177편을 가려 실었다. 정지용이 14편으로 가장 많고, 이원수·윤복진·윤석중·권태응 각 10편, 윤동주 7편, 강소천·남대우·박목월·김영일 각 5편, 백석 4편, 김소월·윤극영·최순애·신고송·김오월·현동염 각 3편, 방정환·주요한·천정철·정열모·박고경·이동규·김태오·오장환·노천명·이태준·조지훈·한하운·송돈식·한인현 각 2편, 나머지는 1편이 수록되었다.

전통적인 동시의 형식과 내용, 어조, 규모, 시적 대상을 대하는 태도와 윤리, 동시의 내용이자 독자로서의 어린이, 동시와 사회 문제, 동시에서 허용될 수 있는 비유의 적정선 등 이 책을 기준 삼아 동시 창작과 비평에 관한 여러 질문을 던지고 답을 궁구(窮究)해 갈 수 있다. 이 책이 있기에 우리는 여기로부터 멀리까지 갈 수 있고, 간 다음엔 다시 돌아와 잘못 간 것은 아닌지 대어 볼 자리를 가지게 되었다.

이 책의 가장 큰 공헌은 전통적인 동시의 형식과 내용의 범주를 제시했을 뿐 아니라(그런 점에서 이 책은 인카운터 부문이 아닌 경쟁 부문에 속한다.), 한국전쟁 이후 동시와 단절된 길을 걷는 시단의 시인들을 다시 동시 쪽으로 초대하고 싶게 만들었다는 점이다. 그리하여 정지용·박목월·백석·윤동주·오장환 같은 시단의 시인들이 대거 동시 쓰기에 참여했던, 『겨레아동문학선집』에 수록된 시기 같은 '동시의 시대'를 우리 시대에 재현하는 것, 그런 동시-판을 이 책은 상상하게 했다. 독서 시장의 반응은 예상을 웃돌았다. 『엄마야 누나야』는 2020년 25쇄, 『귀뚜라미와 나와』는 2021년 30쇄를 찍었다.

콩, 너는 죽었다 『겨레아동문학선집』에 몇 달 앞서 1998년 11월 실천문학사에서 출간한 김용택의 첫 동시집. 2018년 12월 문학동네 동시집 시리즈로 재출간하기까지 20년 동안 72쇄를 찍었다. 이 책이 나오기 전까지 "동시집은 읽기 지루한 책"[3]이라는 인식이 두루 퍼져 있었고 흐트러진 자세로 읽어서는 안 될 것만 같은 옳은 말들, 동심보다 정심(正心)에 가까운 말들이 빼곡했다. 김용택은 달랐다. 연필을 겨우 떨어뜨리지 않을 만큼만 힘을 주고, 그러니까 최대한 힘을 빼고 쓴 동시가 대부분이었다.

『콩, 너는 죽었다』 안에서 시인과 독자, 어른과 어린이, 동시와 독자는 허물없이 한통속이 되었다. 동시(童詩)에 어린이를 어떻게 담아내고 마중하는 게 좋을지를 가늠하게 했다. 이 책은 『시정신과 유희정신』(이오덕, 창작과비평사, 1977/개정판 양철북, 2020) 이래 지속되어 온 주제와 의미 중심 흐름에 1차 균열을 냈고 새로운 동시 창작과 비평을 향한 질문과 상상력을 촉발했다.

그러나 김용택이 동시 장르에 대한 어떤 작정이나 문제의식을 갖고 이

---

3   김이구, 「우리 동시와 근대 의식」, 『어린이문학을 보는 시각』, 창비, 2005
    이 문장으로 시작하는 첫 문단은 다음과 같다. "동시집은 읽기 지루한 책이다. 많은 작품을 빼곡하게 실은 책도 그렇고, 그림을 많이 넣어 눈을 시원하게 해 주는 책도 마찬가지다. 그렇지만 좋은 점도 있으니, 어려운 말이 거의 없고 이해하기도 대체로 수월해, 웬만큼 내용이 있는 책이면 하루 저녁에 한 권을 어렵지 않게 읽어 낼 수 있다."

책을 쓴 건 아니었다. 당시 실천문학사 대표였던 김영현의 출간 제안에 김용택이 손사래를 치며 한 말은 "에이, 안 돼, 그게 동시 축에 끼겠니? 우리 반 애들이 쓸 때 나도 그냥 써 본 거야."⁴였다. 이 책이 시단의 시인들을 동시 쪽으로 불러들이는 데까지 힘이 미치지 못했던 것은 이렇듯 장르에 대한 문제의식의 부재에도 원인이 있었을 것이다.

『콩, 너는 죽었다』 이전에 영향력이 큰 동시집은 『개구쟁이 산복이』(이문구, 창비, 1988/개정판 2017)와 『탄광마을 아이들』(임길택, 실천문학사, 1990/개정판 2004)이었다. 이문구는 동시의 흐름과 무관한 자리에서, 임길택은 『시정신과 유희정신』에 가까운 자리에서 동시를 썼을 것이다. 이문구와 임길택은 동시의 길을 걸으려는 이들에게 창작의 계기와 에너지를 공급하는 서로 다른 오리지널리티였다.

샛강 아이 37세의 나이로 생을 마감한 류선열(1952~1989)의 유고 동시집. 푸른책들에서 2002년 12월 초판 1쇄, 2008년 10월 2판 1쇄를 찍고 2015년 9월 문학동네에서 '잠자리 시집보내기'란 제목으로 개정판을 냈다. 류선열 동시는 평지에서 솟아오른 듯 홀로 우뚝한 세계다. 느닷없고 아연하다. 1980년대에 어떻게 이런 세계의 건축이 가능했는지 한국 동시의 흐름 안에서는 설명이 불가능하다. 충주댐 담수로 삶의 터전이 수몰될 위기에 처한 1984년, 그는 수몰로부터 이야기를 건져 내 독보적인 산문동시의 세계를 건축해 낸다. '동시라는 구조의 건축'이란 말이 어울리는 독보적 시인이다. 동시에 무엇을, 어떻게 담아낼 것인가 하는, 창작자가 품은 문제의식의 크기가 그가 이루어 낼 작품세계의 크기를 결정짓는다는 사실을 증명해 보였다. 류선열이 방법적 궁리와 실험 끝에 만들

---

4 김용택, 『콩, 너는 죽었다』, 문학동네, 2018, 책머리에

어 낸 오리지낼리티는 송진권의 『새 그리는 방법』(문학동네, 2014)으로 일부 이전되고 계승된다.

백창우의 동시 노래 작업 백창우는 일찌감치 여러 권의 시집을 낸 시인이지만, 노래를 품은 시와 시인을 놓치지 않고 발견해 낸다는 점에서 또한 번 시인이고, 누락될 뻔한 시와 시인을 발견하여 새롭게 드러낸다는 점에서 시 해석자 겸 비평가이기도 하다. 그는 〈내 하나의 사람은 가고〉(임희숙), 〈내 사람이여〉(이동원), 〈부치지 않은 편지〉(김광석), 〈겨울새〉(안치환), 〈보리피리〉(정태춘) 등 히트작을 만든 것 못지않게, 아니 그 이상의 공헌을 동시 쪽에 남겼다. 『이원수 시에 붙인 노래들』(1999)을 시작으로 전래동요(1999), 어린이시(2002), 이문구(2002), 권태응·김용택(이상 보림, 2003), 이오덕·권정생(보리, 2010), 2000년 이후의 동시에 곡을 붙인 『내 머리에 뿔이 돋은 날』『초록 토끼를 만났어』(이상 왈왈, 2017) 등 악보집이 포함된 수많은 음반을 냈다. 그의 작업은 동시사적 맥락에 닿아 있는 종적인 것이면서 2000년 이후 동시의 현장을 담아낸 횡적인 것이기도 하다. '노래로 도는 동시 한 바퀴'라 할 만하다. 동시를 사랑하는 시인과 독자로 하여금 동시를 더 아끼고 사랑하도록 만들었지만, 그의 작업에 대한 전문적인 연구와 비평은 전무하다시피 하다. 이와 함께 고승하, 김재욱, 김은선 등의 동시 노래 작업도 자세히 살펴 기록해 둘 필요가 있다.

말놀이 동시집 1980년대 이후 한국 시단에서 두터운 오리지낼리티를 구축한 최승호가 2005년부터 2010년에 걸쳐 다섯 권으로 비룡소에서 낸 동시집(개정판 2020). 기존 동시집과 달리 시원스럽고 큼직한 판형과 활자, 윤정주의 그림이 절묘하게 결합되어 만듦새만 보고도 새로운 동시집이란 인상을 효과적으로 구현해 냈다. 1권부터 5권까지 모음, 동물, 자음, 비유, 리듬으로 나누어 짰으며 수록작은 모두 371편이다. 2011년과 2013년에는 이 가운데 42편을 골라 두 권짜리 『최승호·방시혁의 말놀이 동요집』(비룡소)으로 묶어 냈다.

『콩, 너는 죽었다』와 달리 이 책은 동시 장르에 대한 작정과 문제의식이 만들어 낸 것이다. 아직도 적잖이 오해되고 폄하되고 있는 최승호의 이 작업은 『시정신과 유희정신』 이래 비대해진 의미와 주제의 무게만큼 언어 자체와 어조, 이미지, 리듬, 무의미, 난센스, 동시의 주체이자 독자로서의 어린이, 언어유희, 구조 등 동시를 이루는 기본 요소를 실험하고 되살리고 재구조화함으로써 시정신과 유희정신 사이의 균형을 이루려는 문제의식에 따른 것이었다. 한국 동시사 전체를 통틀어 가장 큰 기획이자 모험이었으며[5] 『시정신과 유희정신』에 창작물로 맞서는 두툼한 반론이었다.

최승호의 동시 작업은 '동시야 놀자' 시리즈 속으로 들어가기도 하고(『펭귄』, 비룡소, 2007/개정판 2020), 랩이나 카툰과 결합하기도 하며(『최승호·뮤지의 랩 동요집』, 중앙북스, 2015; 『치타는 짜장면을 배달한다』, 문학동네, 2016; 『얼룩말의 생존 법칙』, 문학동네, 2018), 한글그림 동시집(『물땡땡이들의 수업』, 상상, 2022)의 형태로도 이어지고 있다.

해묵은 동시를 던져 버리자 김이구가 『창비어린이』 2007년 여름호에 발표한 평론. 부제는 '동시를 살리는 길'이다. 이 글은 한국 동시가 2010년대로 진입하는 길목에, 누구도 피해 갈 수 없는 자리에 정확히 놓여 있다. 김이구가 2005년의 동시를 돌아보며 쓴 「삶의 동시와 상상력의 동시」 첫 문

---

5   이안, 「동시단 10년 약사(略史)를 위한 시론(試論)」, 『내일을 여는 작가』 2015년 상반기호.

장은 "동시단의 흐름이 뚜렷이 드러나지 않는 가운데 좋은 시집이 간간이 나오고 있다."[6]였다. 2005년과 2007년 사이에 무슨 일이 있었던 걸까. 최승호의 『말놀이 동시집』과 비룡소 '동시야 놀자' 시리즈 외에 안도현의 『나무 잎사귀 뒤쪽 마을』(실천문학사, 2007)이 이 글 전에 출간됐다.

경향신문 2007년 4월 2일자 기사의 제목은 "'동시 활짝 피었네' 안도현·도종환·김기택 등 동시집"[7]이었고, 김이구는 이 기사의 인터뷰이로 인용되었다. 「해묵은 동시를 던져 버리자」 원고를 준비하는 과정에서 이루어졌을 이 인터뷰에 인용된 김이구의 말은 "누가 쓰느냐보다 어떻게 쓰느냐가 중요한 것 같다" "시를 잘 쓴다고 해서 꼭 동시를 잘 쓰는 건 아니지만 최근 동시를 발표하는 시인 대부분은 시 속에 이미 동시적 감수성이 들어 있는 경우" "동시에 대한 대중의 관심이 커지는 건 좋지만 그동안 꾸준히 동시를 써 온 시인들에 대해서도 주목해야 할 것" 등이었다. 요컨대 문학적 역량을 갖추었으며 대중적 영향력이 있는 시단의 중견 시인들(제3세력, 외부 세력)이 동시를 쓰기 시작했다 → 독서 시장의 반응도 분명하다 → 이럼에도 조용하기만 한 '동시 동네'를 흔들고 깨워 살리자면 어떻게, 무엇을 해야 하는가. 이것이 「해묵은 동시를 던져 버리자」에 담긴 문제의식이다.

김이구의 진단과 처방은 명료했다. 관습적인 작법을 되풀이하게끔 작용하는 낡은 어린이 인식을 갱신하고, 동시단에 없는 4무(4無, '시적 모험이 없다' '자기 작품을 보는 눈이 없다' '비평다운 비평이 없다' '타자와의 소통이 없다')를 깨뜨릴 것, 제3세력을 적극 끌어안아 동시단의 내부 자산으로 삼을 것. 이 글이 발표된 이후 동시단의 흐름은 그가 제기한 '4무 현상'이

---

6   김이구, 「2005년의 아동문학」 중 'Ⅱ. 동시' 부분, 『2006년 문예연감』, 한국문화예술위원회, 2006; 『해묵은 동시를 던져 버리자』, 창비, 2014

7   김이구는 이 기사의 제목과 날짜를 각주에 소개했다.

발전적으로 해소되는 쪽으로 움직였다.[8] 그의 비평이 마치 자기실현적 예언으로 귀결되기나 하는 것처럼.

김이구는 이 글 이후에 「껍데기를 벗고 벌판으로 가자 ― 동시를 살리는 길 2」(『어린이와 문학』 2007년 11월호), 「오늘의 동시, 어디까지 왔나」 (『창비어린이』 2012년 가을호), 「동시의 생태계, 동시의 희망」(『창비어린이』 2014년 봄호) 등으로 동시-판을 살리기 위한 방략을 이어 간다. 그뿐만 아니라 「'동시 독자' 어린이를 기다리는 시」(『동시마중』 2010년 9·10월호), 「아이디어를 버려야 동시가 산다」(『동시마중』 2011년 1·2월호), 「반복할까, 말까」(『동시마중』 2011년 3·4월호), 「동시, 짧아야 하나 ― 김바다 '눈물의 씨앗'을 읽으며」(『동시마중』 2012년 7·8월호) 등 동시 창작과 비평에 참고할 만한 논점을 지속적으로 제출한다. 평론집 『해묵은 동시를 던져 버리자』 (창비, 2014) 출간 이후 쓴 「오늘의 우리 동시를 말한다 ― 난해함, 일상성, 동심주의의 문제」(『창비어린이』 2015년 겨울호)는 김제곤이 같은 잡지 2015년 여름호에 발표한 「황금시대는 도래했는가 ― 최근 동시 흐름에 대한 진단」에 대한 반론 성격의 글이었는데, 이 글에서도 그는 어린이 화자 논쟁[9] 때와 마찬가지로 해당 논점들에 대해 더 풍성하게 열린 시각을 보여 주었다.

김이구가 동시 비평에서 보인 일관된 태도는 "약점에 눈길을 주기보다 새로운 감각과 지향에 주목해야 한다."는 것이었다(「껍데기를 벗고 벌판으

---

8   김이구가 주선하여 성사시킨 서울문화재단 산하 연희문학창작촌의 연희목요낭독극장(2011년, 2013년, 2014년, 2015년 총 4회), 『동시마중』에서 12회에 걸쳐 진행한 '동시 톡톡', 20회에 이르는 심층 인터뷰(『동시마중』의 '이바구' 꼭지) 등도 김이구가 제기한 '4무 현상'을 깨뜨려 나가려는 목적에 따른 것이었다.

9   김이구 「동시의 화자 문제와 동시의 미학 ― 이지호 '어린이 화자 동시 비판'을 읽고」(『해묵은 동시를 던져 버리자』) 참고. 어린이 화자 논쟁의 전개 순서는 김유진 『언젠가는 어린이가 되겠지』에 잘 정리돼 있다.

로 가자」). 어쩌면 평론가이기만 해서는 도달할 수 없는 감각과 안목을 그는 창작자이자 편집자이기도 한 것으로써 획득했다. 그가 꿈꾼 것은 '초대와 환대의 동시-판'에서 이루어지는 생기와 흥성거림이 아니었을까. 다음 문장은 그가 동시 앞에 놓아 준 유지(遺志)로 읽힌다. "2010년대 이후 동시 창작이 활성화되는 추세가 희망의 씨앗이 되어 싹을 틔우고 잎을 피우려면 무엇보다도 생태계의 여러 국면에서 어린이들 속으로 파고들려는 구체적인 노력들이 더 진행돼야겠다. 동시가 좋아 동시를 쓰는 어른들도 발 벗고 나서서 서로 생각과 마음을 나누고, 자그마한 움직임에도 함께하며 뜨거운 응원을 보낼 일이다."(「동시의 생태계, 동시의 희망」)

김이구 이후 출간된 김유진의 『언젠가는 어린가이 되겠지』(창비, 2020), 김륭의 『고양이 수염에 붙은 시는 먹지 마세요』(문학동네, 2021), 김제곤의 『동시를 읽는 마음』(창비, 2022), 김재복의 『다정의 세계』(창비, 2022)는 조금씩 다르게 그려 낸 동시 지형도이자 비전을 내장한 담론이다. 학문적 연구로는 김제곤의 「윤석중 연구」(인하대학교 박사학위 논문, 2013; 『윤석중 연구』, 청동거울, 2013)가 한쪽으로만 취사선택되고 있는 윤석중을 균형감 있게 재해석하게끔 안내했고, 김유진의 「'본격동시' 담론 연구」(인하대학교 박사학위 논문, 2015; 『한국 현대 동시론』, 청동거울, 2023)는 1960~70년대 동시 쟁점을 체계적으로 바라보게끔 도왔다.

개성적이고 심층적인 동시 읽기를 보여 주는 송선미, 김준현, 이유진, 우경숙의 동시 평론과 동시집 해설의 형태로 제출되는 유강희, 김개미, 송미경의 글은 동시 읽기에 깊고 풍성한 재미를 주었다.

동시집 시리즈 '동시야 놀자'는 비룡소에서 2007년부터 시작한 동시집 시리즈이다. 세 가지 특징이 있다. 필진을 동시단이 아닌 시단의 시인들로 짰고, 각 권마다 테마를 부여했으며, 독자 연령을 초등학교 1~2학년 정도로 제한했다. 이를 통해 시단의 시인들을 적으나마 동시쪽으로 초대했고, 한 권의 동시집 안에 소재적 일관성을 부여할 수 있었으며, 발상과 발성의 높낮이를 독자 연령에 맞게 조율함으로써 창작과 감상의 수월성을 높일 수 있었다. 구체적인 연령의 현실을 살아가는 동시 독자로서의 어린이를 주목하게 한 것이다. 2007년 첫해에 다섯 권을 내며 의욕적으로 출발했지만, 2008년과 2009년에 각각 한 권만 나오는 등 출간 간격이 벌어지며 처음의 압력을 이어가지는 못했다. 열다섯 번째 책(유희윤, 『바위굴 속에서 쿨쿨』, 2022)부터는 비룡소동시문학상 수상 작품집이 편입되면서 동시단의 시인도 이 시리즈 필진에 들어가게 되었다. 8권(박목월, 『오리는 일학년』)과 9권(윤석중, 『달 따러 가자』)은 시리즈 출범 이전에 출간되었다가 나중에 포함된 경우다. '동시야 놀자' 시리즈 출범 초기에는 독자 반응과 무관하게 기획 동시를 둘러싼 논란이 일기도 했지만, 지금은 『티나의 종이집』(김개미, 천개의바람, 2021), 『레인보우의 비밀 동시집』(강정연, 사계절, 2021), 『더하고 빼기만 해도』(별다름, 소원나무, 2022)처럼 조금도 이상하지 않은 일이 되었다.

문학동네는 2008년부터 일정한 수준과 속도로 동시집을 출간해 왔다. 2022년까지 86권을 출간했으므로 14년 동안 한 해 평균 6.14권, 두 달에 한 권씩 출간한 셈이다. 선집 2권(9번, 52번)을 뺀 84권 가운데 시인의 생애 첫 동시집이 39권이고, 여성 시인의 동시집은 24권, 시와 동시를 겸하는 시인의 동시집은 넉넉잡아 48권이다. 적잖은 신인을 발굴하고 시단의 시인들을 꾸준히 동시 쪽으로 초대했음을 알 수 있다. 안도현이 첫 기획위원으로 시리즈의 라인업을 짰고, 2019년부터 유강희가 기획위원으로 함께하고 있다. 시리즈의 초기 편집자들이 현재까지 체제를 이어 오면서 동시를 읽고 동시집을 만드는 안목을 두텁고 단단하게 쌓아 올렸다. 곽해룡의 『맛의 거리』(2008), 김륭의 『프라이팬을 타고 가는 도둑고양이』(2009), 유강희의 『오리 발에 불났다』(2010), 송찬호의 『저녁별』(2011), 김개미의 『어이없는 놈』(2013), 송선미의 『옷장 위 배낭을 꺼낼 만큼 키가 크면』(2016), 신민규의 『Z교시』(2017), 송현섭의 『착한 마녀의 일기』(2018), 방주현의 『내가 왔다』(2020) 등은 2010년 이후 가장 인용 빈도가 높은 생애 첫 동시집이 되었다. 송찬호의 『초록 토끼를 만났다』(2017), 송진권의 『어떤 것』(2019), 김준현의 『토마토 기준』(2022)은 첫 동시집과 차이를 만들어 낸 두 번째 동시집이다. 『글자동물원』(이안, 2015), 『초록 토끼를 만났다』, 『무지개가 핀 방이봉방방』(김창완, 2019), 『여우와 포도』(송찬호, 2019)엔 해설을 두지 않았고, 여성 시인[10] 5인(김개미·송선미·임복순·임수현·정유경) 동시집 『미지의 아이』(2021)에는 저자 5인의 인터뷰로, 『토마토 기준』에는 어린이 독자 8인의 추천사로 해설을 대신했다.

현재 제10회까지 수상자를 배출한[11] 문학동네동시문학상 수상 작품집 가운데 제9회 수상작인 조정인의 『웨하스를 먹는 시간』(2021)은 김용택의 『콩, 너는 죽었다』와 더불어 중국 출판 그룹 '상해99문화'와 중국어판 출판 계약이 이루어져 한국어의 국경을 넘는 동시집이 되었다.[12] 수

---

10 동시에서의 여성적 글쓰기와 관련한 글은, 이안 「시가 가는 길은 늘 새길─정유경 동시집 『까만 밤』」(『다 같이 돌자 동시 한 바퀴』, 문학동네 2014), 이안 「다음호에 계속─첫 번째」(『동시마중』 2019년 5·6월호)의 '독버섯?' 항목, 김유진 「동시와 청소년시의 여성 화자」(『아동청소년 문학연구』 26호, 2020; 『언젠가는 어린이가 되겠지』, 창비, 2020), 송선미 「동시와 여성주의와 나─미지의 당신들께」(『어린이와 문학』 2021년 여름호) 참고.

11 제8회는 수상자를 내지 않았다.

12 동시집이 한국어의 국경을 넘어 세계 문학적 지평을 획득할 때가 되었다는 주장은, 이안의 「동시의 세계 문학적 가능성」(『동시마중』 2019년 9·10월호) 참고.

상자 9인 가운데 7인[13]이 시와 동시를 함께 쓰는 시인이란 점도 눈여겨 봄 직하다. 김준현, 임수현은 창비어린이 신인문학상 동시 부문을 수상한 직후에 이 상을 수상했고, 송현섭, 임수현은 이 상 수상 후 창비 좋은어린이책 원고 공모 창작 부문을 동시집으로 수상했다.[14] 이 시리즈의 전체 통계는 아니지만 2015년에 나온 권오삼의 『라면 맛있게 먹는 법』이 22쇄, 『글자동물원』이 33쇄를 찍었다.

같은 기간 창비 동시집은 51권이 나왔다. 『수박씨』(최명란, 2008), 『너 내가 그럴 줄 알았어』(김용택, 2008) 이후에 출간된 『아빠를 딱 하루만』(김미혜, 2008)부터는 양장본에서 무선 제본으로 사양이 바뀌었다. 이정록의 『콧구멍만 바쁘다』(2009), 정유경의 『까불고 싶은 날』(2010)과 『까만 밤』(2013), 남호섭의 『벌에 쏘였다』(2012), 문현식의 『팝콘 교실』(2015), 김미혜의 『안 괜찮아, 야옹』(2015), 유강희의 『손바닥 동시』(2018), 김개미의 『레고 나라의 여왕』(2018), 송현섭의 『내 심장은 작은 북』(2019) 등은 비교적 인용 빈도가 높은 동시집이 되었다. 『팝콘 교실』이 28쇄, 『콧구멍만 바쁘다』가 20쇄, 『너 내가 그럴 줄 알았어』가 18쇄를 찍었다. 동시집 판매에 영향을 끼치는 요소로는 개별 동시집이 보유한 대중적 자질 외에 교과서 수록 여부, 전국초등국어교과모임 교사들을 중심으로 전파되는 온작품 읽기(한 학기 한 권 읽기)[15] 도서 선정 여부, 한우리 같은 독서 교육 회사나 웅진, 대교 같은 교육출판사들의 납품 도서 선정 여부 등이 있다.

---

13 김개미(1회), 김륭(2회), 김준현(5회), 송현섭(6회), 임수현(7회), 조정인(9회), 최휘(10회)는 시단에서도 활동한다.

14 송현섭의 『내 심장은 작은 북』(2019)은 제23회 창비 좋은어린이책 창작 부문 수상작으로서 동시집으로는 이 공모의 최초 수상작이 되었다.

15 동시집 온작품읽기에 참고할 만한 최근 성과로는 『동시에 고리 걸기』(전국초등국어교과모임 서울남부 쌀떡밀떡, 삶말, 2022)가 있다. '동시의 시대' 구성과 관련하여 초등 교사의 역할과 중요성을 다룬 글은 이안 「동시 협력자들의 시대」(『동시마중』 2017년 9·10월호) 참고.

좋은 동시집 출간이 늘면서 동시집 독서 시장이 확대되고 이는 다시 동시집을 출간하는 출판사의 증가를 불러왔다. 동시 생태계의 선순환 시스템이 작동하기 시작한 것이다. 꾸준히 동시집을 출간해 온 사계절, 푸른책들, 국민서관, 청개구리, 가문비어린이, 고래책빵, 열린어린이, 문학과지성사 외에 독특한 판형의 동시집을 이어가는 토토북, 묵묵한 색깔을 지닌 동시집을 선보이는 한그루, 청색종이, 브로콜리숲, 천개의바람, 현북스, 도토리숲 등도 새롭게 눈에 띈다. 안도현이 기획위원으로 참여하는 '상상 동시집' 시리즈를 시작한 상상은 2020년부터 2022년까지 15권을 출간하며 의욕적으로 시리즈를 이어 가고 있다.

창비의 '우리시그림책'(전 15권, 2003~2015)을 비롯해서 문학동네의 '아기 시 그림책'(전 9권, 2003~2012), 김륭의 이야기 동시집 『달에서 온 아이 엄동수』(문학동네, 2016), 바우솔의 '우리 시 그림책'(전 20권, 2017~2021), 천개의바람의 '바람동시책' 시리즈(2021~), 웹툰과 시를 결합한 창비교육의 '어린이 마음 시툰'(전 3권, 2019~2020), 스푼북의 『오늘의 투명 일기』(김개미, 2023) 등은 동시가 인접 장르와 결합을 모색한 경우다.

동시 잡지 『동시마중』은 2010년 5월 5일 어린이날에 맞추어 창간된 동시 전문 격월간지이다. 2023년 3·4월호로 통권 78호를 찍었다. 광고와 후원금을 받지 않고 정기 구독료만으로 운영하는 독립 잡지다. 비룡소 '동시야 놀자' 시리즈, 문학동네 동시집 시리즈와 함께 시단의 시인들을 지속적으로 동시 쓰기에 초대했다. 이 잡지를 통해 동시를 처음 발표한

시단의 시인은 75명에 이른다.[16]

『오늘의 동시문학』(통권 50호, 2003~2016), 『어린이책 이야기』(통권 48호, 2008~2019) 등이 폐간되기도 했지만 동시 발표 지면은 꾸준히 늘면서 다양해졌다. 2018년 봄에는 『동시 먹는 달팽이』, 2019년 봄에는 『동시발전소』가 계간으로 창간되었고, 이보다 조금 이른 2017년 10월에는 동시 전문 웹진 격월간 『동시빵가게』가 창간되어 현재 32호(2023. 2.)까지 발행하였다.

오디오 잡지 형태로는 2014년 가을에 채널을 개설한 '동시 이야기 팟캐스트'[17]에 꼭지를 추가해서 만든 월간 『오디오 동시마중』이 있다. 2023년 새해와 함께 출발한 '동시마중 레터링 서비스 『블랙』'은 카카오톡 채널에 미발표 신작 동시를 탑재하여 매주 일요일 아침 무료로 배달하는 방식이다.

『창비어린이』『어린이와 문학』 같은 종합지까지 포함해서 신작 동시란의 필진이 어떻게 짜이느냐는 창작자들에게 언제나 예민한 문제다. 대체로 무난한 방식을 택하지만 서울문화재단의 웹진 『비유』는 예외적으로 독특하다. 1호(2018. 1.)부터 61호(2023. 1.)까지 총 59인의 신작 동시를 실었는데 그중 여성 시인이 47인에 달한다. 2회 이상 수록 시인도 7인이나 되며, 첫 동시집을 발간하기 전의 신인이 18인으로 전체의 3분의 1에 가깝다. 한 호당 1인(2편)에게 할당되는 지면은 매우 한정된 자원이어서 편집자의 더 세심한 주의와 결단을 요하며 그에 따라 최대 효과를 얻기 위한 어떤 방향성을 띨 수밖에 없다. 필진의 구성만으로 지향하는 방향이

---

16 『동시마중』의 지면 구성과 필자 현황은 동시마중 인터넷 카페(http://cafe.daum.net/iansi)의 공지 사항에 공개한 자료 "연구자/독자를 위한 『동시마중』의 모든 것"에서 확인할 수 있다. 이에 관한 연구로는 염창권 「잡지 『동시마중』을 통해 소통되는 창작의 경향성 분석」(『아동청소년문학연구』 27호, 2020. 12.) 참고.

17 http://www.podbbang.com/ch/8204

암시되며 그 자체가 담론을 생성하는 발언의 형태를 띠게 된다. 『비유』의 신작 동시란 구성 방식은 한정적 자원을 어떻게 사용할 것인가를 생각해 보게 하는 하나의 예가 될 수 있고 분석해 볼 만한 가치가 있다.

초대와 환대의 동시-판을 위하여

　지금까지 개괄한 것처럼, 1990년대 말에서 현재까지 우리 동시는 전통적 형식과 내용을 존중하면서도 낯설고 새롭게 등장하는 인카운터들을 초대하고 환대하는 쪽으로 움직여 왔다. 동시집 100만 부 판매 같은 대중적 폭발에는 아직 이르지 못했지만 꾸준히, 그리고 가속적으로 우리가 속한 동시-판을 키워 온 것은 분명하다. 적절한 간격으로 등장해 준 인카운터들에게, 그 인카운터들을 초대하고 환대하는 쪽으로 지혜롭게 움직여 간 우리 모두에게 경의를 표한다. 최근 새롭게 초대된 방지민, 조인정, 온선영, 이소현 등 다소 낯선 목소리와 이야기들도 동시단이 여전히 신생의 생기로써 꿈틀대고 있음을 말해 준다.

　또한 이 시기에는 작품론이나 시인론의 대상이 될 만큼 자신만의 오리지낼리티를 두텁게 구축한 시인이 적잖게 등장했다. 이들은 하루키의 말처럼 "남과 구분되는 독자적인 스타일"로서, "가치 판단 기준의 일부로 편입되거나 다음 세대의 풍부한 인용원"으로서의 지위를 확보한 것으로 보인다. 그러나 2020년대 중반을 바라보면서 점검해야 할 지점 또한 없지 않다. "중견 시인층이라 할 시인들의 활약은 여전한 바가 있지만, 한편으로 자기 복제나 자기 모방에 머무르고 있지 않은가 우려"[18]되기도 하기 때문이다. 자신이 성취한 스타일에 안주하기보다 그것을 깨고 다시금 한 발을 더 내딛는 제2의 모험과 도전이 필요하다.

지난 20여 년 동안 우리 동시는 동시의 언어, 동시에서의 판타지, 여성적 주체의 목소리, 동물권, 비가시화되었거나 비가시적이었던 목소리들의 가시화, 상처받은 내면 아이의 발견과 치유, 구체적인 연령의 현실을 살아가는 동시 독자로서의 어린이, 동시적 성상(聖像)의 파괴, 비유의 갱신과 실험, 노년의 재발견, 동시의 길이와 리듬, 시적 건축물로서의 동시, 시의 하위 장르로서의 동시가 아니라 새로운 시의 가능성으로서의 동시, 해묵은 동시 너머의 세계를 고민하고 상상하며 걸어왔다.

김이구의 진단대로 "해묵은 동시'는 해묵은 만큼이나 단단하게 뿌리를 내리고 있으니 몇 년 사이에 근본적인 전환이 이루어질 수는 없고 오랜 기간 새로운 경향들과 공존해 나갈"[19] 수밖에 없다. 그가 제기한 낡은 어린이 인식과 '4무 현상' 역시 매번 새롭게 해소하며 갈 일이지 단기간에 깨뜨려 없앨 수 있는 문제가 아니다. 지금까지 그래 온 것처럼 앞으로도 우리가 마주치는 고비마다 닫힌 체계의 유혹에 넘어가 손쉽게 보수화되지 않고 열린 체계를 선택하며 초대와 환대의 동시-판을 계속 가꾸어 갈 수 있기를 소망한다. 그러자면 "동시를 사전 정의된 예술 형식으로, 도달해야 하는 어떤 표준으로 간주하지 않고, 우리가 살고 있는 우주와 같이 지속적으로 확장하는 장으로 받아들이는" 태도가 더 절실히 요구된다. 그에 기초하여 인생과 세계의 깊이와 다양성을 어린이를 중심에 두는 동시라는 구조로써 정확히 건축해 나가야 할 것이다.

---

18 김제곤, 「2022년 올해의 동시를 가리고 나서」, 『올해의 좋은 동시 2022』, 상상, 2022
19 김이구, 「오늘의 동시, 어디까지 왔나」, 『해묵은 동시를 던져 버리자』, 창비, 2014

제 1 부

이음과 위반

새로운 펼침

"말한 것은 말하지 않은 것보다 항상 적다.
그러니 시에 관한 말하기는 말하지 않은 것을
놓친 기록일 수밖에 없다."

기린 아저씨 오신다,
고깔모자 쓰고 목에 방울 달고

—송찬호 동시집 『저녁별』이야기

바람과 나비의
주소지

송찬호 시인을 만나러 간다. 그의 주소지는 충북 보은군 마로면 관기리 230번지로 되어 있다. 내 주소지인 충북 충주시 교현동 62번지에서 거기까지는 두 시간 삼십 분이 걸린단다. 충주나 보은이나 같은 충북인데 참 어지간히 멀다. 집 앞 골목을 나서 오른쪽으로 꺾어지자마자 의심이 든다. 그가 정말 그곳에 살고 있을까? 뜬금없다. 방금 전, 점심때쯤 거기서 만나자고 약속까지 하고 나선 길 아닌가. 아마도 「호박벌」 때문이겠지만, 나는 좀 엉뚱한 이유를 대 본다. 모든 시인이 지상(地上)의 시인일 필요는 없다고. 지상의 주소를 특정할 수 없는 시인을 한 명쯤 거느릴 수 있다면 시로서도 행복이 아니겠는가고. 어쨌든 나는 지금 송찬호 시인을 만나러 가는 길이다. 그런데 어째서 종이에 적힌 주소지를 믿고 바람과

나비를 찾아 나선 느낌일까. 바람과 나비에게 지상의 주소가 있을 턱이
없는데 말이다.

호박벌이
쌔앵 ―
날아와
나한테 물었다

관기리 230번지
호박꽃집이
어디니?

거기는 이 골목 끝 집인데
귀머거리 할머니
혼자 살고 있어

거기 갈 땐
쌔앵 ―
날아가지 말고
할머니가 알아듣게,

붕 ―
붕 ―
큰 소리를 내면서

천천히

날아가렴

—「호박벌」전문

이 동시에 따르면 송찬호 시인의 주소지인 관기리 230번지에는 귀머거리 할머니가 혼자 살고 있다. 골목에서도 끝 집에, 그냥 할머니도 아니고 귀머거리 할머니가, 그것도 혼자서. 시인은 어떤 까닭으로 자기 집 주소에 귀머거리 할머니를 동그마니 앉혔을까. 그런데 이 작품에서 "골목 끝 집"이라는 막다른 곳에 "혼자 살고 있"는 "귀머거리 할머니"(이것은 어느 정도 유폐와 골몰을 특징으로 하는 시인의 존재 양식을 환기한다.)보다 더 눈길이 가는 것은, 그 집을 가리키는 화자인 "나"다. 물론 "나"를 귀머거리 할머니와 이웃해 사는 아이 정도로 보는 게 무난하겠지만, 내 눈에는 "나"가 자기 집을 귀머거리 할머니의 집으로 바꾸어 가리키는 것으로 읽힌다. 그럴 때 "나"="귀머거리 할머니"가 되며, 그 집을 찾아가는 "호박벌"로서는 결코 그 집의 주인을, 그 집에서는 만날 수 없으리라는 불길한 암시를 준다. 또다시 지상의 주소지를 믿고 바람과 나비를 찾아나선 느낌이다. 그러니 오늘 나는 관기리 230번지를 찾아가는 한 마리 호박벌로서 관기리 230번지를 가리키는 '행인 1'에 주목하지 않으면 안 된다. 오늘만큼은 달보다 달을 가리키는 자를 더 눈여겨볼 것.

하나 더. 호박벌이 찾아가는 것은 관기리 230번지 호박꽃집에 핀 호박꽃인가, 아니면 호박꽃집 주인인 귀머거리 할머니인가. 호박벌이니까 당연히 호박꽃을 찾아갈 테지. 그런데 "나"는 엉뚱하게도 호박꽃이 아닌, 호박꽃집 주인인 귀머거리 할머니를 가리킨다. 이것이 동문서답이 되지 않으려면, 귀머거리 할머니는 사람이 아니어야 한다. 즉 귀머거리 할머니를 사람이 아닌 호박꽃의 의인(擬人)으로 읽어야 한다는 말이다. 시인은 지금 마당쯤에서 이 꽃 저 꽃 두리번거리며 특정한 꽃을 찾는 듯 "쌔앵 ―" "붕 ―" "붕 ―" 소리를 내며 부산히 돌아다니는 호박벌을 보고 있다. 이러한 호박벌의 동작과 소리는 오토바이를 타고 주소지를 찾아 우편물을 배달하는 우편배달부의 동작과 소리를 연상시킨다. 시인은 호박벌에게서 우편배달부의 모습을 떠올리고, 호박벌이 호박꽃집에 사는 귀머거리 할머니에게 우편물을 전해 주러 가는 길이라고 생각한다. 순서를 바꾸어 읽어도 마찬가지다. 시인은 호박벌이 아닌 우편배달부를 먼저 보았고, 우편배달부를 호박벌로 바꾸어 나타낸 것이라고. 그러면 "나"의 자리가 좀 더 선명하게 떠오른다.

송찬호 시인의 시가 그런 것처럼 동시 역시 단일한 의미망 안에 갇히는 것을 경계하면서 다양한 해석의 층위와 지점을 독자에게 열어 놓고 있다. 시에 견주어 절대적으로 단순할 수밖에 없는 동시가 읽는 시점에 따라, 보는 각도에 따라 여러모로 다른 해석을 가능케 한다는 점은 그 자체로 동시 읽기에 새롭고도 풍성한 재미를 전해 주는 것이라고 할 수 있다. 이는 우리 동시가 많은 부분에서 여전히 의미 중심, 의미 과잉 상태에 놓여 있는 현실을 감안할 때 더욱 그러하다.

최후의 시는
기린같이

송찬호 시인은 1989년 첫 시집 『흙은 사각형의 기억을 갖고 있다』(민음사)를 낸 이후 지금까지 『10년 동안의 빈 의자』(문학과지성사, 1994), 『붉은 눈, 동백』(문학과지성사, 2000), 『고양이가 돌아오는 저녁』(문학과지성사, 2009), 『분홍 나막신』(문학과지성사, 2016) 등의 시집을 내면서 자기만의 개성적인 시 세계를 펼쳐 보였다. 그의 시는 언어와 세계, 존재의 조건과 양식에 대한 집요한 질문과 탐색, 실험의 시적 구도행(求道行)을 일관되게 보여 주면서도 매 시집을 부단히 자기 갱신의 역사로 제출해 왔다. "아빠, 동백은 어떻게 생겼어요./ 곰 아저씨처럼 무서워요?"라는 아이의 질문에 대고 그가 '동백'의 형상을 가져와 가리키는, 시의 가파르고 높은 경지와 그것의 존재 양식은 이러하다.

> 저 행복한 동물원 가족들
> 귀여운 토끼 귀, 쫑긋과
> 앙증맞은 여우 신발, 사뿐이
> 엄마 아빠 손을 잡고
> 동백꽃 보러 간다
>
> 아빠, 동백은 어떻게 생겼어요,
> 곰 아저씨처럼 무서워요?
>
> 동백은 결코 땅에
> 항복하지 않는 꽃이란다
> 거친 땅을 밟고 다니느라
> 동백의 발바닥은 아주 붉지
> 그런 부리부리한 동백이

앞발을 번쩍 들고

이만큼 높이에서 피어 있단다

동물원 쇠창살을 찢고

집을 찢고

아버지를 찢고

나뭇가지를 찢고 나와

이렇게

불끈,

모두 산경에 나오는 이야기란다

— 「山經 가는 길」 전문

(『붉은 눈, 동백』)

이것을 송찬호 시의 한 가지 형상으로 읽는다면, 다음 작품은 송찬호 동시의 형상이 어떨지를 엿보게 한다.

길고 높다란 기린의 머리 위에 그 옛날 산상 호수의 흔적이 있 다 그때 누가 그 목마른 바가지를 거기다 올려놓았을까 그때 그 설교 시대에 조개들은 어떻게 그 호수에 다다를 수 있었을까

별을 헤는 밤, 한때 우리는 저 기린의 긴 목을 별을 따는 장대 로 사용하였다 기린의 머리에 긁힌 별들이 아아아아— 노래하며 유성처럼 흘러가던 시절이 있었다

어렸을 적 웃자람을 막기 위해 어른들이 해바라기 머리 위에 무거운 돌을 올려놓을 때, 나는 그걸 내리기 위해 해바라기 대궁을 오르다 몇 번씩 떨어졌느니, 가파른 기린의 등에 매달려 진드기를 잡아먹고 사는 아프리카 노랑부리 할미새의 비애를 이제야 알겠으니,

언제 한번 궤도열차 타고 아득히 기린의 목을 올라 고원을 걸어 보았으면, 멀리 야구장에서 홈런볼이 날아오면 그걸 주워다 아이에게 갖다 주었으면, 걷고 걷다가 기린의 뿔을 닮은 하늘나리 한 가지 꺾어 올 수 있었으면

기린이 내게 다가와, 언제 동물원이 쉬는 날 야외로 나가 풀밭의 식사를 하자 한다 하지만 오늘은 머리에 고깔모자 쓰고 주렁주렁 목에 풍선 달고 어린이날 재롱 잔치에 정신없이 바쁘단다 아이들 부르는 소리에 다시 경중경중 뛰어가는 저 우스꽝스런 기린의 모습을 보아라 최후의 詩의 족장을 보아라

— 「기린」 전문

(『고양이가 돌아오는 저녁』)

여기에서 기린은 "최후의 詩의 족장"으로서 머리에는 고깔모자를 쓰고 목에는 풍선을 달고 아이들 부르는 소리에 경중경중 뛰어가는 우스꽝스러운 모습으로 그려진다. 이러한 "최후의 詩의 족장"인 기린의 모습에서 나는 아이들이 읽어 줄 동시를 즐거운 마음으로 쓰고 있는 송찬호 시인의 모습을 떠올린다. 그럴 때면 그만 나도 모르게 웃는 얼굴이 되고 만

다. 아닌 게 아니라 송찬호 동시에는 거의 대부분 웃음의 코드가 들어
있다.

깊으면서도 찰방찰방한
시의 표정

호박 덩굴 아랫길에서
달팽이를 만난다
둥근 집 등에 지고 오늘 이사 가는구나?
아니요, 학교 가는 길인데요

나팔꽃 아랫길에서도
달팽이를 만난다
학교 가는구나?
아니요, 학원 가는 길인데요

토란잎 아랫길에서
달팽이를 또 만난다
학교 갔다 와서 학원 가는구나?
아니요, 오늘은 이사 가는 길인데요

—「달팽이」 전문

서쪽 하늘에

저녁 일찍

별 하나 떴다

깜깜한 저녁이

어떻게 오나 보려고

집집마다 불이

어떻게 켜지나 보려고

자기가 저녁별인지도 모르고

저녁이 어떻게 오려나 보려고

—「저녁별」전문

「달팽이」는 각 연이 동일한 시행 구조로 되어 있다. 같은 구조에 조금씩 변화를 가하면서 세 번 반복하는 형식으로 웃음의 압력을 높여 간다. 옛이야기의 세 번 반복, 또는 삼세판 문제 맞히기 놀이 형식으로 되어 있는 이 작품에서 어른인 듯한 화자는 아이인 듯한 달팽이에게 번번이 지고 만다. 어린이 독자라면 "학교 가는 길" "학원 가는 길"이라는 달팽이의 진술에 힘입어 자기와 달팽이를 동일화하면서 짐짓 승자로서의 웃음을 여유롭게 웃게 될 터이다. 반면, 어른 독자라면 화자의 질문을 얄미울 정도로 미끄럽게 빠져나가는 달팽이의 모습에서 어른/아이, 사람/사람, 사람/자연 간 소통의 어려움이나 언어/대상 간 불일치의 코드를 떠올리게 될지도 모른다. 중요한 것은 이 작품이 단순한 형식을 취하면서도 다양한 층위의 해석과 감상을 가능하게 한다는 점이다.

그렇기는 이번 동시집에서 가장 빼어난 작품으로 꼽을 만한 「저녁별」역시 마찬가지이다. 저녁별은 말 그대로 저녁에 뜨는 별이다. 저녁별이 떠서 저녁이 오는 것도 아니고 저녁이 와서 저녁별이 뜨는 것도 아니다. 둘의 관계를 시간의 선후나 사실의 인과로써 파악할 수 없다는 말이다. 그런데 시인은 저녁 일찍 서쪽 하늘에 뜬 별을 보고 그가 그렇게 서둘러 뜬 이유가 "깜깜한 저녁이/ 어떻게 오나 보려고" "집집마다 불이/ 어떻게 켜지나 보려고"라고 말한다. 저녁별을 이렇게 읽는 순간 독자는 머릿속에 하늘의 저녁별을 떠올리는 한편으로, 자신이 마치 저녁별이 된 것 같은 착각 속에 빠져들면서 그 어느 높은 데에 올라 자기 눈으로 저녁이 오는 모습과 집집마다 불이 켜지는 모습을 바라보고 있다고 느끼게 된다. 그럴 때 독자는 이미 저녁별, "자기가 저녁별인지도 모르"는 저녁별이 되어 저녁이 오는 모습을, 집집마다 불이 켜지는 모습을 얼마쯤 그윽하거나 글썽이는 눈빛으로 바라보게 되는 것이다. 그러면서 또한 얼굴에 슬몃 웃음이 그려지는 것을 피할 수 없다. "자기가 저녁별인지도 모르고/ 저녁이 어떻게 오려나 보려고" 서쪽 하늘에 저녁 일찍 떠서 고개를 한껏 늘어뜨리고 지상을 굽어보는 별(이 별은 분명 '어린이 별'일 거다!)의 천진한 마음과 표정을 떠올릴 때.

앞서 살펴본 대로 송찬호 동시는 독자에게 다양한 해석의 층위를 제공하면서 송찬호라서, 송찬호만이 쓸 수 있는 동시세계를 유감없이 보여 준다. 그것은 의미의 비의미화(비의미의 의미화), 사실의 비사실화(비사실의 사실화), 현실의 비현실화(비현실의 현실화, 또는 판타지), 사실의 사실화(이 계열에 드는 작품으로는, 주로 어린이 시 기법을 차용한 「제비가 돌아왔다」 「제비꽃」 「거짓말」 「개 밥그릇 물그릇」 등을 들 수 있다.)를 주된 방법으로 하여 다양한 형태로 이루어진다. 요컨대 송찬호 동시는 "최후의 詩의 족장"이 어린이 앞에 가장 낮으면서도 높고, 깊으면서도 찰방찰방한 시의 표정을 보여 준다고 할 수 있다.

달을 가리키는
손가락

관기리 230번지를 10킬로미터쯤 앞둔 곳에 속리산 휴게소가 있다. 이제 조금만 더 가면 「호박벌」의 "귀머거리 할머니"가 아닌 그곳의 진짜 주인인 송찬호 시인을 만난다. 시인의 집과 그 집을 둘러싼 산과 들과 길의 배치와 마을 전체의 모습은 어떨지, 나는 조바심으로 설렌다. 이럴 땐 정말 내가 저녁별이면 좋겠다. 그러면 사철 관기리 230번지를 멀뚱멀뚱, 구석구석, 글썽글썽 비추어 볼 수 있을 텐데.

시인 내외가 수고스럽게 점심밥을 준비하면 어쩌나 싶어 간단히 끼니를 때우고 갈 요량으로 휴게소로 들어갔다. 마침 전화가 온다. 관기리는 구제역 청정 지역이라 외부인의 방문을 마을 사람들이 극도로 꺼려 한다는 것. 사정이 이렇다니 달리 어떻게 고집을 피울 수 없다. 달을 꼭 보았으면 했는데 달을 가리키는 사람에게 꼼짝없이 붙잡히고 말았다. 아니다. 어쩌면 그가 달이고 관기리 230번지는 달을 가리키는 손가락에 불과할지도. 다시 한 번 종이에 적힌 주소지를 믿고 바람과 나비를 찾아 나선 느낌. 그새 깜빡 잊고 있었다. 모든 시인이 지상의 시인일 필요는 없단 사실을.

휴게소를 나와 송찬호 시인이 기다리고 있다는 관기리 버스 정류장으로 차를 몬다. 관기리는 면소재지 동네인 듯하다. 한눈에도 시장의 꼴이 제법 심심하지 않게 갖추어져 있다. 그가 저 앞에 서 있다. 그 모습이 영락없는 "최후의 詩의 족장"을 닮았다. 그의 동시는 "최후의 詩의 족장"이 아이들에게 내는 시 숙제다. 송찬호의 첫 동시집 『저녁별』(문학동네, 2011)을 읽는 어른과 어린이 모두 즐거운 마음으로 시 숙제를 하면서 사슴뿔처럼 쑥쑥 자라나시기를!

사슴을 그리다가
뿔을 잘못 그려
지우개로 지웠다

뿔을 다시 그리면서
사슴에게
내는 숙제

너에게 꼭 맞는
작은 뿔을 그려 줄 테니까
앞으로 네가 튼튼하고 크게 키워

— 「사슴뿔 숙제」 전문

•더 나아간 세계
   읽기

송찬호는 『저녁별』 이후 6년 만에 『초록 토끼를 만났다』(문학동네, 2017)에 도착했고 좀 더 초점화된 송찬호 동시 스타일의 완성본으로서 『여우와 포도』(문학동네, 2019)를 만들어 냈다. 네 번째 동시집 『신발 원정대』(창비, 2022)부터는 이 세계의 변주다.

송찬호 동시는 계속하여 도착하면서 도망치는 구조의 반복으로 자기 세계를 갱신하는 운동성을 보여 주었다. 그 역시 여러 시인과 마찬가지로 "인간과 삶에 대한 깊은 통찰이 담겨 있는 동시"를 쓰고자 한다. "동시를 통해 삶의 심연을 들여다보기를 멈추지 않을 것"이며, 그 방법으로 "'동화적 상상력'이 현실과 우리의 삶을 들여다보는 유효한 창(窓)의 하나"라고 생각한다. 그는 말한다. "동시는 쉽고 간결하게 써야 한다는 전제하에서도, 한 편의 좋은 동시가 탄생하기까지, 모호함과 미묘함과 복잡함으로 출렁거리는 언어와 상상력의 깊은 저수지가 필요하다." 이를 활용하여 "인간의 근원을 형성하는 여러 감각이나 사유의 경계까지 깊이 가닿는 동시"에 이르고자 한다. 그러면서도 동시의 영역을 넓히기보다 주어진 영역 안에서, 그러니까 "이미 좋은 동시인들이 동시 마당을 너르게 닦아 놓았기 때문에 그 안에서 노는 것만으로 충분하다"[20]는 판단 속에서 동시를 쓴다. 『저녁별』에서 『신발 원정대』에 이르기까지 그의 동시는 여전히 독자의 추격을 따돌리며 즐겁게 도망친다.

내가 참깻잎이야 깨벌레야?

너무 비슷해 구별이 안 되지?

참깻잎과 깨벌레를 구별하는 공부 좀 해 와

---

20 송찬호의 발언으로 인용한 부분은 『창비어린이』 2017년 겨울호, 『동시마중』 2019년 1·2월호, 웹진 『비유』 2019년 6월호에서 가져왔다. 이 글은 이안의 「동시의 세계 문학적 가능성」(『동시마중』 2019년 9·10월호) 일부를 수정 보완한 것이다.

네가 공부해 오면

그때 난 벌써 박각시나방* 되어

포르릉 날아가지롱!

*깨벌레가 자라서 박각시나방이 된다.

— 「깨벌레」 전문

(『여우와 포도』)

색깔이 비슷하긴 해도 해도 참깻잎과 깨벌레는 완전히 다른 존재다. 그 차이를 구별할 수 있도록 공부를 좀 해 오라고 이야기하지만 송찬호 동시는 늘 여기서 한 발 더 도약함으로써 독자의 추격을 따돌리고 박각시나방으로 날아오른다. "포르릉 날아가지롱!"처럼 뭔가 놀림(弄)을 당한 기분, 또 잘못 짚은 느낌이 든다. 쉽게 재밌게 읽히는데 제대로 읽었는지 가늠하기 어렵다. 늘 미심쩍음이 남는다. 이 시의 참깻잎과 깨벌레, 박각시나방의 관계는 『초록 토끼를 만났다』에 나오는 초록 토끼와 초록 호랑이의 관계(「초록 토끼를 만났다」), 안경과 버스의 관계(「에디슨 돼지」)를 떠올리게 한다. 『여우와 포도』에 수록된 「늑대 구두」, 『신발 원정대』에 수록된 「합체」 역시 독자를 헛발질하게 하고 시와 시인은 훌쩍 도망쳐 버린다.

구두 가게 진열장에

새 구두가

진열되어 있어요

구두 가게 사장님,

저기 푸른 구두 두 켤레는

어느 신사가 신어야 어울리는 건가요?

하하, 저기 있는 구두 네 짝은

두 켤레가 아니라

한 켤레랍니다

어느 멋진 늑대가 예약한 구두이니까요

—「늑대 구두」 전문

(『여우와 포도』)

나뭇가지가 뛰어간다

꽃이 뛰어간다

아이도 뛰어간다

나뭇가지와

꽃과

아이를

이렇게 합체할 수 있다

활짝 핀 꽃

가지를 꺾어 들고

아이가 뛰어간다

한 단계 더 도약할 곳, 도망쳐 숨을 곳을 뒷부분에 만들어 놓고 앞에 제시된 상황의 덫에 독자를 빠뜨려 버린다. 속절없이 당하는 쾌감을 독자에게 선물한다고나 할까. 동화적 상상력의 지평에 건축한 판타지적 동시 세계 ― '송찬호 동시 월드'엔 이런 예가 무수하다.

네 권의 동시집을 통해 송찬호는 동시에 맞춤한 판타지의 형식은 어떠해야 하며, 시보다 상대적으로 단순한 동시의 언어와 구조 안에 현실 세계의 여러 문제를 어떻게 담아낼 것인지를 실천적으로 보여 주었다. 엉뚱하고 유쾌하면서도 품격을 잃지 않는 농담과 놀이 정신, 인문적 사유와 사회적 상상력이 결합되면서 빚어내는 철학 우화적 이야기의 세계야말로 송찬호가 만들어 낸 우리 동시의 미래적 가능성이다.

마음을 앓고
동심을 일으켜 온몸으로

─류선열 동시집 『잠자리 시집보내기』 이야기

독보(獨步), 남이 감히 따를 수 없을 만큼 혼자 앞서간 사람. 류선열 선생의 동시를 읽을 때마다 떠올리게 되는 단어는 독보, 이것이다. 이제까지 한 번도 본 적 없는 듯한 이상한 낯섦─그러나 그 안에서는 무척이나 친근한 산골 아이들의 이야기가 산과 들과 강물과 어울려 아련한 정서를 자아내며 흘러가고, 언제부터였는지 그 시작을 알 수 없는 전래 동요가 한 마디 두 마디 끼어들어 귓가를 쟁쟁 울리고, 수백 년 묵은 가난과 한과 끈끈한 정 같은 것이 서리고 어우러져 독특한 가락과 형식적 완결미를 빚어낸다. 대체 어디서 뚝 떨어진 물건인지 가늠하기 어려우니 독보, 과연 이것일 수밖에 없다.

사건적 이름,
류선열이라는 고전의 탄생

지금에 와서야 "어쩐 일인지 나는 권정생 선생님이나 임길택 선생님의 시보다 『샛강 아이』를 읽으며 더 가슴에 금이 많이 갔다."[21] "이런 시[22]를 읽고 가슴이 두근두근, 나도 이를 능가할, 이에 필적할 작품을 쓰자, 이런 결기가 부글부글 끓지 않는다면 시를 놓을지어다. 시가 올림픽 출전 종목은 아닐지라도, 시인의 내면에서는 그런 신열이 일어야 한다."[23] "탄광 마을 아이들의 팍팍한 삶을 관념으로보다 아이의 시선과 구체적 서정으로 돌파했던 임길택과 도시화로 허물어져 가는 농촌 공동체의 마지막 기억을 산문체의 동시로 복원하려 애썼던 류선열, 역지사지의 눈으로 자기 둘레의 사물과 이웃의 삶에 예민했던 가네코 미스즈가 보여 준 '시대정신'을 지금 시대에 걸맞게 구현하고 있는가?"[24] 등으로 권정생, 임길택, 가네코 미스즈와 나란히 놓일 만큼 큰 이름이 되었지만, 류선열 선생만큼 온갖 우여곡절을 거쳐 가며 시간의 풍화를 견뎌 내고 마침내 현재로 넘어오는 데 성공한 시인은 우리 문학사 전체를 통틀어 살펴도 매우 희귀한 사례라 하겠다.

류선열이라는 이름을 처음 접한 건 『창비어린이』 2008년 여름호에서였다. '이상교의 동시 즐겨찾기' 꼭지에 매우 독특한 형태의 작품 한 편이 소개되어 있었는데, 소개 글 말미엔 이런 문장이 들어 있었다. "지은이 류선열(1952~1989)[25]은 등단한 지 5년 만에 서른일곱이라는 젊은 나이로 세상을 등져 그의 「호랑이 사냥」 그리고 「곶감」은 더욱 가슴을 아리게 한

---

21 이창숙, 「할아버지의 사랑법」, 『어린이와 문학』 2014년 12월호
22 류선열의 시 「국수꼬리」를 가리킨다.
23 김이구, 「염소처럼 들이받는 시 정신을 만나고 싶다」, 『어린이와 문학』 2015년 1월호
24 김제곤, 「황금시대는 도래했는가」, 『창비어린이』 2015년 여름호
25 류선열 선생은 1950년생이다. 호적상 1952년생으로 되어 있다. 혼란을 피하기 위해 이 글에서는 호적상의 출생연도를 따랐다.

다. 시인은 유고 시집 『샛강 아이』를 남겼다." 류선열이라는 이름과 유고 시집 『샛강 아이』(푸른책들, 2002)가 좀 더 넓은 세상에 알려지는 순간이 었지만, 그때까지만 해도 류선열이라는 이름이 지금과 같은 문학사적 사 건으로 등재되리라는 예상은 하지 못했다.

뽀룻뽀룻
탱자나무 가시가 돋아요.
성은 학교 가고 어무이는 들에 가고
찬장엔 찬밥뿐이니 호랑이 사냥을 가야지요.

어깨엔 작대기 총을 메고
머리엔 개떡모자로 고수머리를 감추고
살금살금 숨을 죽이고 울타리를 나서요.
콧마루를 벌름거리며 호랑이 사냥을 가요.

왼쪽과 오른쪽엔 작약밭
돌다리 건너면 할머니 댁
깃 고운 꼬까물떼새가 날아요.
왜 내겐 날개가 없을까?

메주 냄새 굼뜨는 할머니 방을 열면
여덟 폭 병풍에 호랑이 한 마리
나는 다짜고짜 그놈을 쏘아요.
그러면 할머니는 이렇게 말씀하시지요.

"호랑이를 잡아 주셨으니 곶감을 드려야지."

— 「호랑이 사냥」 전문

꼬까물떼새는 꼬까도요의 다른 이름으로, 4~5월과 7월 하순~10월 중순 사이에 우리나라를 거쳐 가는 나그네새다. "뾰롯뾰롯/ 탱자나무 가시가 돋"고 "왼쪽과 오른쪽엔 작약밭"이 펼쳐져 있으며, "깃 고운 꼬까물떼새"가 난다는 것, "메주 냄새 굼뜨는 할머니 방" 등의 정보를 통해 이 작품이 4월과 5월 사이 봄을 배경으로 한 것임을 알 수 있다. "뾰롯뾰롯/ 탱자나무 가시가 돋"고 "성은 학교 가고 어무이는 들에 가고/ 찬장엔 찬밥뿐"이라는 진술은 시적 화자가 놓인 정황(심심함과 배고픔)을 말해 준다. 봄날, 아이는 웬일인지 찬밥처럼 집에 혼자 담겨 있다. 취학 전 나이여서 잘 먹고 잘 노는 게 일인데, 이날은 먹을 것도 시원찮고 놀 거리도 영 마땅찮기만 하다. "찬장엔 찬밥뿐이니"와 "호랑이 사냥을 가야" 한다는 연결은 누가 보더라도 느닷없다. 그러나 이 느닷없는 연결을 통해 새로운 이야기를 펼쳐 나갈 동력이 발생한다. 이때부터 독자들은 눈을 반짝 뜨고 이 아이의 이야기에 귀를 기울이게 된다.

1연이 시적 화자가 놓인 정황을 담고 있다면, 2연은 시적 화자에 대한 정보와 호랑이 사냥을 떠나는 구체적 모습을 담았다. 아이는 고불고불 고부라진 머리카락 때문에 동네에서 놀림을 받곤 했나 보다. 호랑이와 맞서려면 무엇보다 약점이 없어야 한다. "개떡모자"로 자신의 아킬레스건을 감쪽같이 감춘 아이는 "어깨엔 작대기 총을 메고" "살금살금 숨을 죽이고" "콧마루를 벌름거리며" 탱자나무 울타리를 나서 호랑이 사냥을 떠난다. 아이의 캐릭터는 모리스 샌닥의 『괴물들이 사는 나라』 주인공 맥스를 떠올리게 할 만큼 독특하다.

아이들의 놀이가 대체로 그런 것처럼 일상의 시공간은 하나의 실마리에 닿자마자("찬장엔 찬밥뿐이니 호랑이 사냥을 가야지요.") 판타지의 시공간으로 변환한다.

3연은 호랑이 사냥의 힘겨운 도정(道程)이다. 길 양편에 작약밭이 펼쳐진, 풀풀 먼지 나는 길을 지나면 돌다리가 놓인 냇물이 나온다. 냇가에선 꼬까물떼새가 난다. 다리가 무거워진 아이는 꼬까물떼새의 가벼운 날개가 부럽기만 하다. "돌다리 건너면" → "할머니 댁"의 연결은, 1연 "찬장엔 찬밥뿐이니" → "호랑이 사냥을 가야지요."와 짝을 이루면서 "호랑이 사냥"이 "할머니 댁"에서 이루어질 것임을 예고한다.

4연에 오면 호랑이 사냥의 전모가 드러난다. 호랑이는 "메주 냄새 굼뜨는 할머니 방" "여덟 폭 병풍" 속에서 큰 입을 벌리고 아이를 기다리고 있었던 것이다. "굼뜨는"은 "냄새가 쿰쿰, 메주가 느리게 뜨는"[26], '행동이 느린'의 뜻을 갖는 '굼뜨다'와 '군내'를 합성한 조어인 듯하다. 호랑이 사냥을 끝낸 아이는 할머니에게서 "호랑이를 잡아 주셨으니" → "곶감을 드려야지."란 말을 받아 내는 데 성공한다. 현실적 결핍의 두 요소인 심심함과 배고픔이 호랑이 사냥 놀이와 곶감으로 해소된 것이다.

「호랑이 사냥」은 판타지적 구조(또는 모험담, 영웅 이야기적 구조)가 캐릭터(고수머리라는 약점을 지닌 아이)와 서사의 단단함을 바탕으로 매우 훌륭하게, 아이의 유별나지 않은 일상 속에서 조금도 임의롭지 않게, 그러나 빼어나게 실현된 작품이다. 류선열이라는 이름이 현재로 꾸준히 소환되는 건 결코 일시적 현상이 아니다.

---

26 이상교, 앞의 글

쓰자 앓자
일으키자 쓰자

류선열 동시는 아이-자연-놀이-서사의 유기적 짜임을 바탕으로 특유의 울림을 만들어 내는 경우가 많은데, 이러한 성취는 특히 산문시에서 두드러진다. 자유시가 서사보다는 짧은 서정을 담는 데 적합한 양식이고, 산문시가 서사의 전달에 유용한 형식임을 생각할 때, 산문시에 대한 선호와 독보적 성취는 시인이 담아내고자 한 것이 짧은 서정의 세계보다 비교적 긴 서사의 구축에 있었다는 걸 말해 준다. 한마디로 류선열은 할 말이 많은 시인이었다. 시인이 생전에 정성스레 가제본한 원고 묶음 『잠자리 시집보내기』[27] 시인의 말('책머리에')에 이것이 잘 나타나 있다.

> 수백 가지 새나 들꽃의 이름을 지어낸 조상들을 위해 글을 쓰자.
> 냉이꽃이건 산수유건 노란꽃이라 하고 피라미건 배가사리건 그냥 물고기라고만 부르는 아이들을 위해 글을 쓰자.
> 자주자주 시험을 뵈며 날마다 산더미 같은 숙제를 내시고는 이튿날이면 꼬박꼬박 검사를 하시는 선생님들을 위해 마음을 앓자.
> 장난감 수갑을 보란 듯이 내걸고 파는 문방구 주인아줌마와 희한한 비디오를 보여 주는 만화 가게 아저씨를 위해 동심을 일으키자.

---

27 류선열 선생이 전병호 시인에게 해설을 부탁하며 건넨 가제본 상태의 원고가 『샛강 아이』로 출간되었는데, 이것 외에 유족이 보관 중인 또 다른 가제본엔 '잠자리 시집보내기'란 제목이 달려 있고, 시인의 말('책머리에')과 목차, 각 부(총 5부) 제목 및 부 머리말, 수정 사항 등과 김옥배 시인의 그림이 담겨 있다.

그리고 이 세상에 아이들의 마음밭을 가꾸는 일보다 더 중요한 일이 있다고 믿는 어른들과 무엇보다도 아이들을 사랑할 줄 모르는 나 자신을 위해 글을 쓰자.

— '시인의 말' 전문

모든 문장이 '~을 위해 ~을 ~하자'로 되어 있다. 조상들, 아이들, 선생님들, 아줌마와 아저씨, 나 자신을 '위해', 마음을 '앓고' 동심을 '일으켜' 글을 '쓰겠다'는 것이다. 조상들이 마침맞게 지어냈으나 잘못 부르는 이름을 되살려 내고, 아이들을 시험과 숙제, 잘못된 길로 내모는 어른들에 맞서 마음을 앓고 동심을 일으켜, "아이들의 마음밭을 가꾸는 일보다 더 중요한 일이 있다고 믿는 어른들과 무엇보다도 아이들을 사랑할 줄 모르는 나 자신을 위해" 글을 쓰겠다는 것.

이 같은 결기에 찬 사명감은 어디에서 연유하는 것일까. 류선열 선생의 유족이 작성한 연보에 따르면, 선생은 서른한 살이던 1983년부터 창작 활동을 시작했다고 한다. 『아동문예』에 「샛강 아이」 「산골 아이들 소리」 「비 오겠다」 「겨울 운동장」 등으로 신인문학상을 수상하며 등단한 것이 그 이듬해인 1984년임을 생각하면, 류선열 문학의 연원이 이보다 앞서 준비된 것이라고도 할 수 있지만, 공교롭게도 이 무렵은 충주댐 담수(1984년 11월)가 시작되어 선생의 고향인 충북 제천군 청풍면 일대가 수몰을 눈앞에 둔 시기와 정확히 일치한다. 조상 대대로 300년 가까이 살아온 고향 마을(황석리는 문화 류씨의 집성촌이었다.)이 영원히 물 밑으로 가라앉을 위기에 직면했다는 것은, 그곳 사람들의 전 존재가 몽땅 수장되는 위기에 다름 아니다. 그럼에도 대놓고 항변할 수조차 없는 처지에서 무엇을 할 것인가.(류선열 선생 집안은 먼 친척의 좌익 활동으로 연좌제 대상이 되고, 선생도 육군사관학교에 지원했다가 이것이 빌미가 되어 두 번이나 입학을 거절당한다.[28] 선생은 마음을 '앓고' 동심을 '일으켜' 글을 '쓰기로' 결심했을 것이다. 돌아가시기 1년 전에 계몽사 장편 동화 공모에서 대상을 수상한 작품 『솔밭골 별신제』(계몽사, 1992)가 충주댐 담수로 인한 수몰 위기에 처한 마을을 배경으로 하고 있음은 결코 우연이 아니다.

1
송장메뚜기 뜨는 강변에
아이가 섰습니다.

개미귀신 망을 보는 샛강에
아이가 우뚝 서 있습니다.

수백 살 버텨 온 바위 벼랑에
억새꽃이 깃발처럼 나부낍니다.
발밑에 깔린 바람이
옷자락을 붙들고 바둥거립니다.

─새벽에 황톳물에 휩쓸려 가던 누야의 울부짖음 같은 바람,
바람 소리
─아부지이, 아부지이, 아부지이……

강물은 은종이처럼 부서지는데

---

28   류선열 선생과 같은 마을에서 자란 류총열 씨 증언.

물속에서 누야가 하얗게 웃는데

아프면서 크는 샛강 아이는
돌아설 줄 모릅니다.

2
고추잠자리 뜨는 강변에
아이가 섰습니다.

피라미 떼 모이는 샛강에
아이가 우뚝 서 있습니다.

황톳물에 쓸린 쑥부쟁이가
고개를 쳐들고 있습니다.
개흙에 묻힌 메꽃이
분홍으로 물들고 있습니다.

—어무이는 흙을 뜨고
—아부지는 벽 바르고
샛강 언덕에 새 집을 짓습니다.
방 둘 부엌 하나 새 집을 짓습니다.

누야의 속살 같은 하늘이
차츰 붉어 가는데

굽이굽이 샛강에

불이 붙는데

저녁놀 등에 업고

아이는 샛강을 돌아옵니다.

— 「샛강 아이」 전문

　등단작 「샛강 아이」에는 "억새꽃이 깃발처럼" 나부끼는 "수백 살 버
텨 온 바위 벼랑에" 우뚝 서 있는 한 아이가 등장한다. 이 아이는 "송장
메뚜기 뜨는 강변"에서 "새벽에 황톳물에 휩쓸려 가던 누야의 울부짖음
같은 바람, 바람 소리"와 "아부지이, 아부지이, 아부지이⋯⋯" 같은 죽음
의 소리들을 듣는다. 여기서 모른 체 돌아서고 말 것인가. 그러나 "아프
면서 크는" 이 아이는 도무지 "돌아설 줄" 모르는 당찬 모습으로 그려진
다. 전반부에 가득했던 죽음의 이미지들은 이 아이 캐릭터를 통해 "송장
메뚜기"에서 "고추잠자리"로, "황톳물에 휩쓸려 가던 누야의 울부짖음"
에서 "황톳물에 쓸린 쑥부쟁이가/ 고개를 쳐들고" "개흙에 묻힌 메꽃이/
분홍으로" 물드는 것으로 나아간다. "―어무이는 흙을 뜨고/ ―아부지
는 벽 바르고/ 샛강 언덕에 새 집을 짓습니다./ 방 둘 부엌 하나 새 집을
짓습니다."야말로, 충주댐 담수로 집단 강제 이주에 내몰린 사람들의 뼈
아픈 현실, 그럼에도 살아가야 하는 사람들의 이야기를, 마음을 앓고 동
심을 일으켜 온몸으로 쓴 알레고리가 아닐까. 이런 관점에서 "도시화로
허물어져 가는 농촌 공동체의 마지막 기억을 산문체의 동시로 복원하
려 애썼"다는 김제곤의 평가는 일면 타당하기도 하지만, 충주댐 담수로
인한 수몰이라는, 류선열 문학이 다급하게 출발한 동기를 제대로 짚어

낸 말은 아니다.

형식과 내용,
그 조형의 아름다움

류선열 동시는 형식으로는 산문시(「산이 울면」「첫눈」 등)와 자유시(「참새」「샛강 아이」 등), 그 둘의 혼용(「국수꼬리」「잠자리 시집보내기」 등), 내용으로는 산마을과 강마을(황석리는 전형적인 배산임수 마을이었다.) 아이들의 놀이에 전래 동요를 삽입한 작품(「개구리 장사 지내기」「강원도 뗴사공」 등), 농촌의 자연과 서정을 노래한 작품(「산마을」「비 오겠다」 등), 아이들의 일 상생활을 그린 작품(「진눈깨비」「점심시간」 등), 건강한 삶에 대한 응원을 담은 작품(「산골 아이들 소리」「꼴찌 만세」 등), 전통적 삶에 대한 옹호와 문 명(세태) 비판 작품(「동부콩」「등물」 등) 등으로 되어 있다. 이 가운데 내용 과 형식이 독특한 조형미를 이루면서 류선열만의 가락과 서정의 세계를 가장 개성적으로 보여 주는 작품으로 「산이 울면」과 「잠자리 시집보내 기」를 꼽을 만하다.

큰 산 골짜기 두메 마을에선 이따금 산이 울어.
해가 높이 솟은 봄날. 엷은 구름이 산봉우리를 가려 답답할 때, 비알밭 갈던 농부가 쉴 참에 이젠 힘겨운 농사일을 떨쳐 버리 고 머언 도회지로 떠나고 싶어질 때, 고사리는 새순 내는 걸 잊고 등성이 굴참나무는 졸며 개울에선 모래무지가 대가리를 묻고 있

을 때, 그리고 이장 댁 기둥시계는 늑장을 부리고 학교에선 아이
들마저 받아쓰기와 분수에 지쳐 있으며 선생님은 떠날 날만 꼽
고 있을 때, 큰 산은 호령을 하듯 크게 저르렁— 하고 울어.

　산이 울면, 큰 산이 울면 산봉우리는 말끔히 개고 농부는 새
힘이 솟는 듯 쟁기질을 시작하며 고사리 새순이 도르르 말려. 굴
참나무는 부지런히 지하수를 길어 올리고 모래무지는 달음박질
을 하며 이장 댁 기둥시계는 더 빨리 추를 흔들어. 그리고 선생님
은 목청을 돋우고 아이들 눈은 비로소 똘방똘방해지는 거야, 산
이 울면.

— 「산이 울면」 전문

큰 소리다. 어떤 신성이 깃든 호통 소리를 정수리에 받은 듯하다. 김수
영의 「폭포」에서처럼, 큰 산이 우는 소리는 "고매(高邁)한 정신(精神)처럼"
"곧은 소리"를 부르는 "곧은 소리"처럼, "나타(懶惰)와 안정(安定)을 뒤집어
놓은 듯이"(「폭포」) "호령을 하듯 크게 저르렁 — 하고 울어" 산봉우리를
말끔히 개게 하고, 농부와 고사리 새순과 굴참나무와 모래무지와 기둥시
계와 선생님과 아이들을 느슨한 정신으로부터 "똘방똘방" 깨워 놓는다.

　그러나 산이 우는 소리는, 큰 산이 우는 소리는, 「폭포」의 그것과 사뭇
다르게 다가온다. 왜 그럴까. 「폭포」가 어떤 정신의 높이나 의지의 지향을
표현하기 위해 실제의 폭포를 추상화하고 관념화한 것이라면, 「산이 울
면」은 실제의 산과 거기 기대어 사는 주민들(산봉우리, 농부, 고사리 새순,
굴참나무, 모래무지, 기둥시계, 선생님, 아이들)의 현실을 매우 사실적으로 생
생하게 재현하고 있기 때문이다.

　"큰 산 골짜기 두메 마을" "해가 높이 솟은 봄날"이라는, 구체적인 듯하

면서도 막연하게 제시된 공간과 시간, 게다가 "엷은 구름이 산봉우리를 가려 답답할 때"(답답해하는 주체는 산일까, 그것을 바라보는 사람일까. 문맥상 산으로 보는 것이 타당하겠다.)라는 일시적 자연조건까지 우연처럼 맞아떨어지면, 그렇다고 이런 조건이 갖추어질 때마다 매번 그런 것도 아니고 "이따금" 산이 운다고 했을 때, 이것은 어떤 예외적인 자연현상을 눈앞에서 지켜볼 때처럼, 매우 신비로운 경험으로 독자에게 다가온다. "큰 산 골짜기 두메 마을"에서 어쩌다(몇십 년 만이거나 몇백 년 만에 한 번일 수 있는) 벌어지는 사건 현장에서 우리가 확인하게 되는 것은, 자연과 사람 등 온갖 존재가 하나의 생명체로 연결되어 서로 긴밀한 관계를 맺으며 존재하는 모습이다.

반점으로 연결된 '~ㄹ 때'가 시간의 선후가 아니라 동시에 일어난 현상을 병렬적으로 나열한 것임에도, 도미노 팻말이 연쇄적으로 작용할 때와 같이 존재 상호 간 의존의 연결 고리를 표현하는 데 효과를 발휘한다는 점은 흥미롭다. 이는 비교적 긴 호흡의 문장을 지루하지 않게 읽히도록 돕는 한편 느슨한 상태에 빠져 있는 각 존재들의 현재 상태를 표현하는 데도 알맞다. 2행("해가 높이~하고 울어.")에는 쉼표가, 3행("산이 울면~산이 울면.")에는 마침표가 '쉼(休)-마침(止)'의 관계를 환기하는 방식으로 쓰인 것 역시 이 같은 관점에서 새로이 음미해 볼 만하다.

20편에 걸친 꿈을 주제로 한 연작시(『아동문예』 1985년 8월호.『잠자리 시집보내기』에는 「낯익은 아이들」「우리의 외할아버지」 등 몇 편만 수록되었다.)에 쏟아부은 열정 못지않게 선생이 심혈을 기울인 것은 전래 동요에 이야기를 덧붙여 오늘의 아이들에게 전해 주려는 실험이었다. 유고집 『샛강 아이』 출간에 결정적 기여를 한 전병호 시인[29]의 글에 이런 대목이 나온다. "L형/ 전래 동요를 현대적 의미로 재해석하겠다는 작업은 많이 진척이 되었는지요?"[30] L형은 다름 아닌 류선열 선생을 가리킨다. "전래 동요를 현대적 의미로 재해석"하려는 노력은 실제 창작으로 결실을 맺는데, 「잠자리 시집보내기」 「어항 놓기」 「옴칠」 「앞에 가면」 「개구리 장사 지내기」 「우리들의 소꿉놀이」 「여우야 여우야」 「강원도 떼사공」 등이 이 계열에 속한다.

파리 동동
잠자리 동동

우리들의 팔월은 온통 바닷속처럼 빛나는 초록빛이어요.
콩밭에는 무당벌레가 날고, 유리알 같은 하늘 가득 잠자리 떼가
몰려와 동그라밀 그려요.

잠자라 잠자라
여기여기 앉아라.

우리들은 알무릎으로 주저앉거나 양초처럼 꼿꼿이 서서 집게
손가락을 내밀고 잠자리를 불러요. 잠자리는 짜장 숙맥이라서 잠
시를 못 참고 금방 손가락 끝에 앉고 말지요. 그땐 얼른 엄지손가

---

29 전병호 시인은 류선열 선생과 청주교대 동문으로, 충북숲속아동문학회에서 함께 활동하면서 창작에 대한 고민을 나누었고, 선생이 돌아가시기 6개월 전 손수 가제본한 원고 뭉치를 건네받으며 이 동시집의 해설을 부탁받는다. 『샛강 아이』 출간은 선생 사후 13년 만인 2002년에 이르러서야 어렵사리 이루어지는데, 충북 문예기금을 받아 출간되었으며 현재는 절판 상태다.
30 「동요·동시의 재발견―오늘의 동요·동시 제대로 가고 있나」, 『현대아동문학』 1988년 제4호

락을 꼬부려 녀석들의 발목을 잡는 거여요.

멀리멀리 가아면
똥물 먹고 죽는다.

참을성 없는 코흘리개들이 숫제 싸리비를 휘두를 때쯤 우리들
은 잡은 잠자리 꽁무니에 밀짚을 매달아 한 마리씩 날려 보내요.
그러면 잠자리들은 정말 시집이라도 가는 듯이 하늘 높이 솟구쳐
서는 다시 돌아오지 않는 거여요.

—「잠자리 시집보내기」 전문

1, 3, 5연을 들어내 순서대로 배치하면 전래 동요 〈잠자리 잡기 노래〉와
유사함을 알 수 있다. 전래 동요만을 제시할 경우 오늘의 아이들이 그 맥
락을 제대로 이해하기 어렵다. 전래 동요에 이해의 맥락을 부여하는 방식
으로 2, 4, 6연을 짠 까닭이다. '잠자리 시집보내기'가 이루어지는 계절적
배경(2연), 잠자리 잡는 방법(4연), 잠자리 시집보내기의 실제(6연) 등의 이
야기가 각각 전래 동요의 한 대목과 결합하면서 새로운 형태의 작품이 탄
생하는 걸 볼 수 있다. 긴 경우엔 '전래 동요 + 이야기 + 전래 동요 + 이야
기……'로 이어 나가고(「잠자리 시집보내기」「개구리 장사 지내기」 등) 짧은 경
우엔 '전래 동요 + 이야기'로 마감한다.(「앞에 가면」「여우야 여우야」 등) 단순
한 형식인 만큼 이야기 부분을 어떻게 짜느냐에 작품의 성패가 달려 있다
고 하겠다. 아울러 여기서 그치지 않고 좀 더 복잡한 형태의 실험도 모색
중이었을 것이란 추측도 하게 된다.
　이런 실험을 통해 얻는 것은 무엇일까. 우선 애초의 의도, 전래 동요를

오늘의 아이들에게 실감 나는 노래-놀이-이야기로 전해 줄 수 있을 것이다. 또한 동시단 전체로 보자면 동시 창작에 새로운 활로를 모색하게 하는 계기가 될 수도 있다. 나아가 선생이 의도한 것인지는 알 수 없으나 교훈주의와 동심주의에서 벗어날 묘수가 되기도 한다. 「잠자리 시집 보내기」는 아이들 놀이치고는 잔인하기도 하여 그리 권장할 만한 것은 아니다. 잠자리 꼬리 부분을 떼어 낸 뒤 거기에 밀대나 풀 따위를 끼워 날려 보내는 것이니 왜 아니겠는가. 그렇기는 「개구리 장사 지내기」도 마찬가지다. 개구리 항문에 밀대를 쑤셔 넣은 다음 입으로 바람을 불어넣고 배가 빵빵해져 버르적거리는 개구리를 보며 재밌어라 노는 것이니 아무래도 반생명적이다. 이것은 1980년대라는, 생태적 감수성이 일반화되기 이전이라 가능했던 것일 수도 있다.

류선열
전집

　비록 5년(1984~1989)에 불과한 작품 활동 기간이었지만, 류선열 선생은 불의한 시대와 세태에 맞서 마음을 앓고 동심을 일으켜 생의 심지가 다하는 마지막 순간까지 창작열을 불태운 분이다. 충주댐 담수로 인한 삶의 터전의 완전한 망실, 누대에 걸친 이야기와 노래의 멸절에 대한 전존재적 위기감이 류선열 문학의 동기이자 내용인 바, 선생의 많은 작품이 기억의 복원과 증언에 바쳐진 이유가 여기에 있다. "이제는 사라지려 하는 내 어린 시절의 기억을 되살려 모두의 가슴에 닿는 시를 쓰고 싶었다."(가제본 『잠자리 시집보내기』 2부 머리말)던 선생의 소망은 70편의 동시와 1편의 장편 동화로 결실을 맺었다. 어린이를 위한 문학에 온몸과 마음을 쏟아부은 선생의 삶에 경의를 바친다. 좀 더 오래 밀고 나가지 못한 선생의 짧은 생애가 애석하기만 하다.

류선열 선생의 동시집 『잠자리 시집보내기』(문학동네, 2015)의 출간이 반갑고 기쁘면서도 한편으론 아쉬움이 없지 않다. 이 책이 류선열 동시 전집[31]이 아니기 때문이다. 너무 늦지 않게, 권정생 선생의 『동시 삼베 치마』(문학동네, 2011)와 같은 정본이 출간되어 류선열 동시 연구의 토대가 제대로 마련되기를 소망한다. 이 책의 출간과 관련하여 선생을 대신해 고마음을 표해야 할 분들이 있다. 하마터면 묻힐 뻔한 『샛강 아이』 원고 뭉치를 들고 다니며 출간에 큰 노력을 기울인 전병호 시인, 류선열이라는 이름을 세상에 좀 더 널리 알리는 데 기여한 이상교 시인, 두 분 시인이 아니었더라면 류선열 동시는 지금보다도 한참이나 더 오랜 시간이 지난 뒤에 독자 앞에 도착하였을 것이다.

---

31 현재까지 발견된 류선열 선생의 동시는 모두 70편이다. 유고집 『샛강 아이』에 60편이 실렸고 이후 새롭게 발견된 작품이 10편이다. 『잠자리 시집보내기』에는 44편이 실렸다.

소나기 삼 형제 따라
무지개 미끄럼 타고

—송진권 동시집 『새 그리는 방법』 이야기

송진권 시인은 2012년 『동시마중』 1·2월호에 「새 그리는 방법」과 「강아지풀 수염 아저씨랑 바랭이풀 우산 아줌마랑」을 발표하며 동시를 쓰기 시작했다. 두 편 모두 형식과 내용이 독특하고 아름다울 뿐 아니라 가슴 속에 차곡차곡 쟁여진 수많은 이야기들이 특유의 가락으로 풀어져 나올 것 같은 기미로 들끓는 작품이었다.

이야기와 리듬의
운동성

옛날 옛날에
내가 아주 어릴 적에
부엌에서 밥을 짓던 할머니

불 피우는 법을 가르쳐 주시고
부지깽이로 부엌 바닥에 새 그리는 법을 일러 주셨지

요만한 냄비에
콩 하나가 들어가
아버지는 세 그릇
어머니는 두 그릇
나는 한 그릇
입으로 먹었더니
배가 불러서
장대 들고 따라와
장대 들고 따라와

굴뚝으로 커다란 흰 새가 날개를 펴고 날아올랐지
뚝뚝 불똥을 떨구며 어둔 하늘로
그래 그토록 먼
옛날 옛날에

— 「새 그리는 방법」 전문

길고 아득하고 아름다운 여운을 남기며 마무리되는 작품이다. 시인의
개인사와 관계된 것이겠지만 "불 피우는 법"(살아가는 방법)과 "새 그리는
법"(이야기, 노래, 가락)이 어머니 아닌 할머니에게서 전수되었다는 점은 흥
미롭다. 이것은 그가 지닌 이야기의 연원이 할머니의 먼 시간으로부터("그
래 그토록 먼/ 옛날 옛날에") 시작되고 있음을 암시한다. 한편 "부엌 바닥"에

서 시작된 이야기가 "커다란 흰 새"가 되어 "날개를 펴고" "뚝뚝 불똥을
떨구며"(이 불똥에서는 눈물의 이미지가 매캐하게 빛난다.) "어둔 하늘로" 날
아오르는 상승의 이미지는, 송진권 동시가 그려 낼 세계상을 압축적이고
선명하게 보여 준다.

　그렇기는 「강아지풀 수염 아저씨랑 바랭이풀 우산 아줌마랑」도 마찬가
지다.

　　　　명개흙 동글동글 뭉쳐 경단 빚고

　　　　풀꽃 따다 얹어 칡 잎에 싸서 가자

　　　　너는 강아지풀 수염 아저씨

　　　　나는 바랭이풀 우산 아줌마

　　　　누운 허수아비 일으키고

　　　　잠든 꾸구리 깨워 같이 가자

　　　　너는 강아지풀 수염을 달고

　　　　나는 바랭이풀 우산을 쓰고

　　　　질경이 민들레 따라 까치발 뛰며 가자

　　　　풀잎 이슬 받아 세수하고

　　　　오동잎 징검다리 건너가자

　　　　잠든 시냇물 깨우고

　　　　소나기 삼 형제랑 같이 노래하며 가자

　　　　풀잎을 잡고 올라와

　　　　무지개다리 기어오르는 달팽이를 타고 가자

　　　　너는 강아지풀 수염 아저씨

　　　　나는 바랭이풀 우산 아줌마

　　　　　　─「강아지풀 수염 아저씨랑 바랭이풀 우산 아줌마랑」 전문

어린 시절 일삼아 하고 놀았을 흙장난을 동화적 꿈과 놀이의 세계로 아름답게 이어 나간 이 작품은, 지상에 눕거나 잠들어 있는 "허수아비" "꾸구리" "시냇물"을 "일으키고" "깨워" 기어이 천상을 향한 상승의 부력을 만들어 낸다. 갯가나 흙탕물이 지나간 자리에 앉은 검고 고운 "명개흙"을 "동글동글 뭉쳐 경단 빚"는 데서 시작한 흙장난 놀이가 "풀잎을 잡고 올라와/ 무지개다리 기어오르는 달팽이를 타고" 상승의 이미지로 마감되는 것은, "부엌 바닥"에서 "어둔 하늘로" 날아가는 「새 그리는 방법」의 이미지와 정확히 겹친다. 어린 시절의 놀이에서 시작된 시상이 송진권 특유의 이야기와 가락을 타고 운동해 간다는 점도 동일하다. 「강변말 아이들」 역시 지상에서 살며 천상을 꿈꾸는 구조로 되어 있음이 눈에 띄지만, 송진권의 동시세계를 상징적으로 개관하면서 우뚝하게 다가오는 것은 이 두 작품이다.

애도와
회복 의지

2011년 여름에 나온 송진권 시인의 첫 시집 『자라는 돌』(창비)에서 가장 빈번하게 사용된 동사는 '가다'이다. 그의 시적 주체는 한결같이 "자꾸 어디로"(「가죽나무가 있던 집」) "갈 때까지" "죽은 나무 지나 조금 더", 심지어 "지옥까지"라도 가고자 하며, "눈깔사탕 같은 달을 물고/ 열 손가락 기름 먹여 횃불 해 들고/ 머리카락 뽑아 신을 삼아/ 십 년을 살며 아이 일곱 낳아 주고"에서 보이는 것처럼, 인간의 한계를 뛰어넘어 "더 더"(「하염없이」) 가고 또 간다. 어떤 행동이나 심리 상태 따위가 자신의 의지와는 상관없이 계속되는 상태를 가리키는 말인 "하염없이"에서 우리가 얻을 수 있는 정보는, 가는 행위의 최종 목적지가 어디인지, 왜 이렇게 죽자 사자 가고자 하는 지향이 시적 주체의 내면에서 생겨나는지가 분명하지 않다는 점이다. 그러니 어쩌면 시적 주체마저 이것을 정확히 해명할 수 없는 노릇이라고 할 수도 있을 것 같다("문자로 옮길 수 없는 말과/ 어디 있는지 모를 무엇을 찾아"(「이으으으웅」). 그런 점에서 그가 부리는 언어와 가락은 범인(凡人)의 것이라기보다는 무엇엔가에 강력하게 붙들린 자의 그것에 가깝다.

다만 송진권 동시의 지향점을 이해하는 데 필요한 몇몇의 단서를 끄집어내는 데는 주어진 정보가 결코 부족하지 않아 보인다. 그곳은 "어미 뱃속"이거나 "꽃을 따며 놀던"(「꽃을 따서 놀던 것이」), "물기 많았던/ 그래서 더 깊이 패었던 시절"(「각인」)의 시간과 장소로 나타나기도 하고, "그림 속에 팔랑대는 나무 한 그루만 세워 놓고/ 그림 밖으로 떠"난 "내가 그린 기린 그림"을 호출하는 유년을 향한 그리움(「내가 그린 기린 그림은」)으로 나타나기도 한다. 그런가 하면 거두절미하고 "자, 이제 브레멘으로 가자"(「브레멘으로」)고 구체적, 확정적으로 표현되기도 한다. 물론 송진권 시에 빈번히 등장하는 '가다'의 최종 목적지가 한 곳은 아닐 터이다. 하지만 그 가운데 중요한 한 곳이 앞서 살펴본 대로 유년의 시공간인 것만은 분명하다. 어째서 그런가. 『자라는 돌』 맨 앞에 실린 「딸레」는 21편에 이르는 '못골 연작'을 비롯한 송진권 첫 시집의 시세계를 개관하는 작품이기도 하지만, 그가 동시를 쓰는 시인이 될 수밖에 없는 내적 필연성을 강하게 암시하는 작품이기도 하다.

앵두나무 아래서

딸레를 데리고 가자

쬐그만 아주머니는 두고 가자

바구니에 담아 둔 앵두는 뒤엎고

물크러지기 시작한 앵두는 흔들어 떨구고

앵두나무 그늘도 흩어 버리자

바늘로 딸레 눈을 찌르고

딸레를 안고 어르며

머리를 빗겨 주고

곱게 화장을 시켜 내 각시를 삼자

방울을 흔들면

딸레는 노래하고 춤을 추고

딸레는 눈이 먼 채 밥을 짓고

딸레는 눈이 먼 채 빨래를 하고

그래그래 착하지

딸레는 얼굴도 곱고

딸레는 마음도 이쁘고

딸레는 이제 집에도 못 가고 어떡하나 어떡하나

그래서 둘이는 아들 낳고 딸 낳고 행복하게 살았더래

하는 이야기의 끝처럼 살았으면 싶었지만

아무 날 아무 때 어딘가로 나갔다 돌아오니

딸레도 없고 아이들도 없고

옛날의 앵두나무 아래로 가니

앵두나무는 베어지고

쬐그만 아주머니도 누가 데려갔는지 없고

앵두나무 아래서

방울 혼자 흔들다 나는 울었다

* 정지용 「딸레」 변용.

— 「딸레」 전문

이 작품³²에서 가장 먼저 눈에 띄는 것은, 유년(동심)의 시공간을 가리키는 "앵두나무 아래"가 몹시도 자기 파괴적이며 의지적으로 훼손되는 장면이다. 1행부터 7행까지의 시적 상황은 마치 급작스러운 야반도주의 장면이거나 피란 장면과도 같이 다급하고 폭력적으로 전개된다. "뒤엎고" "흔들어 떨구고" "흩어 버리"고, "눈을 찌르"는 행위들을 어린 주체의 자발적 의지에 따른 것이라고 보기는 어렵다. 그보다는 외부의 어떤 힘이 어린 주체에게 강제된 결과로 읽는 편이 훨씬 타당할 것이다. 8행부터 20행까지는 얼핏 유년의 시공간에서 추방된 이후 전개되는 딸레의 비극적 삶을 보여 주는 듯하지만, 실은 딸레의 눈을 훼손시켜 버려 둔 채 그로부터 분리되고 추방되어 살아가는 "나"의 눈먼 삶을 암시하는 것으로 읽히기도 한다. 그렇기에 "아무 날 아무 때 어딘가로 나갔다 돌아"온 "나"는 가장 먼저 "딸레"의 부재부터 보고하게 된다. 유년의 시공간인 "앵두나무 아래"로 들기 위해서는 "앵두나무"가 있어야 할 것인데 그마저도 "베어지고" 없다. 그러나 이 모든 것의 부재에도 불구하고 "나"의 손에는 놀랍게

---

32 「딸레」는 주에서 밝힌 것처럼, 정지용의 「딸레」를 변용한 작품이다. 두 작품의 공통점과 차이점은 「가자, 브레멘으로!」(이안, 『다 같이 돌자 동시 한 바퀴』, 문학동네, 2014)를 참고.

도 "방울"이 쥐어져 있다. 이 "방울"이야말로, 시적 주체로 하여금 '사라졌음에도 존재하는'(앵두나무는 베어져 없으나 "나"가 여전히 방울을 흔들다 우는 곳은 딴 곳 아닌 "앵두나무 아래서"다.) 유년의 시공간으로 진입할 수 있게 해 주는 주술적 도구가 아닐까. 이 방울 소리와 울음소리로부터, 폭력적으로 분리되고 추방되기 이전의 세계인 '브레멘'이 호출되는 건 자연스럽다.

> 자, 이제 브레멘으로 가자
> 가서 음악대 단원이 되자
> 조막손이와 청맹과니와 문둥이와
> 수탉과 당나귀와 개와 고양이와
> 할머니 할아버지와
> 아버지 어머니와
> 다 브레멘에서 만나자
>
> 북 치고 소고 들고 상모 돌리며
> 옹금종금 종금새야
> 까치비단 노루새야
> 다동비단 꼬꿀새야
> 다 브레멘으로
> 브레멘으로
>
> ─「브레멘으로」 전문

시적 주체는 지상에 묶인 존재들을 하나씩 호명한 뒤(1연), 이들을 날개를 지닌 갖가지 새와 엮어 줌으로써(2연) 이들과 더불어 훌쩍 다른 세계로 건너가고자 한다(이 작품 역시 앞서 살펴본 작품들과 마찬가지로 지상에서 천상을 지향하는 구조로 되어 있다!). 브레멘은, 오랜 세월 주인에 의해 학대받고 버림받은 당나귀, 개, 고양이, 수탉 들이 농장을 떠나 마침내 도착하여 새로운 삶을 노래하는 자유의 땅이다. 그러니 이를 우리 식으로 해석하면 근대화 과정에서 폭력적으로 해체된 전통 공동체적 시공간이자 성장 과정에서 뿌리 뽑혀 내던져진 동심의 세계인 "앵두나무 아래"가 이상적으로 확장된 세계라고 할 수 있다.

송진권의 첫 동시집 『새 그리는 방법』(문학동네, 2014)에 수록된 작품 대부분이 훼손되기 이전의 동심의 세계("앵두나무 아래")를 노래하는 데 바쳐지고 있는 것은, 유년기 또는 성장기에 시적 주체에게 가해졌을 폭력적인 분리와 추방의 경험, 그로부터 각인된 상처의 회복 의지와 깊이 관계되어 있을 것이다. 단순한 과거 취향이나 유년 지향이 아니라 상처의 치유를 적극적으로 개진하는 매우 실천적인 행위로 『새 그리는 방법』을 읽게 되는 것은 이런 이유 때문이다. 말하자면 송진권에게 동시 쓰기는, "어른이 되느라고 미처 달래 주지 못하고 온, 송아지 팔았다고 뒤꼍에서 울고 있는 그 애를 다시" 불러내 다독이는 행위이며, "입속에서 그대로 삼켜 버린 말"[33]을 꺼내 놓고 달래는 애도 행위가 된다.

분리를 넘어 꿈꾸는
온전한 세계상

---

33 송진권, 「쇠풀 뜯기러 가자」, 『동시마중』 2014년 7·8월호

소나기 삼 형제 따라 무지개 미끄럼 타고 67

오빠랑 언니들도 아까부터 지달리구 있는디

뭘 그르케 자꾸 꾸물대는 겨

그르케 자꾸 꾸무럭거리믄 떼 놓구 갈 텡께 알아서 햐

어여어여 날 새기 전에 가야 하니께

싸기싸기 내려오니라

비얌이랑 쪽제비가 일어나기 전에

어여 물로 가야 하는디

당최 쫑마리가 저런다니께

엄마두 인제 몰러

오든지 말든지 맘대루 햐

엄마 원앙이가 언니들 앞에 서자

일곱 마리 원앙이가 졸래졸래 따라간다

멈칫대던 막내가 그때사

느티나무 고목 둥치에서 뛰어내린다

엄마 같이 가

하냥 가자니께

충청북도 옥천군 이원면

둥구나무 딱따구리가 뚫어 놓은 원앙이네 둥지

— 「이소」 전문

막내 원앙이가 보금자리로부터 분리되는 과정이 급작스러운 야반도주의 모습("어여어여 날 새기 전에 가야 하니께")을 띠며, 피란 장면과도 같이 다급하고("비얌이랑 쪽제비가 일어나기 전에"), 폭력적으로("그르케 자꾸 꾸무럭거리믄 떼 놓구 갈 텡께 알아서 햐" "엄마두 인제 몰러/ 오든지 말든지 맘 대루 햐') 전개된다는 점에서 이 작품은 앞서 살펴본 「딸레」의 동시 버전 이라고 할 수 있다. 한편 엄마 원앙이의 말(1~10행, 사투리)-서술자 개입 (11~14행, 표준어)-막내 원앙이의 말(15~16행, 사투리)-서술자 개입(2연, 표 준어)의 구성 방식을 택함으로써 시적 상황의 현장성과 함께 시적 대상과 의 객관적 거리를 확보하는 데 성공한 점도 눈여겨보게 된다. 나아가 이 같은 구성 방식은 원앙이네 가족이 직면한 위급한 사태를 지도상의 국지 적인 사태("충청북도 옥천군 이원면")로 축소해 보여 준다는 점에서 거대한 표준어, 또는 표준적 삶의 위계 아래 왜소화된 토착어, 또는 토착적 존재 들의 삶을 환기한다고도 할 수 있다.

그런데 시인이 이러한 구성 방식을 택함으로써 시적 상황에 대한 객관 적 거리를 확보하면서도 시종일관 초점화하는 대상이 있음에 주목해 보 자. 시인의 시선은 막내인 "쫑마리"에게 고정돼 있다. 쫑마리 위에는 무려 일곱 언니가 있음에도 그들은 다만 시인의 시선 바깥에 배경처럼, 대사 한마디 없이 "일곱 마리 원앙이"로 처리될 뿐이다. 왜 그럴까. 어릴수록 분리의 아픔이 더 크게 다가와 그렇겠지만, 그만큼 시인이 분리의 아픔 을 크게 치러 냈다는 증거로 읽을 수도 있지 않을까.

아직 꼬리가 달리고
아가미가 그어진 아이들이 뛰어오네요
올챙이도 아니고 개구리도 아닌 아이들이
머리카락이며 등허리
얼룩덜룩 개구리밥 묻은 아이들이
축축한 몸 할딱이며 연잎 건너 뛰어오네요

연잎에 고인 물방울 쏟아 내네요
폴짝폴짝 연잎 건너 뛰어오네요
연꽃은 시나브로 터져 나오는데
아이들은 이제 꼬리를 잘라 버리고
솔잎 바늘에 물방울 꿰어
아가미를 꿰맸다네요
아이들은 이제 자라서 어른이 되겠다네요
어른이 되어 성큼성큼 이 연못을 벗어나겠다네요
이 축축하고 습한 연못을 떠나겠다네요

그때 올챙이도 아니고 개구리도 아니었던 아이들은
아직도 돌아오지 않고 있는데
그 아이들 쪽으로 무지개를 타고 미끄러져 볼까요?
개구리밥 모자 만들어 쓰고 간 그 아이들을
부르러 소나기 삼 형제를 보내 볼까요?

　　　　　　　　　　　　 ―「올챙이도 아니고 개구리도 아닌」 전문

오백거리는 가린여울 위구요
가린여울은 오백거리 아래구요
오백거리 강변엔 수박밭 있구요
탱자나무 울타리 두른 수박밭 있구요
수박밭 가운데는 원두막

원두막엔 호랑이 영감님

원두막 아래엔 발바리 있구요

쩌억 쩍 잘 익은 수박들이

단물 줄줄 흘리며 뒹굴고요

우리가 패를 지어

한 패는 가린여울서 기다리고

한 패는 오백거리서 수박을 따서 강물에 던지면

아래쪽 가린여울 패들이

둥둥 떠오는 수박을 건지는 겁니다

강변 돌에 수박을 깨 먹고

수박 껍질은 강물에 던지면 말 그대로 완전범죄지요

지금도 강물에 둥둥 떠오는 수박을 보시거든

이제 수박 서리는 끝났다고

가린여울엔 아무도 없다고

오백거리 패들에게 전해 주세요

— 「수박이 둥둥」 전문

"이제 자라서 어른이 되겠다"면서 "꼬리를 잘라 버리고" "아가미를 꿰"매는 것으로 고통스러운 분리 의식을 치른 아이들은 저마다 한 마리의 "쫑마리"가 되어 "이 축축하고 습한 연못"을 떠나갔다. "가린여울엔 아무도 없다고/ 오백거리 패들에게 전해" 달라고 짐짓 눙치고 있지만, 오백거리에도 그 소식을 전해 들을 아이들은 남아 있지 않다. "이제 수박 서리는 끝났"으므로, 송진권 동시의 공간인 "충청북도 옥천군 이원면"에는 분리 의식을 치르고 떠난 아이들의 부재의 시공간이 남아 있을 뿐이다. 시

인은 "아직도 돌아오지 않고 있는" "그 아이들 쪽으로 무지개를 타고 미
끄러져" 가거나 "소나기 삼 형제"를 급파하여 파괴되고 분리되기 이전의
시공간으로 그들을 초대한다. 「이소」 「올챙이도 아니고 개구리도 아닌」
「수박이 둥둥」을 뺀 수록작 대부분이, 분리되고 파괴되기 이전의 온전한
세계상을 복원해 내는 데 바쳐진 것은 이런 이유에서일 것이다.

넘나듦과 섞임,
무차별의 정서

앞뒷산 불러다 못줄 잡으라 하고
품앗이하러 온 낮달은 물꼬나 보라 하고
고지 먹은 해만 이글이글하는디
아버지는 소를 몰고 논을 써리고
우리 소는 혀를 빼물고
송아지는 논둑에서 놉니다

점심 이고 오는 엄마와 큰엄마 웃음소리는
논둑길 걸어오다가
풍덩, 둠벙 송사리로 다 흩어졌습니다
모춤은 휙휙 날아가 하늘에 박히고
우스갯소리 잘하던 안말댁 아줌마는 모춤을 들고
허벅지까지 둥둥 걷어붙인 채

종아리에서 거머리를 떼어 내기도 하였습니다

앞뒷산도 못줄 놓고
일꾼들이 다 돌아가면
달로 품앗이 갚아 주러 가기도 했습니다
찰거머리로 풍선을 만들어 타고 날아갈 수 있을까
궁리를 하며 나는 잠들기도 했습니다

—「우리 논에 모낼 때」전문

　단순한 모내기 풍경이 아니다. 사람과 짐승은 물론이고 앞뒷산과 해와 달까지 협력하고 참여하는 우주적 사업의 현장이다. 송진권 동시가 보여 주는 '오래된 미래'로서의 '브레멘'은 사람과 자연이, 사람과 신성(神性)이, 사람과 동물이, 사람과 사물이 분리되지 않고 자유롭게 넘나드는, 물활론적 시공간으로 묘사된다. 부지깽이 할머니가 쫓아오고(「부지깽이 할머니」), "산그늘에 묻어 온 귀신들이 마루 밑이며 헛간 부엌 아궁이 굴뚝이며 안방 아랫방에 그득히 들어앉"고(「산그늘 1」), "산봉우리들이 주섬주섬 호주머니에서 담뱃재 묻은 별사탕이며 달을 꺼내 놓기도" 하며, 삐디기 꺾다가 물에 빠져 죽은 순희가 또 누구를 집어넣을까 궁리를 하다가 "푸른빛으로 뭉쳐져서 풍덩풍덩 물 위를 뛰어다니기도"(「산그늘 2」) 한다. 현재의 시공간을 다룬 작품 「어진이랑 가온이가 유치원에서 돌아올 때」에서조차 "봉숭아는 더 붉게 꽃을 터뜨리고/ 강아지는 자꾸만 한길을 내다보며 꼬릴 흔들고/ 레고 블록과 유리구슬은 반짝 햇빛을 모은다"라고 말할 정도이니, 예전의 미분화된 시공간에 등장하는 인간과 사물과 자연과 신성이 과연 어떻게 넘나들며 관계했을지가 눈에 선하다.

이러한 넘나듦, 이러한 섞임, 이러한 무차별의 정서야말로 세상의 기준
으로부터 분리되고 버림받고 추방당한 "조막손이와 청맹과니와 문둥이
와/ 수탉과 당나귀와 개와 고양이"가 "옹금종금 종금새"를 타고 "까치비
단 노루새"를 타고 "다동비단 꼬꿀새"를 타고 함께 행진하는 브레멘의 모
습일 것이다. 송진권 동시에서 빈번하게, 농도 짙게 구사되는 옥천 사투리
역시 이런 맥락에 놓여 있는 것이라고 하겠다.

　보리 빈다구 해 놓구 왜 저기는 깎다 만 머리겉이 놔둔 겨 뒀다
씨갑시 할라구 놔둔 겨 아님 덜 익어서 더 여물으라고 놔둔 겨 옷
속에 보리 꺼끄래기 든 거겉이 사람이 당최 되다 만 것이라 아심
찮아 나와 봤더니 기어이 일 추는구먼그려 싸기 가서 싹 매조지하
구 올 것이지 뭘 그렇게 해찰하구 섰는 겨 똥 누구 밑 덜 닦은 사
람겉이

　그게 아니구요 아줌니 저기다 종다리가 새끼를 깠다니께 그려
요 종다리 새끼 털 돋아 날아가믄 그때 와서 벼두 안 늦으니께 그
때까정 지달리지유

— 「노이히 삼촌을 생각함 1」 전문

　이 작품을 비롯해서 옥천 사투리가 짙게 구사된 작품으로 「노이히 삼
촌을 생각함 2」 「이소」 「씨갑시 할라고」 「어둑시니 만근이」 등을 꼽을 수
있다. 이들 작품에서 확인하게 되는 것은 이중의 복권(復權) 의지다. 즉
표준어의 전면적 지배 아래 사멸 위기에 놓인 지역어를 실감 나게 복권하
고, 표준적 삶으로부터 소외되고 배제된 삶과 인물을 복권하려는 의지인

것이다. 이는 근대과학과 이성에 의해 쫓겨난 자연 및 신성의 회복과 초대 의지로 확장되기도 하고(「함박눈 오는 날」「두부」「우리 논에 모낼 때」「부지깽이 할머니」「산그늘 1」「산그늘 2」「도깨비 집」등), 전통적 삶의 실제적 재현 의지로 나타나기도 한다(「두부」「주걱이 설 때」). 이를 위해 실로 다양한 창작 방법이 동원되고 있음은 이 동시집을 읽는 색다른 재미다.

앞서 살펴본 것처럼 사투리의 맛을 실감 나게 살린 작품을 비롯해서, 호흡을 길게 이어 나간 산문시(「함박눈 오는 날」「산그늘 1」「산그늘 2」), 이야기를 입혀 식물의 정적 속성을 활물적(活物的) 운동으로 전환한 작품(「강아지풀 수염 아저씨랑 바랭이풀 우산 아줌마랑」「해바라기 신랑과 족두리꽃 신부」「아카시아 빨래터」「내기」등), 이야기 동시 실험(「애호박 따 오기」「고양이 털이 얼룩덜룩한 이유」), 전래 동요 방식의 차용과 확장(「소금쟁이」「부지깽이 할머니」「두꺼비와 청개구리」) 등 창작 방법적 측면에서 새롭게 살펴볼 작품이 적지 않다. 그러나 이러한 방법적 다양성이 산만하게 흩어지지 않고, 일관된 주제와 세계관 아래 조화를 이루고 있음도 눈여겨보게 된다.

오래된 미래의
아름다운 이야기

송진권의 첫 동시집 『새 그리는 방법』은 우리가 신성으로부터, 자연으로부터, 인간다운 관계로부터, 물활론적 세계로부터 분리되어 추방되기 이전의 온전한 세계상을 집중적으로 다룸으로써, 우리가 잃어버린 세계가 얼마나 온전히 아름다운 것이었나를 역설적으로 환기한다. 그의 동시가 성장기의 분리 경험, 상처에서 시적 에너지를 공급받는다는 점은 이제까지 제출된 농촌 동시와 다른 송진권만의 특징이고 개성이다. 그의 동시는 유년기의 농촌 정서를 단순히 재현하는 데 그치지 않는다. 근대 과학과 이성의 지배 아래 전면적으로 분리되고 파편화된 세계를 넘어서고자 하는 소망과 의지를 담고 있다는 말이다. 이 과정에서 특유의 가락이 생겨나고, 초월 및 극복의 욕구, 재현 및 복권의 의지가 작동한다. 시인은 바란다. "한때 우렁차게 나부끼던 구호들이/ 희미하게 바래지고 난 뒤/ 달팽이며 풀벌레 들의 놀이터가 되"기를(「텃밭」), 근대의 분리를 넘어 온전한 세계상이 회복되기를.

그런 점에서 『새 그리는 방법』은 우리 문명의 오래된 미래다. 미래로 넘어가기 위해서는 오래된 기억을 전수해 줄 징검돌이 필요하다. 이 동시집을 부모와 아이가 함께 읽었으면 하고 바라는 이유는, 이 동시집이 부모-아이의 독서를 통해 더욱 풍부한 이야기를 얻으며 완성되게끔 설계돼 있기 때문이다.

우리는 모두 동심의 보금자리인 "앵두나무 아래서" 분리되고 추방당한 "쫑마리"들이다. 서둘러 어른이 되겠다고 "꼬리를 잘라 버리고" "솔잎 바늘에" "아가미를 꿰"맨, "올챙이도 아니고 개구리도 아니었던 아이들"이다. 따라서 우리 안에 웅크려 있는 상처받은 내면 아이, 분리 과정에서 훼손된 자아와 세계상에 대한 개인적, 집단적 애도가 필요하다. "뒤꼍에서 울고 있는 그 애를 다시 내게" 데려와 지금의 나와 온전히 만나게 해야 한다.

시인이 우리에게 보낸 "소나기 삼 형제"를 따라 "그 아이들 쪽으로 무지개를 타고 미끄러져" 가 보자. 그리고 내 옆에, "찰거머리로 풍선을 만들어 타고 날아갈 수 있을까/ 궁리를 하며" "잠들기도" 하는 아이가 있음도 잊지 말자. 그 아이에게 "싸기싸기 내려오"라고, "오든지 말든지 맘대루 햐"라고 윽박지르는 대신, 아이와 나란히 걸으며 이 오래된 미래의 아름다운 이야기를 "하냥" 완성해 가기로 하자.

새로운 동시 놀이
형식의 탄생

─유강희 동시집 『손바닥 동시』 이야기

『손바닥 동시』(창비, 2018)는 짧은 동시 100편이 묶인 책이다. 짧기만 하다면 의미가 덜할지도 모른다. 짧으면서 그 안에 형식에 대한 탐구와 시인의 문제의식이 담겨 있기에 '손바닥 동시'만의 남다름에 주목하게 된다. 알다시피 시조는 3장 6구(12음보) 45자 내외의 형식으로 된 우리의 전통 시가다. 여전히 창작되고 있지만 창작과 감상 층이 매우 얇은 장르가 되었다.

시인의
문제의식으로부터

손바닥 동시는 중국의 절구, 일본의 하이쿠, 우리 고유 시가 장르인 시조 등 짧은 시를 효과적으로 계승하여 현대화하려는 문제의식에서 비롯

되었다. 하이쿠가 일본 전통 시가인 단가에서 발전해 왔듯이, 유강희 시인은 손바닥 동시의 실마리를 우리 고유 시가인 시조에서 찾고자 했다. 간단히 말하면, 시조의 각 장을 반으로 나누어 세로로 잘라 낸 것이 손바닥 동시의 기본 형식이다. 그러니까 3·4·3·4(초장)/ 3·4·3·4(중장)/ 3·5·4·3(종장)의 시조 형식에서 각 장 1음보와 2음보, 첫 구만을 취한 것이다. 이 책에 실린 동시 100편은 3·4(1행)/ 3·4(2행)/ 3·5(3행)의 기본 형식을 염두에 두고 창작되었다. 손바닥 동시가 여느 짧은 동시와 구별되는 지점이 여기에 있다. 기본 자수(字數)로 쓴 작품을 보자.

뽀 뽀 뽀 뽀 뽀 뽀 뽀

뽀 뽀 뽀 뽀 뽀 뽀

뽀 뽀 뽀, 뽀 뽀 뽀 뽀

—「봄」전문

생명이 탄생하는 봄의 계절감을 새싹이 뾰족뾰족 돋아나는 모양의 자음(ㅃ)과 모음(ㅗ)으로, 알을 깨고 나오는 소리(뽀뽀뽀)로 날래고도 풍성하게, 3·4/ 3·4/ 3·5의 기본 형식에 담아냈다. 시조에서 반드시 자수를 지켜야 하는 종장 첫 음보 3음절 고정 부분인 3행 "뽀뽀뽀"(뒤에 붙인 반점(,)까지 포함)는 시조의 감탄사적 투어("어즈버 태평연월이 꿈이런가 하노라"의 '어즈버' 같은 것. '어즈버'는 감탄사 '아'의 옛말)가 계승된 예로서, 「만일 하느님도 오늘 방학을 한다면」에도 잘 구현돼 있다.

이렇게 제일 먼저

소리를 지를 거다

세상에, 야호 신난다!

—「만일 하느님도 오늘 방학을 한다면」 전문

「금붕어」의 3행("어, 가을이 움직인다"), 「새끼 붕어」의 3행("어, 물이 딴딴해!"), 「귀 기울이면」의 3행("똥, 떨어지는 소리"), 「함박눈」의 3행("꼬오옥, 안고 잠들던"), 「나비야」의 3행("나비야, 어서 더 높이!"), 「칡꽃」의 3행("꼭꾜, 울 것만 같은")이 모두 시조의 이 부분을 계승하고 활용한 사례다.

그런데 손바닥 동시는 형식을 제안하면서도 스스로 이를 위반하려는 내적 충동을 곳곳에 드러낸다. 이는 시조의 자수가 엄격하지 않은 것과도 관계될 터인데, 시조가 음수율의 정형시라기보다 끊어 읽기의 단위인 음보율의 정형시에 가깝기 때문일 터이다. 실제로 우리 고시조(단시조) 중 표준 자수율에 일치되는 시조는 고작 4퍼센트에 불과하다고 한다.

하늘 연못에 사는

잉어는 부끄러운가

입술만 사알짝 내민다

—「초승달」 전문

뒷산 나무에게

문 열어 달라고

딱딱딱딱딱딱딱

—「딱따구리」 전문

3행을 3·5로 맞추려 했다면 굳이 "사알짝"으로 쓰거나 "딱딱딱딱딱딱딱"으로 쓰지 않았을 것이다. '살짝', '딱딱딱 딱딱딱딱딱'으로 했어도 의미와 뉘앙스에 큰 변화를 주지 않고 형식의 고수가 가능했을 터이다. 그런데 시인은 이의 위반을 택했다. 손바닥 동시의 각 행이 자수보다 음보에 따른 운용에 가깝다고 볼 수 있는 근거다. 그런가 하면 음보의 위반 욕망 역시 곳곳에서 관찰된다. 위의 "딱딱딱딱딱딱딱"은 자수의 위반뿐 아니라 음보의 위반을 드러내는 것이기도 하다. 음보를 염두에 두었다면 '딱딱딱 딱딱딱딱'으로 적었을 것이므로.

호로로호로록
후룩후루루룩
뽀록뽀로로뽁,

— 「국수 가족」 전문

이 작품은 음수와 음보의 위반 욕망을 동시에 보여 준다. '호로로 호로로록/ 후루룩 후루루룩/ 뽀로록, 뽀로로로뽁'이라 했어도 크게 이상하지 않을 것을 자수와 음보를 가볍게 무시하며 이렇게 적었다. 국수 면발이 빨려 드는 느낌을 실감 나게 나타내자면 이 방식이 적절했을 것이기에 이런 배치가 불가피했을 것이다. 마지막 글자 "뽁"과 그 뒤에 남긴 반점(,) 역시 절묘하다. 국수 면발이 입술 사이로 빨려 드는 소리와 모양을 매우 실감 나게, 재치 있게 붙잡았다. 더 극단적인 형식 위반이 목격되기도 한다.

울지 않는다
안 운다

뚝!

— 「낙숫물」 전문

1, 2행은 2음보이지만 3행은 1음보로 마무리했다. 대상과 내용의 관계에 따른 형식 위반의 예다. 각 행의 자수가 5, 3, 1로 줄어든다. 잦아드는 낙숫물의 상태를 나타내기에 걸맞은 방식이다. 느낌표 또한 맞춤하다. 손바닥 동시를 잘 감각하려면 문장부호의 사용을 눈여겨보아야 한다. 반점, 물음표, 느낌표의 쓰임, 쓰인 위치 등에 시인의 의중이 기입되어 있기 때문이다.

다음 작품은 제목을 함께 적을 수밖에 없다.

차가 지나갔다

웅덩이가
날개를
편다

각 행이 1음보로 되어 있다. 제목에서부터 6-4-3-2로, 자수가 줄어든 것이 눈에 띈다. 제목과 1행 사이의 여백은 표현되지 않은 5로 읽을 법하다. 3행 끝 글자 → 2행 끝 글자 → 1행 끝 글자 → 제목 끝 글자 순으로 선을 그으면 왼쪽 아래에서 오른쪽 위로 이동하는 곡선이 만들어진다. 이는 3행 첫 글자 아래 놓였을 웅덩이를 밟고 지나가는 차바퀴와 이로부터 '촤아아' 튀어 오르는 웅덩이의 물 모양을 떠올리기에 맞춤하다. 반면, 행의 전개에 따라 자수가 느는 작품도 눈길을 끈다.

연못에 숨어
물 바깥 보려고
조금씩 밀어 올린 걸까

—「개구리 눈」 전문

커다란 날개도
지느러미도 없이
나뭇가지에 연못에

—「달」 전문

겨울에 더
생각이 많은
하느님의 하얀 생각

—「눈」 전문

나뭇잎들
깜짝깜짝 놀라서
어서 푸르러지라고

—「천둥」 전문

「개구리 눈」은 "물 바깥 보려고/ 조금씩 밀어" 올리는, 그래서 조금씩 커지는 개구리 눈을 그려 내기에 알맞고 「달」은 "나뭇가지에 연못에" 퍼져 나가는 달빛의 모습을 담아내기에 알맞은 배치다. 「눈」과 「천둥」역시 마찬가지다. 생각이 많아지는 하느님의 하얀 생각은 시행이 길게 펼쳐지는 방식과 어울리고, 천둥에 "깜짝깜짝 놀라서" 푸르러지는 나뭇잎들의 성장은 각 행의 자수를 더하는 방식과 어울린다. 내용이 무엇이냐에 따라 손바닥 동시의 형식은 엄격히 지켜지기도 하고 적절히 위반되기도 한다.

사용 가능한 모든 것의
적재적소

자수, 음보, 문장부호와 함께 손바닥 동시의 형식으로 더 살펴볼 점은 제목과 주(注) 부분이다. 앞서 살펴본 대로 손바닥 동시는 3행 3구(6음보) 22자 내외의 매우 간소한 형식을 기본으로 한다. 그러기에 짧은 형식을 보완하기 위해 제목과 주가 적절히 활용되는데, 이것은 하이쿠에는 없는 손바닥 동시만의 특징이다. 물론 모든 작품의 제목이 내용과 형식의 유기적 관계를 살핀 끝에 정해지는 것이지만, 특히 제목을 통해 손바닥 동시의 형식적 특징을 보완한 예로, 「귀 기울이면」「오늘 낮 206호 문 앞」「만일 하느님도 오늘 방학을 한다면」「숲에 달아 준 새집처럼」「차가 지나갔다」「어머니 신발」「전봇대에 붙은 매미」「만일 하느님이 있다면」 등을 들 수 있다. 이들은 모두 제목과 내용 간 접속의 밀도가 매우 높고 예민하게 설정되었다. 계절감을 담은 작품 「함박눈」「겨울 보름달」「봄비」「가을바람」, 「여름밤」 등이나 은유의 방식으로 되어 있는 「하늘 딱지」, 「태양은 연필」, 「뻐꾸기 딸꾹질」 등도 제목과 본문이 어떻게 접속하는지의 측면에서 새로이 음미해 봄 직하다.

밤새 껍질 깨고
안녕? 인사하는
감자꽃 시인,

*권태응 선생 무덤가에서 도토리를 주워 왔다.

— 「도토리 세 알」 전문

주가 달린 작품은 모두 7편으로, 비율로 보자면 많지 않다. 이 작품들은 주를 제외하면 좀 기우뚱한 것이 되고 만다. 제목-본문-주가 조화를 이룰 때 한 편의 작품으로 온전히 설 수 있다. 도토리가 하필 '세 알'인 것은 손바닥 동시의 3행 형식과 관계될 터이고(「세 공기」도 마찬가지), 맨 끝에 놓인 반점 역시 섬세하게 감각되기를 기다리며 앉아 있는 모양새다. 요컨대 반점은, 깨진 도토리 껍질 사이로 비치는 도토리 속살의 형상 같기도 하고 손바닥 동시가 계속 이어질 것이라는 암시를 담은 쉬어 감의 표시로 읽히기도 한다. 100편 가운데 100번째 작품인 점도 눈길을 끈다. 공교롭게도 『손바닥 동시』가 출간된 2018년은 「감자꽃」의 시인 권태응 선생 탄생 100주년이 되는 해다. 이 모든 게 묘하고 공교롭다.

표현 기법 면에서는 은유의 사용이 도드라진다. 100편 가운데 무려 3분의 1에 해당하는 30여 편에 은유의 방법이 적용되었다. 이는 은유가 갖는 시적 전환의 수월성, 언어 운용의 경제성이 십분 활용된 때문이겠다. 은유가 아니라면 "금붕어"가 "단풍잎"으로, 다시 "가을"로 날렵하게 이동하지 못할 것이고(「금붕어」), "당나귀 눈망울"이 "공중에 뜬 채/ 고요히 빛나는,/ 저 샘물의 깊이"로 순간 이동하지 못할 것이다(「당나귀 눈망울」). 그러니 손바닥 동시의 한 축을 '은유 놀이'라고 해도 괜찮을 것 같다.

모색과 탐구, 실험
하나의 양식이 되기까지

손바닥 동시는 그저 짧은 동시가 아니다. 하루아침에 급조된 것도 아니다. 유강희 시인에 따르면 이러한 양식을 구상하고 쓰기 시작한 것이 2006년부터라고 한다. 손바닥 동시에 대한 시론(詩論) 겸 시론(試論)은 『동시마중』 2014년 7·8월호, 2015년 5·6월호, 2016년 5·6월호에서 확인할 수 있다. 『손바닥 동시』는 어떻게 하면 짧은 시의 전통을 계승하면서도 현대에 맞게 고칠 것인가를 적잖은 시간 동안 고심하고 실천한 끝에 나온 첫 결실이다.

10년 넘는 모색과 탐구, 실험의 결실이니 만큼 결코 가볍게 보아 넘길 수 없다. 한 편 한 편에서 시의 형식과 내용에 대한 시인의 진지한 질문과 응답을 만날 수 있다. 그뿐만 아니라 어린이부터 어른까지 언제 어디서든 두루 즐기고 배울 수 있는 동시 놀이, 동시 공부의 교본이기도 하다. 가령, 제목을 괄호 치고 제목 맞히기를 한다든가, 본문의 한 단어나 구절을 괄호 치고 무엇이 들어가면 좋을지를 가늠해 보는 것은 가장 손쉬운 방법이다. 물음표와 느낌표, 반점의 위치와 그에 따른 효과, 행의 배치가 달라짐에 따른 뉘앙스와 의미의 차이, 제목과 본문의 관계, 큰 존재와 작은 존재, 사람과 동물, 자연과 문명, 사람과 사물, 성(聖)과 속(俗)의 대비를 통한 의미의 낙차가 어떻게 시적 효과를 발생시키고 증폭하는지, 대체 시란 무엇이고 시적인 순간은 어느 때를 가리키는지, 시인 또는 시의 마음이 가닿는 곳은 어디이고 어디여야 하는지 탐구하기에 좋은, 간소하고도 다양하며 풍성한 텍스트다.

지금까지 시조의 전통을 계승하려는 여러 시도가 있었고, 짧은 시에 대한 탐구도 적잖게 있었지만 하나의 양식으로 성공한 예는 아직 없다. 정형시는 일정한 형식에서 연유하는 연희성(演戲性), 현장성, 놀이의 성격이 강하다. 그것이 참여하고픈 욕망을 불러일으킨다. 그런 점을 고려할 때, 손바닥 동시가 하나의 양식으로 정립되기 위해 더 요구되는 부분이 있음도 눈에 띈다. 가령 3행 3구(6음보) 22자 내외이면 다 손바닥 동시로 볼 수 있는가? 손바닥 동시가 되고 되지 않음은 누가, 어떻게, 무엇으로써 판별할 수 있는가? 「낙숫물」 「차가 지나갔다」 같은 형식의 파격을 어디까지 허용할 것인가?

이와 관련해 시인이 이 책 '시인의 말'에 밝힌 손바닥 동시의 기본 형식은 이렇다. 손바닥 동시는 ① 글자 수가 시조의 앞 첫 구만으로 짜인 형식이며, ② 3행은 각각 기본 자수에서 2~3자를 넘지 않아야 하는 대신, ③ 글자 수를 줄이는 건 얼마든지 가능하다는 것.

하이쿠가 여러 시대와 세대에 걸쳐 완성된 것처럼 손바닥 동시 역시 더 많은 이들의 참여와 질문과 응답을 통해 차츰 완성될 수밖에 없다.

단단하고 차가운
세계의 배꼽에 간지럼을

—김준현 동시집 『나는 법』 이야기

새롭고도 날 선
질문

해묵은 말이지만, 동시는 동과 시가 결합된 말이다. 동은 '아이 동(童)'이지만 동심(童心)의 동이기도 하다. 아이란 말은 어린이, 어린이의 생활, 현실, 내면, 공상, 꿈, 좌절, 상처, 발달단계 등을 폭넓게 포함하며, 동시 독자로서의 어린이, 어른 내면에 남아 있는 어린이, 동시를 쓰는 시인 안의 어린이, 시인의 어린이관, 동심관까지를 아우른다. 어느 것 하나 단순한 게 없다. 어린이가 이런 말을 이해하겠어? 라는 말을 심심찮게 듣게 되지만, 동시 독자인 어린이는 그 실체를 특정할 수 있을 만큼 그렇게 분명한 대상이 아니다. 어른 독자의 경우, 동시집을 읽을 때는 시집을 읽을 때와는 다른 마음가짐이 된다. 나아가 동시를 '동심의 시'라거나, 동심을 '사람이라면 누구나 회복해 가져야 할 본심'이라고 본다면, 동시는 '시/동시'가 아닌

'시 → 동시'의 새로운 시 운동이 될 수도 있다.

동시란 말에 포함된 이런 복잡성은, 동시를 쓰는 시인을 번번이 괴롭힌다. 그래서 절대 해묵은 것으로 치부할 수 없는, 매번 새롭고도 날 선 질문으로 시인의 자의식을 건드린다. 김준현 시인은 이렇게 썼다.

> 동시를 쓴 시간이 오래되지 않았지만 독자와의 접점에 무게중심을 두는 쪽과 작품의 실험성—새로운 시도 그 자체에 무게중심을 두는 쪽의 갈등은 동시를 쓰는 입장에서 필연적으로 부딪혀야 하는 부분이라고 생각한다. 이는 누구와 누구의 대립이 아니라, 동시를 쓰는 내 내면에서 일어나는 갈등이다. 갈등이 해소된 이후가 아니라 그 갈등을 그대로 가져온 동시가 더 어여쁘다. (⋯) 시소의 중심—균형점을 찾기 위한 고군분투가 매일 동시를 쓰는 이들의 종이 속에서 일어나지 않을까.
>
> — 「동시와 네 개의 단상」 중에서
>
> (『동시마중』 2017년 3 · 4월호)

그러니 시인에게 동시 쓰기는, 동시란 무엇인가? 동시를 이렇게 써도 되는가? 이렇게 써도 동시가 되는가? 같은 질문을 던지고 그것의 "중심—균형점을 찾기 위한 고군분투", 화(和)와 불화(不和), 시와 동시, 동시와 비동시(혹은 반동시)의 경계에서 고투하는 행위이자 그것의 기록이라고 하겠다.

구르고 흐르고 울리는
놀이-리듬

「한글공부─이응(ㅇ)」은 이 동시집에서 비교적 단순한 말과 형식으로 이루어진 작품에 속하지만 김준현 시인이 동시를 어떻게 발상하고 굴려 가는지를 잘 보여 준다.

　　　동시는 시 앞에 동그란 바퀴가 달린 거지
　　　동글동글 굴러가는
　　　세발자전거처럼
　　　이응을 굴려

　　　어린이들을 태우고
　　　어린이들이 있는 곳으로
　　　온 동네로 동동

　　　　　　　　　　　　　　　　─「한글공부─이응(ㅇ)」 전문

　시 앞에 붙은 동은, '아이 동' 자인데, 그것을 "동그란 바퀴"로 읽는 순 간, '동시'란 말은 운동성을 지닌 말로 새롭게 태어난다. 동시의 동은 "동 그란 바퀴" → "동글동글 굴러가는" → "세발자전거처럼" → "이응을 굴 려" 가는 말놀이, 글자 놀이의 바퀴로 작동한다. 2연에 나오는 "어린이"는 한자인 동(童)의 뜻 부분에서 연상된 것이겠다. "어린이"에는 이응이 두 개, 리을이 하나, 니은이 하나 들어간다. 니은, 리을, 이응은 모두 울림소리이고, 이 소리들은 모두 동글동글, 리을리을, 이응이응—구르고, 흐르고, 울리는 느낌을 만들어 낸다. 동시는 한자로 이루어진 단어인데 이것을 소리로 읽고 동과 시를 분리해 바라본 한글 파자시(破字詩)인 셈이다.

"태우고"는 세발자전거(동시)의 주인을, "있는 곳으로"는 동시가 지향하는 방향성을 가리킨다. "온"의 이응은 "동"의 이응이자 2연 1행과 2행의 "어"와 두운을 이루는 이응이고(어-어-온), 제목인 '이응'과 관련하여 배치된 이응이다. "동네로"와 "동동"에 사용된 "동" 역시 1연 1행의 첫 단어 "동시"에서 시작된 말이 "동그란 바퀴"를 굴려 "동글동글" 굴러가 여기에 이른 것임을 알 수 있다.

"가만히 있는 시에 돌아다니는 동을 붙잡아 붙여 줄 게 아니라, 돌아다니는 동에다가 시를 붙여 함께 돌아다니게"(「동시와 네 개의 단상」) 하고 싶다는 시인의 동시관에 초점을 두고 감상할 수도 있고, 동시라는 말을 놓고 수행한 말놀이, 글자 놀이에 초점을 두고 감상할 수도 있지만, 이 둘은 분리해서 볼 수 있는 게 아니다. 형식과 내용은 분리될 수 없는 하나의 구조이자 개성이다. 김준현 시인의 첫 시집 『흰 글씨로 쓰는 것』(민음사, 2017)의 해설(「인공 언어 제작자, 지구-헵타포드의 비정한 세계의 기록」)에서 평론가 임지연은 이렇게 썼다.

> 그의 시적 발생은 언어 그 자체에 있다. 언어가 언어를 낳고, 의미가 의미를 낳으며, 알 수 없는 종착지로 구불구불 나아간다. (…) 김준현 시집에서 가장 두드러진 언어 현상은 말놀이이다. 발랄하고 난해한 언어의 쪼갬, 덧댐, 연쇄, 집합 현상은 시집에 흘러넘친다. 그의 낯선 방식은 그 자체로 김준현의 시적 구조이고, 미학적 개성이다.

물론 시의 방식과 동시의 방식이 같다고는 할 수 없다. 시인에 따르면, 시는 "묵직하고 어두"우며, 동시는 시가 주는 무게와 어둠 "바깥으로 빠져나와"(「동시와 네 개의 단상」) 쓰게 되는 무엇이기도 하니까. 그렇긴 하지만 이 세계에 대한 동시의 응전이 시보다 가볍다고는 볼 수 없다. 이 동시집의 많은 작품은 말과 글자와 사물과 사유 간 상호작용에 따른 연상의 장치이자 잔치로서, 이것과 저것을 잇고 늘이고 드러내고 감추고 편집하는 방식으로, 말과 사물과 몸과 세계에 간지럼을 태움으로써, 이 세계의 "단단하고 차가운/ 자물쇠"를 열고자 한다.

단단하고 차가운
자물쇠에도 배꼽이 있어요

열쇠를 넣고 이리저리 간질이면

저도 모르게
꾹 닫고 있던 입을 벌리고
키득키득
마음이 열리는 소리

— 「간지럼」 전문

단단하고 차갑게 닫힌 자물쇠를 "한국에 만연한 위계-높낮이의 형식"이자 "불통의 형식" "현실과 동떨어진 어휘와 고정관념" "폐쇄의 구조", 근엄과 엄숙이라고 한다면, 자물쇠의 배꼽을 찾아 열쇠를 넣고 이리저리 간질이는 행위, 즉 동시 쓰기는 이 모든 것을 해체하고 해방하려는 "경계 없는 말 걸기"[34]가 될 수 있다. 단단하고 차가운 쇠가 아닌, 유연하고 우연하며 정교한 말과 글자로 만든 열쇠. 3연에서 느껴지는 해방의 쾌감에 닿으려는 안간힘은 때로,

> 국어책에 있는 글자를 다 주워 모아
> 흰 눈 위에 수북한 나뭇가지처럼 주워 모아
> 모닥불을 피우자
>
> ― 「인디언 아이처럼」 부분

에서처럼, 말과 글자의 강박으로부터 벗어나고 싶은, "국어"가 너무 많은 사람의 무의식적 탈주 욕망으로 드러나기도 한다. 그러나 "한글놀이가 언어에 구체적인 질감을 더할 때 언어는 지루한 설명에서 재미있는 장난감이 되는 동시에 어린이가 시각적으로 체감할 수 있는 깊이를 가진다."[35]는 믿음은, 이 젊은 시인으로 하여금 부단히 말에 숨은 뼈를 찾아 나서게 만든다.

말의 종류를 괄호 안에 넣어 볼까?

(얼룩말, 거짓말, 조랑말, 바른말, 양말, 정말, 반말, 참말, 흰말, 고운말, 검은말, 존댓말, 갈색말)

---

34 김준현, 「아름다운 게 참 많은 봄」, 『동시마중』 2017년 5·6월호
35 김준현, 앞의 글

이 정도로도
괄호가 미어터질 거 같은데?
말이 너무 많으면
입에서 마구간 냄새가 나겠어

거짓말은 왠지 얼룩말을 닮았을 거 같아
검은색이 얼룩인지
흰색이 얼룩인지
분간이 안 가는 말이잖아

고운말은 양말이랑 비슷해서
따뜻한 콧김을 히히힝 내뿜고

정말?
정말

반말은 말꼬리가 짧을 거 같은 게
말이랑 안 닮았을 거야
왠지 싫은 녀석

같은 말이라도
쉽게 나오지 않는 말들은
내가 잠들면 입 밖으로 몰래 튀어나와서
아프리카 초원처럼 넓은 꿈속을 마구 달린대

무슨 말인지는 몰라도
잠꼬대처럼 웅얼거리는 말들이래
아빠가 봤대

— 「말에도 뼈가 있을까?」 전문

말(言)과 말(馬)의 어울림, 엇갈림, 겹침, 밀어냄, 헷갈림이 재미나게 구사된 작품이다. 1연과 2연만으로도 어린이 독자들에게 말놀이 재료를 준 것인데, 이 작품에선 '말놀이'란 말 자체가 새로운 말놀이가 된다. 말놀이는 말(馬)놀이이기도 하니까. 말과 말은 정말 이질적인 말인데, 두 말이 같은 말로 섞이기도 하고 겹쳤다가는 각자 돌아서기도 하면서 만들어 내는 말의 풍경이 독자의 마음에 묘한 무늬와 재미를 남긴다.

5연, "고운말은 양말이랑 비슷해서/ 따뜻한 콧김을 히히힝 내뿜고"를 들여다보면, 양말은 발에 신는 양말(洋襪)이기도 하지만, 군사가 먹을 양식과 말을 먹일 꼴을 통틀어 이르는 말인 양말(糧秣)이기도 하다. 양말이랑 비슷한 고운말이 "따뜻한 콧김을 히히힝 내뿜"을 수 있는 건 이 때문이다.

마지막 연의 1, 2행은 어떻게 읽어야 할까.

같은 말이라도
쉽게 나오지 않는 말들은

입속의 말과 "마구간"(3연)의 말이 동시에 떠오른다. "내가 잠들면 입 밖으로 몰래 튀어나와서"에선 "입 밖으로" 튀어나온 말과 마구간을 뛰쳐나온 말이 겹치면서, "아프리카 초원처럼 넓은 꿈속을 마구 달린대"로 나가게 된다. 부사 "마구"는 자연스럽게 마구간을 떠올리게끔 배치되었다. 그래서 이 말이 저 말인지, 저 말이 이 말인지 "무슨 말인지는 몰라도"라는 헷갈림, 섞임, 어리둥절함이 발생한다.

이렇게 생각해 보는 건 어떨까. 시인이 정작 말하고 싶었던 건, "무슨 말인지는 몰라도/ 잠꼬대처럼 웅얼거리는 말들"이 바로 시의 모습이고, 말의 뼈라고. 마지막 행, "아빠가 봤대"를 질문으로 던져 보자. 아빠가 본 것은, 말(言)일까 말(馬)일까? 굳이 무엇이라고 판별할 필요는 없겠지만, 봤다고 했으니까 이 말이 아니라 저 말 아닐까. 소리를 본다(觀音)고도 하니까 그것도 아니겠다.

한글 놀이 말놀이
사유 놀이

김준현 시인의 동시는 여러 번 읽을수록 깊은 맛이 우러난다. 말과 말이 만나 만들어 내는 겹과 주름에는 샛길과 오솔길이 많다. 행에서 행으로, 연에서 연으로 이월해 가는 모든 단어는 내적 필연성과 개연성으로 연결돼 있다. 그래서 시인이 배치한 말의 징검돌을 하나씩 밟아 가며 한 편을 다 읽고 나면 알이 꽉 찬 가재를 손에 쥔 듯한 뿌듯함, 세련된 언어 감각과 미적 구조를 체험하게 된다. 특히 표제작인 「나는 법」을 비롯해서, 「바다, 소리」 「구멍」 「태엽」 「여행자」에서 보여 준 긴 호흡과 상상력의 전개는, 동시 읽기에 골똘하고도 새로운 재미를 준다.

"없어도"/"남아 있는"(「나는 법」), "웅크림"/"몸부림"(「웅크림」), "일어나는 일"/"잊어 가는 일"(「일」), "관계없는 것"/"관계없는 하나"/"관계가 없는 사람"(「문제 7번」), "굴려 주었더니"/"머리만 굵었다"(「가분수」), "못 박히는 말들 속에/ 이렇게 어두운 구멍이 있었다니"(「구멍」), "타박타박 앞으로만 걸어가는 시계의 태엽을 뒤로 감는 것처럼// 바다로 가려는 강물을 감아올리면"(「태엽」), "꿈이 나오지 않아도/ 꿈이지 않아도/ 꾸미지 않아도"(「여행자」) 같은 말의 짝은 말놀이와 사유가 결합되어 강한 인상을 남긴다.

「채굴」「딸꾹새가 사는 새장」에는 긴 호흡에도 잘 읽히는 경쾌함이 있다. 제3부에 집중 배치된 '한글 공부' 연작은 한글 놀이이자 말놀이, 사유 놀이인데 앞서 언급한 것처럼 이 동시집의 작품 대부분은 말의 운동성을 떠나서는 생각하기 어려운 구조로 되어 있다. 김준현 시인에게 편편의 동시는, 동시 장르에 대한 물음이자 탐구, 실험이자 위반 충동이다. 그리고 무엇보다 가벼운 놀이의 정신이기도 하다. 앞으로 그가 써낼 동시를 기대를 갖고 기다리게 되는 이유다.

김준현 시인은 「동시와 네 개의 단상」에서 괄호를 열고 이렇게 썼다.

　　(이 글을 쓰면서 말끝에 자꾸 생각한다는 서술어를 쓰거나 물음표를 쓰는 것은 무엇도 선언하거나 단정하지 않겠다는, 내 나름의 다짐이라고 봐주셨으면 좋겠다.)

그는 첫 시집을 낸 후, 민음사 블로그를 통해서 진행된 인터뷰에서 "제목이 시집 전체를 쉽게 의미화하지 않을 것, 제목이 독자의 읽기를 특정한 방향으로 몰아가지 않을 것"이 제목을 정할 때 고려했던 점이라면서 이렇게 덧붙인다.

저는 시도 인간처럼 다면체에 가까워서 한 가지 맥락에서만 읽히지 않을 거라고 생각해요. 롤랑 바르트가 얘기한 '독자의 탄생은 저자의 죽음이란 대가를 치러야' 한다는 것도 저자의 의도 혹은 저자의 영향력 바깥에서, 텍스트 자체가 독자의 내면에서 스스로 재구성되는 일의 아름다움을 말한다고 믿고요. 구성은 저자가 아닌 독자로서의 제 읽기 맥락으로 한 것이지만, 독자 개개인이 모두 각자의 삶과 사유의 흐름대로 읽어 주시기를 바라는 마음이 있었어요. (…) (저자를 포함해서) 몇몇의 특정한 읽기 방식이 독자들의 읽기에 영향을 미치지 않았으면 좋겠다고 생각해요.

말한 것은 말하지 않은 것보다 항상 적다. 그러니 시에 관한 말하기는 말하지 않은 것을 놓친 기록일 수밖에 없다. 단순해서 쉬울 것 같지만, 단순해서 단언하기 어려운 것이 동시이기도 하다. 시와 마찬가지로 동시 중에는 "잠꼬대처럼 웅얼거리는"(「말에도 뼈가 있을까?」) 말하기 방식으로 태어난 작품도 적지 않으니까.

『나는 법』(문학동네, 2017)은 말하지 않은 것을 최대한 많이 남겨 두고 싶은 동시집이다. 이 예민하고 명민하며 사려 깊은 시인에게 어떤 암시나 부담도 주지 않는 것이, 앞으로의 동시 쓰기에 최선의 응원과 지지가 될 것 같아서다. 김준현 동시의 독자들에게 더 많은 행복이 돌아가기를!

• 더 나아간 세계
읽기

『나는 법』이후 5년 만에 나온 김준현 시인의 두 번째 동시집 『토마토 기준』(문학동네, 2022)은 서로 몰라볼 만큼 전작과의 사이를 뚝 떼 놓고 독자 앞에 도착했다. 짧음, 단순함, 구조적 안정감 같은 전통적 동시 형식으로부터 리드미컬하게 달아나면서 말들의 의외로운 잇댐이나 접합을 통해 만들어 낸 동시 언어의 풍경을 따라가는 재미가 새롭다. 동시를 사전 정의된 예술 형식으로, 도달해야 하는 어떤 표준으로 간주하지 않고, 우리가 살고 있는 우주와 같이 지속적으로 확장하는 장으로 밀고 간 '인카운터'의 사례로 보아도 좋을 것이다. 시인의 문제의식에 연유했을 실험적 작품이 적지 않지만 그것이 위험을 감수한 모험으로 독자에게 다가오지 않는 건 그것을 감싸는 리듬과 이미지의 자재로운 운용에 힘입었을 것이다.

소재나 발상에서 선행작들의 기시감을 완전히 떨어 버리지 않으면서, 아니 오히려 그것을 아무렇지 않게 포함하면서 그로부터 더 나아가고 나아가 마침내 도착하는 낯익은-낯선 세계가 『토마토 기준』이 제시하는 2020년대 우리 동시의 새로운 기준이다. 짧고 단순한 착상 차원의 선행작이나 단어들은 속수무책 김준현 동시 재료의 일부로 허물어지며 흡수되고야 만다. 비슷한 소재나 장소에 자기 동시의 언어를 덮어쓰기 하거나 (그래서 선행작을 지워 버리거나) 적어도 선행작과 대등하게 놓일 수 있는 세계를 만들어 낸다.

특히 「비 오는 운동장」은 동시로서는 전례를 찾아볼 수 없는 호흡이고 리듬이며 그것이 만들어 내는 새로운 구조의 실험이라 할 만하다. 그것은 구조의 건축이 아니라 건축된 구조의 허물기로 만들어지는 새로운 동시 구조의 건축술이다. 「너와 내가 톡, 톡」은 톡, 톡, 탁, 팡! 춤추는 리듬인 동시에 경쾌한 창작론이다.

톡, 셔틀콕을 톡
처음에는 톡이었지
하늘을 나는 한 마리 흰 새처럼, 톡
가벼운 마음으로
던진 말

네가 툭 받았지
내가 탁 다시 받아
저쪽으로 날린 셔틀콕을 네가 팡!
받아쳤지

입이 딱 벌어질 만큼
고개를 뒤로 꺾어야 할 만큼

땅에 떨어지면 안 돼
어떻게든 살리려는 마음으로 탕
어떻게든 달려가 탕

바닥에 부딪힐 뻔한
새 한 마리가
날개를 펴고 공중으로 솟구쳤지

자 이제 내 말을 받아 줘
대답해 줘

너와 톡, 톡 계속 얘기하고 싶어
빗방울이 잠든 웅덩이를 깨우듯
톡, 톡, 톡, 톡

— 「너와 내가 톡, 톡」 전문

다음 동시집의 세계는 또 어떻게 펼쳐질까. 『토마토 기준』 출간 이후에 발표된 「네가 얼마나 온 힘을 다해 걷는지」처럼 이 세계의 애씀을 다채롭게 담아낸 작품을 더 많이 볼 수 있기를 기대한다.

한 걸음 한 걸음이 쉽지 않은 갯벌
잘못하면 나무처럼 발이 뿌리가 되는 갯벌
뻘 뻘
진땀이 나는 갯벌

꼬막, 망둥어, 달랑게, 고둥, 불가사리가 꿈적이는 갯벌
바다를 이불처럼 덮고 자는 갯벌

여기서는 우리의 속도가 달라진다

기어 다니다가도 가끔 일어서서 한 걸음씩 걸으려고 하는 한 살
아기가 얼마나 애쓰는 건지 보여 준다
세상이 우리의 발목을 어떻게 잡는지 보여 준다
달리고 싶어도 달릴 수 없는 마음을 보여 준다

한 걸음 한 걸음이

얼마나 깊은 건지

한 발을 떼고 나면 남은 그 구멍이 보여 준다

—「네가 얼마나 온 힘을 다해 걷는지」 전문

(『동시마중』 2023년 3·4월호)

●●●●의 탄생

쓰지 않았을 뿐
없는 것이 아닌

송현섭의 동시 「푸른 전봇대」의 마지막 연은 이렇게 읽힌다.

> 말하자면
> 동시 동네에, 나 말고
> 새로운 괴물이
> 하나 더 추가된 거지.

그리고 이런 의문. 동시 동네에 이런 괴물이 또 있었던가? 어쨌든 이
"새로운 괴물"은 괴물 중에서도 좀 크고 남다른 무기로 무장한 괴물로 보
인다. 대상과 수식어의 결합 양상이 사뭇 다르다.

구름을 보자. "기름처럼 둥둥 뜬 흰 구름"(「착한 마녀의 일기」), "더러운 물웅덩이처럼/ 하늘을 떠다"니는 "구름들"(「일기예보」), "젖은 빨래들처럼" 하늘에 온종일 걸려 있는 "구름"(「장마가 길어지면」) 등 지금까지 동시에 나타난 구름과 다른 모습이다. 이런 양상은 「개미 떼를 따라가면」에서 "죽어 가는" → 풍뎅이, "절뚝절뚝 걸어가는" → 나비, "쫀득쫀득 말라 가는" → 지렁이, "입이 더러운" → 병, "병 속에서 우는" → 파리들, "눈도 없고 날개도 없는 까만" → 새 등으로 더욱 노골적으로 연속된다.

그런데 동시로서는 매우 낯선 말의 조합이 그려 내는 광경은, 문장이 어색해지는 것을 무릅쓰고 말하자면, 너무도 사실이고 현실이다. 쓰지 않았을 뿐, 없는 것이 아닌 것이다.

송현섭 동시의 새로움은, 없는 것처럼 외면하고 은폐해 온 현실 혹은 내면을, 엄연히 있는 것으로서 불러내고 드러낸다는 점이다. 이제까지 편집당한 채 동시 바깥에 버려졌던 '구석'과 '아래'의 불안과 공포, 추(醜)와 악, 잡아먹음과 잡아먹힘, 착취의 세계상이 동시적 필터링을 달리함으로써 중심으로 진입하고 부상한다.

지금 우리 앞에 있는 것은, 선뜻 열어 보긴 망설여지지만 누군가 먼저 열어 준다면 살짝 구경하고 싶은, "할머니의 기억 상자" 같은 동시집 한 권이다.

잘 들어 봐

이따만한 상자가 있어
장수거북처럼 오래된 상자야
할머니가 시집올 때

졸졸 따라왔대

완전 뒤죽박죽 상자야
쿵쿵 냄새나는 담뱃대
딱딱 할아버지의 틀니
반질반질한 은반지
징그러운 까만 탯줄도 있어
막내 고모의 안 예쁜 사진도 있고
여덟 살 때 빠진 내 앞니도 있지

겨울밤 할머니는
상자를 열고
한참 뒤적뒤적하다가
무언가 짠 하고 꺼내는 거야
오줌싸개 아빠의 한심한 성적표나
할머니의 할머니의
하얀 머리칼 뭉치 말이야

귀신 쫓는 빨간 부적 보고 싶니
넌 친구니까
특별히 보여 주는 거야
아 참
할머니도 작년부터 상자 안에 계셔

자, 열어 봐!

— 「할머니의 기억 상자」 전문

배제해 온 것들이 뿜어내는
현실적 생기와 광채

오솔길의 나무들이 "나보다 먼저" 외갓집으로 들어가 외할머니를 데려오는 이야기는 얼핏 아름다워 오히려 이질적으로 다가온다(「오솔길의 나무들이」). 아름다워서 이질적이라니, 이것도 좀 이상한 말이지만, 이 동시집에서는 사실이 그러하다. 이 작품은 우리 동시가 외가, 또는 외할머니를 떠올릴 때 자동으로 재생되는 이미지를 좀 더 세련되게, 환상적이며 서정적으로 제시한 것처럼 보인다.

내용은 단순하다. 나무가 줄지어 선 오솔길을 내가 걸어가고, 내가 온다는 기별을 미리 들은 외할머니가 산을 내려와 "에구, 내 새끼" 하며 반갑게 맞이한다. 빗방울이 떨어지는, 어둑어둑 저물어 가는 오솔길을 외할머니와 함께 걸어간다는 것이다.

"에구, 내 새끼"란 말은 외할머니를 말할 때 등장하는 대표적인 클리셰다. 그런데 이 반갑고 다정한 말이 어딘가 공허하고 쓸쓸하게 느껴진다. 마치 외가도 외할머니도 이미 없는 추억의 시공간에 울리는 소리처럼. 행위와 발화의 주체가 외할머니가 아닌 "오솔길의 나무들"이어서일 수도 있지만, "떨어지는 빗방울" "어둑어둑 저물어 가는" 배경도 한몫할 것이다.

이 작품을 이제까지 우리 동시가 시골에 있는 외가(친가)-외할머니(외할아버지, 친할머니, 친할아버지)-농촌-추억을 이야기할 때 공통되게 사용해 온 전형적 이미지의 허구성을 폭로하는 것으로 읽는 것은 무리일 수 있다. 그러나 송현섭 동시가 유사한 소재를 다루는 방식에 견주어 보면 이 작품으로부터 획득되는 현실적 생기가 적음을 발견하게 된다. 이 작품을 「참매미 보청기」「목격자」「토끼는 풀을 지우고, 외할아버지는 토끼를 지우고」「장마가 길어지면」 등으로 진입하는 길목에 놓인 것으로 보게 되는 건 이 때문이다.

「오솔길의 나무들이」를 지나, 그러니까 동시적(童詩的) 클리셰의 오솔길을 지나 우리가 보게 되는 건 비동시/반동시적 요소로서, 이제까지 우리 동시가 필터링하여 배제해 온 것들이 뿜어내는 현실적 생기와 광채, 공포와 불안이다. 때로 기괴스럽기까지 하지만 너무나도 생생하게 다가온다.

참매미 한 마리를 잡았어요. 작지만 소리가 어찌나 우렁찬지, 주변의 나뭇잎들이 기절할 정도였어요. 소리의 왕, 진짜 대단한 참매미였죠. 책상 위 다섯 개의 핀으로 꽂혀 있는, 바로 저놈이에요. 나는 가위로 참매미의 날개를 자르고, 사마귀 같은 더듬이를 떼어 내고, 몸통을 정성껏 다듬었어요. 사포로 문지르기까지 했지만, 한 가지 어려운 문제가 생겼어요. 참매미가 여전히 딱딱했거든요. 고민 고민 끝에, 참매미의 몸에 풀을 바르기로 결정했죠. 무려 한 시간 동안이나 풀을 바르고, 호호 불고, 풀을 바르고, 호호호 불었어요. 그제야 참매미의 몸은 말랑말랑해졌어요. 마침내 나는 참매미 보청기를 발명한 거라고요! 머리칼이 곤두서고 무릎이 간질거렸어요. 흥분해서 비명이라도 지르고 싶었다니까요. 할머니가 얼마나 좋아하실까. 나는 안방으로 갔어요. 할머니는 대나무 돗자리에서 코를 골며 주무시고 계셨어요. 나는 할머니의 머리맡에 앉아서, 커다란 귀와 까만 귓속을 의사처럼 꼼꼼히 살폈어요. 그러곤 두근거리는 마음으로 참매미 보청기를 할머니 귓속에 쏙 집어넣었어요. 순간, 할머니가 코브라처럼 윗몸을 꼿꼿이 세우더니 머리를 흔들었어요. 뭐냐! 귀에 뭘 넣은 거야! 이놈아··나는 지금 옥수수밭에 숨어 있어요. 아무래도 참매미 보청기의 효과가 너무 셌나 봐요. 불쌍한 우리 할머니, 갑자기 소리가 크게 들려 얼마나 놀라셨을까요. 근데 왜, 생각하면 생각할수록 내가 더 불쌍하게 느껴지죠?

— 「참매미 보청기」 전문

"코를 골며" 주무시는 건 할아버지가 아니라 할머니다. 할머니 입에서 나오는 말은 "에구, 내 새끼"가 아니라 "뭐냐! 귀에 뭘 넣은 거야! 이놈아"다. "코브라처럼 윗몸을 꼿꼿이" 세운 할머니의 이미지는 괴기물의 한 장면 같다. 「목격자」는 또 어떤가. "한여름 밤/ 외갓집 뒷마당"(1연)에서 목격되는 '현실'이, 실은 낡은 수도꼭지에서 물이 새는 이야기일 뿐이라는 걸 알고 읽어도 오싹하다.

하얀 달빛 아래
검댕이 굴뚝 아래
축축한 담벼락 아래

오돌오돌 장독대 아래

날벌레로 무거워진 거미줄 아래

로 시선을 파 내려가는 방식(2연), "녹슬고/ 험상궂은/ 외다리 수도꼭지
가/ 물방울의 목을/ 조르고 있었"다는 실감 나는 의인화(3연)를 거쳐 4연
에 도착하면,

똑●

똑●

똑●

똑●

우리가 이제까지 떠올려 온 것과는 다른, "한여름 밤/ 외갓집 뒷마당"의
모습이 드러난다. 그곳에 평화는 없다. "하늘엔 젖은 빨래들처럼 온종일
구름이 걸려 있고/ 닭들은 괜히 화가 나서 화단의 꽃들을 쪼고/ 오리들
은 일부러 진흙을 밟아 여기저기 발 도장을 찍고 다니"며 "멍멍이는 우울
증에 걸려 집 안에서 끙끙"거릴 뿐이다(「장마가 길어지면」).

시골 외갓집 앞마당에는 나무와 철망으로 만들어진 토끼집이
있어요. 늙은 감나무가 자꾸만 이파리를 떨어뜨려, 토끼집은 감잎
지붕을 갖게 되었어요. 토끼집에는 하얀 토끼 한 마리와 하얀 토

끼의 그림자 같은 갈색 토끼 한 마리가 살았어요. 외할아버지는 아침마다 이슬이 날아간 풀을 토끼에게 주었어요. 눈이 홍시처럼 빨간 토끼들이 쓱싹쓱싹 두 개의 토끼지우개처럼 풀을 지웠어요. 바닥엔 까만 지우개똥만 가득했지요. 이놈들은 겨울이면 두 배로 클 거야. 외할아버지가 말했어요. 그리고 다음 여름방학, 외갓집에 갔을 땐, 얼룩 토끼와 얼룩 토끼의 그림자 같은 까만 토끼가 있었어요. 어, 하얀 토끼와 갈색 토끼는 어디 갔어요? 아, 그놈들 할아버지가 ●●●●단다. 이 녀석들도 겨울이면 두 배로 클 거다. 하하하. 이가 두 개 남은 외할아버지, 아니 외할아버지지우개가 말했어요.

— 「토끼는 풀을 지우고, 외할아버지는 토끼를 지우고」 전문

"어, 하얀 토끼와 갈색 토끼는 어디 갔어요?"라는 손주의 물음에 우리의 자상해야 마땅한 외할아버지는 이렇게 대답한다. "아, 그놈들 할아버지가 ●●●●단다. 이 녀석들도 겨울이면 두 배로 클 거다. 하하하." 틀니라는 가림막 없이 제시된 "이가 두 개 남은 외할아버지, 아니 외할아버지지우개"의 이미지는 시골(농촌)-외가-할아버지의 클리셰를 지워 버린다.

우리 동시는 너무 오래 정지용의 「할아버지」 상에 머물러 있었다. 외할머니의 "에구, 내 새끼"에 너무 오래 갇혀 있었다. 외갓집 뒤뜰에 서 있는 늙은 감나무에 매달린 홍시만 너무 오래 쳐다보았다. 장마의 빗줄기에 너무 오래 국수를 말아 먹었다.

도달할 수 없지만
희망

사자는 톰슨가젤을 토하고

톰슨가젤은 풀을 토하고

풀은 바람을 토하고

바람은 풍선을 토했어요.

—「평화를 위해」전문

사자가 톰슨가젤을 토할 리 없고, 톰슨가젤이 풀을 토할 리 없다. 사자
는 톰슨가젤의 일상을 지배하는 강박적 공포—"여러분, 사자는 어디에
숨어 있나요?// 바람 속에 동그란 귀는 사자~/ 풀숲 사이 커다란 코는 사
자~/ 나무 사이 빨간 입도 사자~/ 슬금슬금 구름 그림자도 사자~"(「꼬마
톰슨가젤의 수업 시간」)—에 연민을 느끼지 않는다. 연민을 느끼기는커녕
어떻게 하면 두려움을 역이용해 더 잘 사냥할 수 있을지 궁리할 것이다.

그러나 만약 그런 사자가 (불가능함에도 어쩐 일인지) 톰슨가젤을 토하
고, (이에 감동한) 톰슨가젤이 (불가능함에도) 풀을 토하고, (이에 감동한) 풀
이 (불가능함에도) 바람을 토하는 평화의 연쇄가 일어난다면 어떨까? 얼
마 지나지 않아 생태계는 붕괴하고 말 것이다. 「평화를 위해」는 얼핏 평
화를 위한 자기희생적 행동을 촉구하는 것 같지만 실은 평화의 불가능

성을 문제 삼는다. 수사적 모순으로 긴장을 발생시키는 것이다.

"하트 모양의/ 아기 고래 꼬리에서는/ 구조 요청의 텔레파시가" 먼바다의 "엄마 고래에게로/ 아빠 고래에게로" 전송되지만(「아기 고래」), 그것이 도달할 수 없음을 우리는 안다. "벼 그루터기 알집에서 튕겨져 나온" 올챙이들, "버드나무가 부는 피리 소리 같은 은빛 송사리들" "엄마 따라 호수를 건너는 물뱀 새끼들이" 하는 말은 모두

무셔,

무셔,

무셔,

다. 제목이 '괜찮아'다. 대체 뭐가 괜찮다는 걸까. 살아남는 생명보다 죽을 생명이 더 많을 텐데? 거짓 위안 아닌가?

이것은 마치 "풀숲의 작은, 작은, 작은, 작은, 소리"를 잡아먹은 부엉이가 "재빨리 피 묻은 부리 쓱쓱 닦고" "달님을 향해 커다란 머리를 가로저으며" "아무것도 아니야." "아무 일도 없었어." 말하는 것처럼 "뻔뻔스럽게" 느껴지기도 한다(「부엉이」). "창자와 간과 콩팥" "머리와 깃털"까지 줄 테니 "제발 새끼들만은 건들지 말아" 달라고 애원하는 「암탉의 유언」은 고양이 앞에서 이루어진다. "노랗고 새콤한 병아리들을 바라보며" "야, 약속할게. 거, 걱정 마." 말을 더듬는 고양이를 우리는 믿을 수 없다.

난 내일 죽게 될 거야.

첫째 사위가 온다는군.

주인아주머니 말을 엿들었어.

네게 부탁 하나만 할게.

제발 새끼들만은 건들지 말아 줘.

대신 내 창자와 간과 콩팥을 줄게.

내일 두엄자리에 가면 있을 거야.

머리와 깃털을 장난감으로 써도 돼.

"야, 약속할게. 거, 걱정 마."

노랗고 새콤한 병아리들을 바라보며

고양이가 말했다.

— 「암탉의 유언」 전문

　　미용실에 데려가고 싶을 만큼 "아침엔 늪지대 괴물 같고/ 저녁엔 물귀신" 같은 버드나무 한 그루가 있다(「버드나무」). 송현섭 시인의 산문 「마콘도에서」(『동시마중』 2018년 5·6월호)에 나오는, "뒤틀린 뱀처럼 생긴" "괴상한 나무"일 것이다. 시인은 그 나무에 대해 "언제 봐도 한심한 부조리의 표상"이라면서 "저 흉측한 표상은 허상이 아니라 실체"라고 말한다. 그것이 실체이므로 어떠한 표현도, 실체가 아닌 허상의 표현인 한, "사치로밖에 느껴지지 않는"다는 것이다. 송현섭 동시가 집요하게 가리키는 것은 바로 이 괴물 같고 물귀신 같은 버드나무 — 이 세계의 흉측한 실상이다.

　　송현섭의 관점으로 어린이와 동심, 동시를 다시 보면, 이제까지의 관점은 어린이로부터 "바부 — 바부 —" 소리를 듣게 될지도 모른다. 지금 우리 앞에는, "여러 번 씻고/ 파란 리본 꼭지를 자르고/ 반으로 썬 다음/ 하얀 접시에 가지런히" 놓인 딸기가 있다. 그러므로 우리는 "이제 딸기는/ 박물관에서 본 돌처럼/ 하얗고 붉은 빛을" 낸다고 말할 수 있고, 나아가 "넌 저걸 집으면 손을 베일 거야." "이빨은 과자처럼 부서질 거구."라고 말할 수 있다. 그러나 그 말을 들은 동생은 "딸기를 입 안 가득 넣고/ 오물 오물 씹더니, 빨간 피를/ 질질 흘리며" 이렇게 말한다. "바부― 바부―" (「딸기」).

그러건 말건
살아간다는 것

　문학은 현실을 소환한다. 놀이터 구석에 차린 신혼집은 현실의 신혼 집과 나란히 놓이는 알레고리가 된다(「엄마 아빠 놀이」). "손가락/ 하나씩 하나씩/ 예쁘게 잘라 주며" "아이고, 나쁜 생각이 많이 자랐구나./ 손가 락은 내가 가져갈게."라고 말하는 "하느님, 나의 하느님"은, "분명 삥 뜯기 고 있는" 착취 구조의 알레고리로 읽힌다(「착한 마녀의 일기」). 용왕님께 던 진 수많은 질문, 어쩌면 용왕님조차 한 번도 진지하게 생각해 보지 않았 을 이 천진한 질문이 결국은, "토끼 간이 필요하면 연락하시고요."로 귀결 될 때(「용왕님께」), 우리는 일상화된 상업적 언술―교묘한 속임수와 맞닥 뜨린다. 고양이에게 암탉이, "제발 새끼들만은 건들지 말아" 달라며 "대신 내 창자와 간과 콩팥을 줄게" "머리와 깃털을 장난감으로 써도 돼."라고 말하는 대목은 또 어떤가(「암탉의 유언」).

　우리 삶이 그렇듯 송현섭 동시에서는 불안의 심리가 자주 목격된다. "빨간 감이 떨어질까 봐!/ 빨간 감이 떨어지지 않을까 봐!// 멍멍 짖어 대 는 해피"는 바로 우리의 모습이다. "저기 반짝이는 별이/ 창문이라면,/ 누 군가 창문을 연다면,"(「감나무 아래」)은 「마콘도에서」에서 말한 무한의 시간, 우주의 시간이 시선의 주체로 작용한 것이다. 앞서 말한 「괜찮아」의 진의가 여기에 있다. 우주로까지 확장된 시선으로 부감(俯瞰)하면 개체의 죽음은 죽음으로 끝나지 않는다. 이동하고 부활한다.

"물웅덩이에 빠진 별들이/ 내일은 눈이 되어" "눈부시게/ 눈부시게" 내리듯이(「일기예보」), "빼빼 마른 길고양이들이/ 쪽쪽 빨아 먹어 버린" "살구처럼 작고 노란 새"의 알 다섯 개가 "흙먼지와 쓰레기 반죽을 뚫고/ 노란 꽃"으로 피어나듯이(「자전거 도둑들」), 초록 벌레에게 먹혀 "창문이 많아진 초록 잎은/ 차가운 밤에 죽고" 말지만 "곧/ 초록 잎 두 장을 달고/ 예쁜 나방"으로 거듭난다(「초록 벌레」). 「나무 위 고양이」에 표현된 고양이의 다중적 이미지는 한 존재의 변신과 유전을 포착한 것으로 읽게 된다.

가브리엘 가르시아 마르케스의 『백년의 고독』에 나오는 '마콘도'가 라틴아메리카의 현대사를 반영하는 공간이라면, 송현섭 동시의 마콘도는 어디일까. 길어진 장마로 화가 난 닭들의 공격성, 오리들의 심술, 우울증에 걸린 멍멍이, 감나무의 슬픔, 비 맞은 병아리들의 불안과 공포, 소리 없이 다가와 깨물어 대는 모기, 할머니의 권태감에 둘러싸인 바로 그곳, 「장마가 길어지면」의 "마루"일 것이다. 온갖 소란과 불안과 우울과 권태와 괴롭힘에 둘러싸였으나 송현섭 동시의 시적 주체는 이렇게 쓴다.

하늘엔 젖은 빨래들처럼 온종일 구름이 걸려 있고
닭들은 괜히 화가 나서 화단의 꽃들을 쪼고
오리들은 일부러 진흙을 밟아 여기저기 발 도장을 찍고 다니죠.
멍멍이는 우울증에 걸려 집 안에서 끙끙거리고
화가 난 닭들이 달려가 개집을 쪼고, 오리들이 거기에 딱! 발
도장을 찍어도, 멍멍이는 영 관심이 없죠.

아차! 실수로 아기 감을 떨어뜨린 감나무는 이파리를 떨며 울고

비 맞은 병아리들은 둥글게 모여 와들와들 떨죠.

너무나 안 예뻐진 병아리들 때문에 더욱 화가 난 닭들이 서로

의 털을 뽑고

바닥에 달라붙은 닭 털 위에도, 오리들은 빠짐없이 발 도장을

찍죠.

모기는 물고기처럼 소리 없이 헤엄쳐 와, 나를 깨물고

할머니는 오 분에 한 번씩 하품을 하고

나는 마루에 벌렁 누워 졸리지도 않은데 하품을 따라 하고

심심해서 마루 천장에 달라붙은 까만 거미들을 세고

세도 세도 끝이 없는 거미들을 보며, 사실 우리 집은 우리 집이

아니고, 거미들의 집이란 걸 발견하고

그러건 말건, 빗소리의 자장가에, 쿨쿨 잠이 들죠.

— 「장마가 길어지면」 전문

이 세계는 사실 나의, 우리 집이 아니며, 온갖 소란과 불안과 우울과
다툼과 훼방과 심술과 권태와 괴롭힘과 속임수와 먹고 먹힘이 난무하는
거미들의 집, 그 한가운데다. 그래서 어떻다는 것이 아니라 "그러건 말건,"
길어지는 생의 환난을 자장가 소리로 들으며 쿨쿨 잠이 든다는 것, 살아
간다는 것이다. "하얗고 투명한 꽃 가득" 피운 겨울 유리창에 "파란 화분
하나를" 그려 넣는 것(「얼음꽃」)이, 희망도 절망도 없이 쓸 수 있는 생의
희망인지도 모른다.

송현섭은 이 동시집 원고로 2018년 제6회 문학동네동시문학상을 수
상했다. 이어 불과 6개월 만에, 동시로서는 처음으로 제23회 창비 좋은

어린이책 창작 부문에 선정되었다. 심사평에 김제곤이 썼듯이, 송현섭 동시는 "술술 읽히는 장점을 가졌으면서도 범상치 않은 시적 정황으로 독자를 긴장시키는 매력"을 지녔으며, "다소 위악적이며 그로테스크한 표현과 장난스러움과 유머를 동반한 표현이 부딪치면서 고정관념을 흔들고 상상력을 확장"(『창비어린이』 2018년 가을호)하는 장점을 지녔다.

일찍이 우리 동시에서 발견되지 않았던 면모를 지닌 대형 괴물 신인이 출현했다고 해도 좋을 것이다. 새삼스럽지만 다시 묻게 된다. 동시란 무엇이고, 동심이란 무엇인가. 그 둘로 담아낼 이 세계의 실상은 어떤 것인가. 동시적 클리셰, 동시적 성정, 동시적 필터링, 그러니까 '동시스러움'에 갇혀 보지 못한 것, 나도 모르게 은폐해 온 것은 무엇인가. 송현섭의 등장으로 동시 동네가 훨씬 더 재밌어지게 생겼다.

• 더 나아간 세계
읽기

2018년 하반기에서 2019년 상반기 사이에 벌어진 동시단의 가장 큰 사건은 신인 송현섭의 등장이었다. 불과 넉 달을 사이에 두고 출간된 그의 동시집 두 권 『착한 마녀의 일기』(문학동네, 2018) 『내 심장은 작은 북』(창비, 2019)은 이제까지 고수돼 온 동시의 여러 성상(聖像)과 금기, 전제를 깨뜨리고 혁신하는 가능성을 보여 준 일대 사건이었다. 그의 동시에는 비속어가 여과 없이 등장하고, 잔인한 표현이 곳곳에 눈에 띈다.

김미혜가 「마녀의 수프 끓이기」(『내 심장은 작은 북』)를 부분 인용한 뒤,

"너무 충격적"이고 이 같은 "시가 동시집에 실려도 좋을지에 관한 의문"
이 든다면서 "동시의 언어가 왜 이렇게 엽기적이고 자극적인가" 한탄하는
것도 이해 못할 바가 아니다. 김미혜의 말을 조금 더 인용해 본다. "나는
이 시를 읽으며 무섭고 슬펐다. 괴로웠다. 어린이를 대상으로 하는 동시
의 언어가 여기까지 가도 좋은가. 수위를 조절하지 않은 잔혹한 상상은
견디기 힘들다. 여기는 문학판 아닌가. 더군다나 어린이를 대상으로 하
는 문학이라면 최소한의 여과 장치가 필요하지 않을까 싶다. 참한 동시에
감동하지 않는 독자들에게는 이토록 파격적인 동시의 출현이 반가울지
도 모르겠다. 극단적인 묘사로 눈길을 잡아끄는 전략은 틀림없이 성공했
다."[36]

그런데 송현섭이 과연 "수위를 조절하지" 않았거나 "최소한의 여과 장
치"를 사용하지 않았다고 말할 수 있을까. 이것은 "극단적인 묘사로 눈길
을 잡아끄는 전략"에 따른 단순한 사태가 아니다(그러나 그렇진 않을 것이
다. 분명 여과한다고 했을 것이다. 그렇기에 이것은 더는 여과할 수 없이, 불가피
하게 남은 표현이 된다.). 동시를 어떻게 볼 것인가, 동심이란 무엇이고, 독자
로서의 어린이는 어떤 존재인가에 관한 근본적인 문제의식에 따른 의도
적인 도발이다. 그중 하나가 말하자면 "참한 동시"를 향한 훼손과 파괴,
재구조화의 욕망이다.

저 친구 마음에 안 들어요.
새하얀 색, 기분이 안 좋아요.
특히나 이 친구는 주름 하나 없이
항상 반듯해요. 재수 없게.

---

36 김미혜, 「동시는 동시를 어디까지 버릴까」, 『어린이책 이야기』 2019년 여름호

쪼그만 과자 부스러기만 떨어져도

부르르 몸을 떠는 것 같아요.

이건 해도 너무하는 것 아닌가요?

나는 이 친구를 치료하기 위해

일부러 빵 부스러기를 잔뜩 뿌리고

여기저기 할머니 주름을 접고

물 한 컵 시원하게 쏟아 버리고는

엄마한테 꿀밤을 세 대 맞았죠.

—「식탁보」 전문

(『내 심장은 작은 북』)

"이 친구"는 송현섭 동시의 맥락에서 보자면 "참한 동시"를 가리키는 것으로 읽히기도 한다. 동시라는 제도가 허용해 온 '동시적 성정'(이오덕)이나 '동시적 프레임으로 필터링된'(이안) 관습적 동시의 모습이 바로 이런 것 아니겠는가. 조금 극단화해서 말하면 새하얗게 표백되고 반듯하게 정돈된 창백(蒼白)의 언어, 꽃과 나비와 나무와 새들의 세계, 곤충과 동물, 참한 마음과 눈으로 이루어진 좁게 편집된 액자 속 세상. 분명 병적 진단을 내릴 만하므로 "치료"가 필요한 대상이 된다. 무엇이 그렇다는 말인가. 기존 동시 장르 자체가, 동시적 관습 자체가 그렇다는 것이다. 송현섭의 어떤 동시에서 낯선 도발성, 불쾌감, 당혹감을 느끼는 것은 조금도 이상하지 않은 일이다. 적잖은 우리가 아직까지 "식탁보"로서, "빨강내복의 관습적인 상상력"(김륭)을 입고 서 있으니까. 그러니까 김이구의 "해묵은 동시"와 김륭의 "빨강내복"을 표백해 반듯이 앉힌 게 송현섭의 「식탁보」인지도 모른다.

「식탁보」가 동시 장르 자체에 대한 도발적 문제 제기라면 『내 심장은 작은 북』에 수록된 「아우슈비츠 마을」은 동시의 세계 문학적 지평과 가능성을 가늠해 보게 한다. 송현섭 동시는 이 세계의 실상, 존재의 부조리, 삶과 죽음과 희망과 절망 등 굵직하고 무거운 주제에 맞서며 그것을 자기 동시의 구조로 건축해 낸다. 김륭이 2009년 『프라이팬을 타고 가는 도둑고양이』(문학동네)로 동시의 상상력과 표현 방법을 갱신한 것과는 다른 측면에서 송현섭은 2020년대 우리 동시를 재차 갱신하고 확장 심화시키는 촉매로 작용할 것이다. 김륭이 동시 내부에서 외부로 동시의 영역을 확장했다면 송현섭은 동시의 외부에서 내부를 공습하여 동시 장르를 재구조화하려고 한다.[37]

두 권의 동시집 출간 이후에도 송현섭은 생생한 음악과 이미지, 무의식의 심층에서 솟아난 듯한 에너지로 일렁이는 자신만의 오리지낼리티를 계속하여 쌓아 올리고 있다. 다음 작품은 세 번째 동시집 구성에서 중요한 뼈대가 될 것이다.

　　난 공원의 벤치에 앉아 있었어.
　　풀숲에 버려진 노란 테니스공처럼

　　보슬비가 내렸고
　　키 큰 나무들은 자기들이 구름을 흔들어 비를 내린다고 우쭐댔
　　지만

37　이 글은 이안의 「동시의 세계 문학적 가능성」(『동시마중』 2019년 9·10월호) 일부를 수정 보완한 것이다.

난 이런 상상을 하고 있었어.
'어쩌면'이란 단어는 토끼를 닮았다고.

'어쩌면'은 노란 테니스공을
데굴데굴 포근한 굴속으로 데려갈 거라고.

난 공원의 벤치에 앉아 있었어.
풀숲에 버려진 노란 테니스공처럼

풀잎들은 우산을 쓰고도 흠뻑 젖고
바람은 자꾸만 무서운 목소리가 자길 쫓아온다고 말했지만

난 이런 상상을 하고 있었어.
'어쩌면'은 노란 테니스공을 품을 거라고.

노란 테니스공은 노란 토끼가 될 거라고.
'보슬비'란 단어는 노란 토끼를 닮았다고.

난 공원의 벤치에 앉아 있었어.
풀숲에 버려진 노란 테니스공처럼

난 정말
토끼를 기다리고 있었다니까.

— 「어쩌면과 보슬비」 전문

(『동시마중』 2021년 5·6월호)

하드보일드,
신(新)문체 세대의 등장을 알리는 첫 동시집

—신민규 동시집 『Z교시』 이야기

찾아오게 만드는
동시

신민규 시인의 동시는 쉽고 재밌다. 막힘없이 술술 읽힌다. 그의 동시에
선 이런 경고가 절대 통하지 않는다.

경고!
절대 읽지 마시오

한 글자도
절대 읽지 마시오

이 밑으로

절대 읽지 마시오

더 이상은 안 되오
절대 읽지 마시오

마지막 경고!
절대 읽지 마시오

만약 더 이상 읽는다면
당신은 결국 끝까지 읽고

다음 장으로 떠나겠지
다들 그렇게 떠나가지

나를 읽지 마
나를 잊지 마

—「읽지 마시오」 전문

독자가 읽어 주기를 간절히 바라면서도 읽히고 나서 금세 잊히기는
절대 바라지 않는다는 점에서 "절대 읽지 마시오"는 '제발 읽어 줘'의 반
어적 말하기라고 할 수 있다. 쉽고 재밌게 말하기는 신민규 시인의 동시
쓰기 방법론이기도 하다. 그의 산문 「찾아오게 만드는 동시를 쓰고 싶
다」(『동시마중』 2017년 3·4월호)를 보자.

한정된 재료로 시를 쓴다는 게 오히려 더 까다로운 작업일 수 있습니다. 하고자 하는 말을 다듬고 다듬어서 아이들이 읽을 수 있을 정도로 만들어야 하니까요. (⋯) 아이들이 쉽고 재미있게 읽어 주기를 바라면서 씁니다. 책장을 넘기다가 쓱 훑어봐도 순식간에 읽히고 빠져드는 그런 시요. 찾아가는 동시가 아닌 찾아오게 만드는 동시를 쓰고 싶어요.

"한정된 재료"란 동시에서 쓸 수 있는 언어의 범위가 시보다 좁다는 점을 가리킨다. 한정된 말을, 그것도 다듬고 다듬어서 어린이 독자들에게 쉽고 재밌게, 순식간에 읽히게 쓴다는 것은 쉬운 일이 아니다. 오래전에 어린이 시절을 지나온 어른이, 엄청난 변화 속에 살아가는 요즘 아이들에 걸맞은 말과 정서와 생활과 심리와 리듬으로 쓰기란 각고의 노력 없인 불가능하며, 어린이/어른 사이에 존재하는 세대적 현격을 근원적으로 넘어서긴 어렵다. 그런데 신민규 시인은 이상하리만치 그것을 잘 해낸다.

신민규 시인은 1983년 서울에서 태어나 초중고교와 대학교를 모두 서울에서 마쳤다. 서울, 1983년생이라는 점은, 이전 세대와는 다른 시간과 공간을 지닌 동시 세대가 출현했음을 말해 준다. 물론 출생지와 출생 연도가 저절로 이전과 다른 세대적 감각과 언어를 구성하는 것은 아니다. 새로운 세대적 감수성은 같은 세대의 시인 모두에게 주어지는 보편적 시혜가 아니고, 어디까지나 예외적 개인에 의해 선구적으로 제출되는 것이다. 새로운 세대의 보편성은 바로 그 예외적 개인의 출현 이후에나 차차 구성되기 시작한다.

새로운 몸의 감각
세대적 사건

할머니께서 말씀하셨다

옛날에는 창호지로 창을 만들었어
손가락으로 창을 누르면 구멍이 뚫려서
방 안을 들여다볼 수 있었단다

그로부터 60년 뒤
할머니가 된 내가 말했다

옛날에는 터치패드로 창을 만들었어
손가락으로 창을 누르면 검색창이 떠서
세상을 들여다볼 수 있었단다

―「창」전문

동음이의어를 재치 있게 활용한 말놀이 동시로 읽고 넘길 수도 있지
만, 이 작품에는 새로운 인류가 출현했다고 할 만큼 이전까지와는 확연
히 다른 세대/세계의 이야기가 들어 있다.

1연과 2연은 "창호지로 창을" 만들던 옛날의, 옛날 사람들(같은 요즘 어
른들) 얘기다. 3연과 4연은 "터치패드로 창을" 만드는 요즘의, 요즘 사람들
얘기다. 두 세대는 창을 만들고 들여다보는 방법도, 내용도 다르다. "방

안"과 "세상"의 차이는 만질 수 있는 세계(직접성, 실재)와 만질 수 없는 세
계(간접성, 비실재)의 거리만큼 멀다. 이 작품은 간명하지만 극명하게, 새로
운 세대의 출현을 보고한다. 정지용, 윤석중 이후 오랫동안 유지되어 온
그 유구한 동일성의 세계를 충격하고 균열시키고 전복하는 세대적 사건
인 것이다.

이 세대는 '인간-몸'을 인식하는 방식부터 다르다.

졸려 죽겠는데
오줌 마렵다

일어나기 싫은데
오줌 마렵다

아랫배에 주삿바늘 꽂고
오줌을 뽑아내고 싶다

배꼽에 USB 꽂고
오줌을 옮겨 담고 싶다

찬 바닥에 배를 대고
오줌을 얼려 버리고 싶다

졸려 죽겠는데
일어나기 싫은데

오줌은 점점

또렷해진다

— 「오줌 마렵다」 전문

"아랫배에 주삿바늘 꽂고/ 오줌을 뽑아내고 싶다"거나 "배꼽에 USB 꽂고/ 오줌을 옮겨 담고 싶다"는 것은 이전 세대로서는 도저히 불가능한 인식이고 말하기다. 어머니의 몸과 연결되었던 탯줄을 자른 곳이 배꼽이다. 그 배꼽을 USB를 꽂는 포트(port)로 인식하고 말하는 것은 복숭아뼈를 싱싱하다고("싱싱한 복숭아뼈", 「뼘」) 말하는 것보다 낯설고 이질적인 접합이다.

눈을 뜬다
책을 편다

빛이 시에 내리꽂히면서
글자들을 한 움큼 움켜쥔다

빛이 책을 박차고 뛰어오른다
너의 눈으로 날아간다

눈알 속으로 풍덩 빠져든다
눈알 속에 빠진 글자들은 뇌로 헤엄쳐 간다

뇌는 글자들을 맛있게
굽고 튀기고 끓여서

심장에게 보낸다
심장이 꼭꼭 씹어 먹는다

책을 덮는다
눈을 감는다

—「시 읽는 과정」 전문

눈 아니고 "눈알", 머리 아니고 "뇌", 가슴 아니고 "심장"이라고 표현했다. 이 말들은 정서적이라기보다 물질적이다. 생명체로서가 아니라 기계에 가깝게 몸이 인식된다. 몸의 각 부분을 분리하여 들어내 보여 주는 듯, 독자의 머리에는 눈알과 뇌, 심장의 구조도가 떠오른다. "글자들을 맛있게/ 굽고 튀기고 끓"이는 뇌의 모습이나 그것을 "꼭꼭 씹어 먹는" 심장의 모습에선 그로테스크가 느껴진다. 이런 읽기는, 몸에 대한 불경을 적발하려는 것이 아니다. '인간-몸'에 대한 인식이 확연히, 근원적으로 달라진 세대가 등장했음을 말하는 것이다. 이런 차이야말로 이전 세대에게는 낯선 새로움으로, 신민규 시인의 세대(요즘의 어린이들까지 포함하여)에게는 세대적 동일성을 구성하는 요소로 작용하게 될 것이다.

신민규 시인이 수식이 거의 없는 문체를 구사하는 점도 몸에 대한 이러한 인식과 관계된 듯하다. 『Z교시』에 실린 작품은 종결 어미가 대부분 '—다'로 처리된다. '—다'는 주로 어떤 사건이나 사실, 상태를 서술할 때 쓰이며 건조한 느낌을 준다. 살과 피의 볼륨감을 최대한 덜어 낸, 불필요한 수식을 일체 빼 버린 뼈의 문체, 굳이 이름 붙이자면 하드보일드 문체 (hard-boiled style)라고나 할까. 동시의 문체로는 도무지 어울릴 것 같지 않은데 신민규의 동시에선 묘하게 어울린다. 말랑말랑하고 보드라운 언어의 질감과 비유를 포기하는 대신 빠르고 쉽게 읽히는 장점이 이 문체에는 있다.

도시적 사물과 공간
새로운 세대의 리듬과 문체

『Z교시』에는 이제까지 거의 모든 동시집에 단골로 등장하다시피 한 자연이 나오지 않는다. 어쩌다 나오더라도(옹달샘, 토끼, 기린, 이리, 고구마, 당근, 바나나, 파인애플, 사과 등) 단어 차원을 넘어 실물로, 중심 소재로 다루어진 경우는 하나도 없다. 그 흔한 꽃 이름, 나무 이름, 곤충 이름, 동물 이름(「토끼와 옹달샘」에 등장하는 토끼와 거북이는 실물이 아니다.)도 없다. 「봄 난로」가 예외이긴 하지만, 여름, 가을, 겨울 같은 계절의 이름도 등장하지 않는다. 그 자리를 차지하는 건 TV, PC방, 병원 같은 도시적 사물과 공간, 바이러스, 흰 신(vaccine), 리모컨, 터치패드, 검색창, 이어폰, 헤드폰, USB 같은 현대 문명의 각종 기기들과 그에 관계된 이름들이다.

도시에서 나고 자란 세대에게 자연만큼 낯설고 난해한 것은 없다. 이 세대와 자연 사이엔 세대 간 격절만큼이나 낯선, 이질적 거리가 존재한다. 자연을 만지고 감각하는 대신 사물과 전자 기기, 각종 글자와 숫자와 부호와 읽기(「숨은글씨찾기」「활자인간」「시 읽는 과정」「점」「 : 」「타고 올라가

고 싶어지는 시」「읽지 마시오」), 말의 차이에서 발생하는 뉘앙스(「비빔말」「Z
교시」「넘어 선, 안 될 선」「바이러스」「초2병」「창」「새 건반」「어린이야」「날 조심
해」)에 예민하게 반응하는 건 너무도 자연스러운 현상이다. 이 세대는 산
이나 들, 강이나 바다에 가는 대신 책을 읽고, TV를 보고, 이어폰이나
헤드폰으로 음악을 듣고, 컴퓨터 게임을 하고, 집과 학교와 학원을 오간
다. 생활의 공간과 내용, 형식이 다르므로 이 세대는 이전 세대와 다른 리
듬을 장착할 수밖에 없다.

> 나는 초2 나인 아홉 살이지
> 순진한 척 알 건 아는 나이지
> 산타 할아버지 정체는 우리 아버지
> 어머니 휴대폰 비번은 7537
>
> 아는 것도 알아 갈 것도 많은 나인데
> 아무것도 할 수 없네 나에게 왜 이래
> 뭘 하든 넌 아직 어려 안 돼 노노
> 나도 맛을 알아 아메리카노
>
> 어른들은 말하지 넌 뭐든 될 수 있다고
> 아이돌 과학자 대통령 뭐든 되라고
> 대체 언제까지 기다려야 되는데
> 열 밤이 지나도 또 열 밤 자야 되는데
>
> 하루빨리 크고 싶어 얼른얼른

하지만 앞으로도 십 년 넘게 어린 어른

하루가 다 가기도 전에 기다려 내일을

크기 위한 내 작은 노력 떡국 두 그릇

— 「초2병」 전문

이 동시집에 수록된 「넘어 선, 안 될 선」 「이런 신발」과 함께 랩이 효과적으로 구사된 작품이다. 앞서 "USB"가 "배꼽"과 접합되어 의외의 효과를 발휘했듯이, 이 작품에선 랩이 동시와 결합하여 이전과 다른 동시의 모습을 보여 준다. 우리 동시에서 컴퓨터 등 현대 문명의 기기명(機器名)이 사용되거나 랩이 구사된 예가 없지 않았지만, 덩치 큰 어른이 아이의 옷을 억지로 껴입은 것처럼 민망하고 어색하게만 보였다. "뭘 하든 넌 아직 어려 안 돼 노노/ 나도 맛을 알아 아메리카노" "대체 언제까지 기다려야 되는데/ 열 밤이 지나도 또 열 밤 자야 되는데" "하루빨리 크고 싶어 얼른얼른/ 하지만 앞으로도 십 년 넘게 어린 어른/ 하루가 다 가기도 전에 기다려 내일을/ 크기 위한 내 작은 노력 떡국 두 그릇" 같은 라임과 펀치라인 배치는 세대적 감각이 몸에 배지 않고는 구사하기 어렵다. 이런 점이 신민규 시인으로부터 비롯되는, 새로운 세대에 의한, 새로운 리듬과 문체가 우리 동시의 오래된 동일성을 충격하고 해체하리란 전망과 기대를 갖게 한다.

새로운 세대적 감수성을 가진 이 시인이 첫 동시집에서 보여 준 개성적 문체의 세계를 얼마나 힘 있게, 어떻게 갱신하며 나아갈지는 알 수 없다. 우리 동시가 아직까지 걸어 본 적 없는 미답의 길을 돌파해 나가자면 타고난 감각만으로는 부족하다. 인식의 지평을 획득하고 다지는 사유와 인문학적 공부가 더해질 때, 이 글에서 언급한 장점과 개성에 깊이감이 깃들면서 신민규 시인만의 동시 성채가 더욱 견고해질 수 있을 것이다. 바라건대 나처럼, 이전 세대의 동시를 쓰는 시인에게는 도무지 흉내 낼 수 없는 더 큰 좌절과 절망의 펀치를, 동시대 어린이 독자들에겐 더 큰 환호와 작약(雀躍)의 펀치를 안기는 시인이 되면 좋겠다.

제 2 부

당신을 기다리는
시의 자리

"어떤 이유로든 해소되지 못한 유년의 시간, 장소, 사건, 기억은
어른이 되어서도 접힌 채, 조금도 잊히지 않고,
펴지기를 열망하며 남아 있다.
어떤 동시는, 이 접히고 멍울진 '그 아이'의 자리에서 피어난다."

오전 열한 시 무렵,
그곳에 있지 못한 당신을 위하여

—방주현 동시집 『내가 왔다』 이야기

　방주현 시인의 동시는 익숙한 것 같은데 낯설고, 흔한 것 같은데 드물고, 오래된 것 같은데 새롭다. 그저 따뜻한 데서 그치지 않고 그 속에 쓸쓸하고 외로운 정서가 깃들어 있다. 왜 이렇게 느껴지는 걸까. 환상지(幻想肢, phantom limb), 흔히 환상통이라거나 환지통이라 일컫는 아픔의 시간과 장소가 담겨 있기 때문일 터이다. 손발이 절단된 다음에도 없어진 부위가 아직 존재하는 것처럼 느껴지는 환지(幻肢) 사태는 흔히 이렇게 표현된다.

　　재작년 여름에 번개 맞은 뒤로
　　윗동이 톱으로 잘린
　　벚나무 그루터기는

　　봄만 되면
　　가지 끝이 저릿저릿하고

꽃눈이 쏘옥 쏙 올라오는 것 같아

내년 봄엔
정말로
꽃 피울 것 같단다

—「환상통」 전문

번개 맞아 몸통이 절단된 이후에도 삶은 계속된다. 몸통(기억, 꿈)이 없으면 없는 대로 강행되는 삶의 시간을 수락하는 자리에서 방주현 시인의 동시는 출발한다.

가득하다기보다
아득하다

방주현 시인은 2016년 『동시마중』 7·8월호에 「주전자」 「수저통 귓속말」 「모탕」을 발표하며 작품 활동을 시작했다. 이듬해 봄, 쟁쟁한 시인들과 치열한 경합을 벌인 끝에 제1회 동시마중 작품상 수상자로 선정되었다. 등단작 가운데 한 편이자 제1회 동시마중 작품상 수상작인 「주전자」를 보자.

바다에 나가
고기를 한가득 싣고 올

꿈을 꾸던 쇠는,

주전자가 되어

보리차를 끓일 때마다

항구에 돌아오는

배가 된다

내가— 왔다—

뿌— 뿌— —

뿌— 뿌— —

—「주전자」 전문

배와 주전자, 바다와 부엌은 감히 비교할 수 있는 크기가 아니다. 주전자는 꿈에 비해 너무 작은 물건이 되었다. 바다가 아닌 부엌 한쪽에 앉아 "내가— 왔다—// 뿌— 뿌— —/ 뿌— 뿌— —" 울리는 주전자의 기적 소리는 온전히 이루(어지)지 못한 꿈과 인생에 대한 은유로 읽게 되지만, 여기에 실패나 좌절 같은 정서가 기입돼 있지는 않다. 꿈과 현실의 거리가 환기하는 격차, 환지의 통증을 간직하면서도 계속되는 삶을 긍정하는 시인의 태도가 보일 뿐이다. 이 긍정은 가득하다고 말하기보다 아득하다고 말해야 한다.

통점,
시가 피어나는 시간

시인은 오전 열한 시 무렵, 그곳에 오지 못한, 그래서 함께하지 못한 당신—그 환지의 시간을 잊지 않으려 한다.

장미 다발을 들고 비닐하우스에서 나오던 팜티마이 아줌마

수학 문제를 설명하던 6학년 2반 이서연 선생님

서류 가방 들고 걸어가던 김유성 아저씨

마을버스를 운전하던 박미양 기사님

모두들 일하다 잠시 멈춰 서서

먼 데 하늘을 보는

11시 무렵

—「학부모 공개 수업」 전문

'학부모 공개 수업'은 익숙하고 흔하고 오래된 동시의 소재다. 그러나 그것을 보고하는 시인의 시선이 매우 낯설고 드물고 새롭다. 어떻게 이런 시선의 확장, 획득이 가능한가. 시인이 보는 것은 학부모 공개 수업이 이루어지는 교실의 학부모가 아니라, 삶의 현장을 지키느라 부득이 오지 못한 학부모들이다. 시인은 함께한 사람들이 아니라 함께하지 못한 당신들을 기록한다. 그중에서도 특히 눈길을 붙잡는 것은 "장미 다발을 들고

비닐하우스에서 나오던 팜티마이 아줌마"다. 팜티마이 씨는 베트남 이주여성으로, 장미를 기르는 비닐하우스에서 일한다. 그리고 팜티마이 씨의 아이가 이 교실에 있다. 그런데 이 구절이 말하는 것이 이것뿐인가.

인터넷 검색창에 '팜티마이'를 쳐 본다. '사이공 국제결혼' 사이트에는 스물세 살의 미혼 여성인 팜티마이 씨의 가족 관계, 학력, 직업, 거주지가 사진과 함께 나와 있다. 또 다른 팜티마이 씨는 암 투병 중인 시조모를 성심성의껏 간호해서 심청효행대상 다문화 효부상 부문을 수상했다는 언론 보도에 등장한다.

"장미 다발을 들고 비닐하우스에서 나오던 팜티마이 아줌마"라는 구절은 다양한 국적의 '팜티마이 씨'들이 이미 오래전부터 우리 사회에 깊이 들어와 살고 있음도 떠올리게 한다. 이들이 떠나온 국가, 이주 여성(남성)의 삶과 노동 현장, 다문화 가정의 현실, 다문화 가정 아이들의 학교생활과 일상, 문화 충돌과 융합이 불러올 우리 사회의 변화 등을 폭넓게 환기하는 것이다.

오늘 급식은 짜장면이다!

호로록, 한 입 먹으면
콧잔등에
맛있는 짜장 점 일곱 개

호로록 호로록, 두 입 먹으면
입가에
맛있는 짜장 수염 두 가닥

마주 앉은 친구가

웃는 소리도

짜장짜장 들리는 날

—「짜장요일」전문

「짜장요일」처럼 아이들 생활의 명랑성을 유니크하게 구현한 작품(「걷고
싶은 길」「개나리반」「알맹이」)도 눈에 띄지만, 이 동시집을 더욱 개성적으
로 돋보이게 하는 것은 생활동시가 쉽게 획득하기 어려운 삶과 세계, 인
생의 깊이가 간직된 작품들이다. "잠시 멈춰 서서// 먼 데 하늘을 보는//
11시 무렵"은 방주현 동시에서 환지의 통점(痛點)이 작동하여 시가 피어
나는 시간이다.

그러니까 오전 열한 시 무렵, 그곳에 있지 못한 당신을 향하여 놓인
시. '열한 시'보다 '11시'로 적을 수밖에 없는 '외'(1)로운 시간의 시다. 다시
말하자면 향아설위(向我設位)의 시. 방주현 동시에서 '나'는 '없는 당신'의
기록이고, '없는 당신'은 곧 '있는 나'의 기록이다.

금요일 저녁이야

너랑 짝꿍 했던 일주일을 깎고 있어

월요일엔 너에게 연필을 빌렸지

똑,

수요일엔 너랑 협동화를 그렸고

똑,

오늘 우리는 2인3각 달리기를 했어
똑,

다음 주 내 짝꿍은 수인이인데
똑,
네 얼굴은 내 마음을 자꾸만
똑똑

—「손톱 깎기」 전문

애도 의식이 아주 천천히, 또렷하고 분명하게, 손톱을 깎는 구체적인
행위로 수행된다. "똑," 나에게서 떨어져 나가는 소리 같기도 하고 "똑," 떨
어지는 눈물 같기도 하고 "똑똑", 때가 지났음에도 내 마음을 떠나지 못
하고 자꾸 안으로 다시 들어오려는 소리 같기도 하다. 이 아이는 어쩌면
금요일 저녁마다 지나간 일주일을 이렇게나 애틋이 떠나보내는지도 모른
다. 다가올 만남의 시간보다 지나간 헤어짐의 내용에 더 깊이 마음이 가
닿는 아이. 이 아이의 마음은 조용히 가라앉으면서 내면으로 스미는 말
의 힘을 받아 찬찬하고도 잔잔하게 독자의 마음에 "똑똑", 떨어져 내린다.
「손톱 깎기」는 지나간 시간을 하나하나 깎아 냄으로써 오히려 깎아 낸
그 모든 것을 온전히 받아 안으려는 시의 환지법(幻肢法)이다. 그리하여
너와 함께한 시간은 나에게서 사라지지 않고 간직된다. 이런 시선과 태
도가 방주현 동시의 힘이다.

애벌레가 나비 되어 날아간 다음 날
연우는 전학을 갔다

사물함은 한 칸 남고
연우 책상은 선생님 보조 책상이 되었고
발표자 뽑기에선 연우 이름이 사라졌다
검사 도장 찍힌 문제지는
받을 사람이 없어 폐휴지함으로 갔다

연우가 전학 가던 날
집에서 울었다던 주원이는
요즘 쉬는 시간마다 유빈이랑 뛰어다닌다

다들
웃고 떠들고 깔깔대는 하루하루
이제 연우 이야기는 하지 않는다
연우 생각은 나만 한다

나는 다음 달에 전학 간다

—「전학」 전문

    임박한 헤어짐의 사태에 직면한 아이가 이 작품의 보고자가 아니라면 2연과 3연의 디테일은 작성되지 못했을 것이다. 방주현 시인의 동시가 익숙한 것 같은데 낯설고, 흔한 것 같은데 드물고, 오래된 것 같은데 새롭다고 하는 건 바로 이런 남다른 시선이 작용하기 때문이다. 생활동시의 일대 진전이라고 할 만한 「혼자 갈 수 있다」 「교문 거북이 살아남기」 외에도, 「만약 교실에 신령님이 살고 있다면」 「분실물함」 등이 변화된 아이들의 현실을 독특한 시선으로 보고한다.

오래 당신을 기다려 온
시의 표정

방주현 시인이 보는 시간과 장소는 없어지거나 뭉개진 듯 희미한, 그래서 잘 안 보이는 존재와 관계된다.

아빠, 치킨 사 줘!
치킨집이 새로 생겼어.
오늘은 개업이라 한 마리 사면 한 마리 더 준대.

지난주까지 속옷 가게 하던 자리야.
아니, 거긴 떡집이었다가 지금 화장품 가게고.
아니 아니, 홈플러스 옆에 카페 하다가 반찬 가게 하다가 핫도그 파는 자리 왼쪽 말이야.
맞아, 거기!

다른 가게로 바뀌기 전에 얼른 사 줘.

— 「치킨 치킨」 전문

달

아래

소망빌라

4층 민기는 아이언맨
3층 현아 누나 내일부터 출근하고
2층 나정순 할머니가 지팡이 없이 산책을 가네
1층 오정우 아저씨는 마당 넓은 집에서 꽃밭을 만들고
반지하 도영이네 고물 트럭까지 새 차 되어 쌩쌩 달리는 밤

매일 아침 허물고
매일 밤 새로 쌓는
소망빌라 5층 꿈탑

― 「소망빌라 5층 꿈탑」 전문

　　2018년 말 기준 전국 개인 자영업자 폐업률은 11퍼센트였다. 2005년 15.7퍼센트에 비하면 많이 낮아진 편이지만 이를 인구수로 환산하면 83만 884명에 이른다. 사회적 환지통이다. 우리 사회의 여러 모순을 어떻게 동시 내부로 끌어안을 것인가는 1920년대 카프(KAPF)의 집단적 시도 이래 유구한 전통을 지닌 것이지만, 그 가운데 시간의 풍화를 견디고 문학으로 살아남은 작품은 손에 꼽기 어려울 정도다. 메시지가 적절히 시적 대상과 상황을 입지 못하고 날것의 주장으로 뛰쳐나갔기 때문이다.

「치킨 치킨」을 아이의 재치를 보여 주는 작품으로 읽고 만다면 사회문제를 동시 속으로 적극 끌어들이려는 시인의 시선을 놓친 것이다. 이 동시집에는 세월호 참사 이후(「바위」), 동물 '살처분'('인종 청소'처럼, 끔찍하기 이를 데 없는 단어다.) 현장(「독감」), 수십 년에 걸쳐 진행된 도시화로 지금은 거의 종료 상태에 이른 이농 현상(「허수아비」), 서민들의 현실과 꿈(「소망빌라 5층 꿈탑」) 등이 다양하게 들어와 있다. 이런 점이 앞으로 방주현 시인이 펼쳐 보일 동시세계에 더욱 큰 기대를 갖게 한다. 이 가운데 「소망빌라 5층 꿈탑」은 형식과 내용의 조화 면에서 구체시(具體詩, concrete poetry)의 좋은 보기로 들 만한 작품이다. "소망빌라"는 말 그대로 "소망"을 "빌라"는 말처럼 읽히기도 한다.

독특하게 음미할 만한
태도이자 윤리

엄지도 가끔은
검지랑 나란히 붙어
손모아장갑 넓은 방에서
살 부비고 싶지만

엄지 자리는
한 걸음 떨어진 곳

네 손가락

손톱도 문질러 주고

손가락 사이사이 살펴 주고

연필 잡을 때

리코더 불 때

옆에서 아래에서

조용히 받쳐 주는

엄마 자리

조금 떨어졌어도

가장 가까운

거기래

— 「엄지 자리」 전문

　'엄마 자리'라는 상투성의 메시지를 손모아장갑의 '엄지 자리'라는 구체적 대상과 상황에 잘 담아냈다. 적절한 대상과 상황에 메시지를 담아낼 때, 그것은 거부감 없이 독자에게 수용되며, 해묵은 메시지는 새것이 된다. 방주현은 그것을 잘 알고, 잘하는 시인이다. 손의 감촉으로, 체온으로 설득력 있게 실감되는 그 자리는 다른 대상과 "한 걸음 떨어진 곳"에서 "문질러 주고" "살펴 주고" "옆에서 아래에서/ 조용히 받쳐 주는" "조금 떨어졌어도/ 가장 가까운/ 거기"다. 그러니까 그 자리는 엄마 자리만이 아니다. 교사의 자리이자 어른의 자리이기도 하며 사려 깊은 관계의 자리이기도 하다.

손모아장갑이라는 일상 용품에서 어른의 자리, 바람직한 관계의 거리학(距離學)을 성공적으로 끄집어냈다고 해도 좋다. 그래서 그 자리는 외롭고 높고 쓸쓸한 시의 자리, 시인의 자리가 될 수 있다. 시와 시인이 마땅히 눈여겨보아야 할 곳은 "콘센트 위 5밀리미터 난간"(「착지」)처럼, 오래 손길을 받지 못한 곳이다. 그곳에 손길과 눈길, 마음을 두는 사람이 시인이다. 방주현 동시의 어린이들이 오늘도 안전하게(「달팽이 안전 교육」) 보호받으며(「교문 거북이 살아남기」, 「훈이」) 혼자 갈 수 있는 힘과 용기(「혼자 갈 수 있다」)를 얻는 것은 시인이 바로 이런 자리에 있기 때문이다.

방주현 동시에서 '자리'는 독특하게 음미할 만한 시인의 태도이자 윤리, 시선을 보여 주는 중심이랄 수 있는데, 「자리 맡기」도 한 번 더 읽고 싶은 작품이다. 은은하게, 오래되어 노르스름한 은수저가 맡아 둔 자리. 마치 당신을 오래 기다려 온 시의 표정인 것만 같아서.

할아버지 생신날 아침이었어
밥상에 갈비찜, 갈치구이 놓고
수저를 짝 맞춰 놓았지

노르스름한 할아버지 은수저 옆에
무늬가 같은 할머니 은수저
그 옆으로 맞은편으로
다른 수저들을 놓았지

언니, 오빠, 내가 먼저 왔지만
은수저 앞에는 앉지 않았지

은수저가 할아버지, 할머니 자리

맡아 놨거든

—「자리 맡기」 전문

불가능이라는
시의 등불

"귓속말"을 잘하는 건 시의 영원한 미덕이다. 시인이라고 해서 누구나 갖고 있는 재능이 아니다. 더욱 사랑스럽게 가꾸어갈 덕목이다. 동시를 쓰기 시작하면서, 그 결과물로 이 책을 첫 동시집으로 묶어 내면서 시인 자신이 「모탕」("도끼가 날아올 때마다/ 질끈/ 눈을 감았지// 나에게 오는 것이/ 아닌 줄 알면서도// 언제나/ 꽉! 눈을 감았지")의 내면에서 굳건하고(「징검다리」) 꾸준하며(「언젠가는」) 배짱 가득하게(「장화 벗은 고양이」) 준비된(「구운 땅콩」) 내면으로 이동했음도 확인하게 된다. 그것이 앞으로 더 큰 환지의 현실까지 동시에 불러들일 수 있는 힘이 되리라 믿는다.

시인은 영원히 뜨는 자, 그래서 지금도 내일도, 밤에도 낮에도 뜨는 자, 눈감을 때조차 뜨는 자이기를 소망한다. 그것이 "매일 아침 허물고/ 매일 밤 새로 쌓는" '소망빌라 5층 꿈탑' 같은 것이라 해도, 아니 바로 그렇기 때문에, 시의 소망은 영원한 불가능을 소망한다. 그것이 언제까지나, 어차피 잘 안 될 것을 알기에, 시인은 그 안 됨을 아끼고 사랑하며 지금도 내일도 뜨개질거리를 놓지 않는다. 취미를 넘어 삶의 전부가 될 때까지.

제1회 동시마중 작품상 심사평(『동시마중』 2017년 5·6월호)에서 인용한 르네 샤르의 말, "우리는 불가능에 도달할 수 없다. 그러나 그것을 등불로 사용할 수는 있다."가 방주현 시인의 동시와 삶에 그치지 않는 영감을 불어넣어 주기 바란다.

나는 거미
취미는 뜨개질이야
날마다 옷을 만들지
마음에 들면 누구든 입고 가라고
아무 데나 걸어 놓곤 해

어떤 날 만든 옷은
파리에게 너무 컸나 봐
파리가 그 안에서 돌돌 감겨 버렸어

엊그제 만든 옷은
박새에겐 좀 작았나 봐
걸치자마자 찢어지던걸

뭐, 어떠니?
언젠가는 나도
누군가에게 꼭 맞는 옷
한 벌쯤은 선물할 수 있겠지
나는 지금도

뜨개질을 하고 있거든

빼딱구두 소녀가 왔다

—박해정 동시집 『넌 어느 지구에 사니?』 이야기

  박해정 시인의 첫 발표작(『동시마중』 2015년 5·6월호) 세 편은 독특했다. 씻어 오다 실수로 소쿠리째 쏟아 버린 블루베리를 두고 "일부러 그런 건 아닌데/ 아껴 먹으려면 이 방법이 최고군." 하고 짐짓 너스레를 떠는 솜씨하며 "책상 밑에서 나를 째려보던 눈깔"(「블루베리 아껴 먹는 방법」)에서와 같이 속된 말을 아무 거리낌 없이 동시에 끌어들이는 품새에서 이 사람은 '무언가 다른' 동시를 쓰는 시인이 되리란 낌새가 읽혔다. 보이는 대상("말라깽이 아줌마")에서 안 보이는 대상(재 너머 신기동에서 엄마를 기다리는 오누이)을 풍부하고도 실감 나게 그려 낸 「신기동 아줌마」에선 따뜻한 내심을 지닌 이야기꾼으로서의 면모가 읽히고, 손님 맞을 준비로 마당에 비질을 하는 와중에도 강아지 "쭈쭈"에게, "달에 착륙한 우주인처럼/ 마당을 혼자 탐사하는 쭈쭈야/ 난 이 넓은 우주를 다 쓸고 말 거야.// 그러니 쭈쭈야,/ 손님 맞을 준비 하는 나를 위해/ 저리 가서 얌전히 앉아 있으렴./ 네 꼬리로는 어림없어."(「네 꼬리로는 어림없어」) 하고 농담을 건네는 대목에선 뼛속 깊이 내면화된 익살꾼으로서의 면모가 느껴졌다.

만화(漫畵)적 소녀의
등장

다분히 만화적 캐릭터를 연상시키는 이 이상한 시인의 출발점은 어디일까. '만화'의 '만(漫)'은 '질펀하다, 넘쳐흐르다, 흩어지다, 어지럽다'는 뜻인데, 이는 박해정 동시의 특징과 묘하게 부합하는 바가 있다. 만화(漫畵)는 이야기 따위를 간결하고 익살스럽게 그린, 대화를 삽입하거나 사물이나 현상의 특징을 과장하여 인생이나 사회를 풍자·비판하는 그림이고, 만화(漫話)는 즉흥적으로 풍자나 해학을 구사하는 이야기이다. 박해정 동시는 만화의 한 장면을 보는 것처럼 이미지가 풍부하고, 이 이미지들은 풍자와 해학, 즉흥적인 이야기와 익살을 맛있고 실감 나게 실어나른다. 이 만화적 소녀(어쩐지 이 아이에게는 어린이라는 말보다 '소녀'라는 말이 더 어울릴 것 같다.)가 등장하는 장면은 이러하다.

　　귀걸이 이모처럼
　　스카프 이모처럼

　　길도 삐딱삐딱
　　찍어 나르고

　　소리도 삐딱삐딱
　　실어 나르고

엉덩이도 빼딱빼딱

흔들고 싶었지.

그런데 하필이면

눈 쌓인 길을 택했지 뭐야.

그날부터 내 뼈들이

빼딱빼딱

돌아오지 않았지.

—「빼딱구두 신은 날」 전문

　눈앞에서 벌어지는 일을 보는 것처럼 장면 장면이 생생하다. "귀걸이
이모"와 "스카프 이모"라는, 젊은 도시 여성의 전형적 이미지를 제시하면
서 이 작품은 출발한다. 단순히 '~처럼 걷고 싶었다'가 아니라 "길도 빼
딱빼딱/ 찍어 나르고" "소리도 빼딱빼딱/ 실어 나르고" "엉덩이도 빼딱빼
딱/ 흔들고 싶었"다고 함으로써 곧장 만화적 장면이 연출되고, 길과 소
리와 엉덩이에 매우 구체적이고 생동하는 실감이 부여된다. 예상대로,
턱없이 높고 커다란 신발을 신은 이 소녀-모델의 첫 워킹은 하얗게 쌓인
눈길에서 실패로 끝나고 만다. 하얀 눈 위에 빨간(빼딱빼딱에는 어떤 색보
다 빨간, 이나 까만, 이 어울리지 않을까?) 구두와 함께 자빠져 울상을 짓는
소녀. 여기까진 그저 우스꽝스러우면서도 아프고, 아프면서도 우스꽝스
러운 하나의 해프닝처럼 보이는데, 마지막 연에 이르면 이것이 해프닝을
넘어서는 일대 사건이었음을 알게 된다.
　이 소녀는 그냥 이모가 아니라 귀걸이 이모, 스카프 이모가 되(어 보)고

싶었다. 그러니까 1920~30년대의 '모던-걸' 같은, 현대 도시의 젊은 여성이 되(어 보)고 싶었던 것. 그런데 소녀와 선망의 여성상 사이엔 건널 수 없는 심연이 빼딱빼딱 놓여 있다. 빼딱구두의 어감은 하이힐이나 뾰족구두와 다르다. 하이힐과 뾰족구두가 가치중립적인 이름이라면 빼딱구두에는 부르는 사람의 가치관이나 태도가 빼딱하게 담겨 있다. 빼딱구두가(하이힐이나 뾰족구두의) 또각또각이 아니라 빼딱빼딱, 어딘가 우스꽝스럽고 삐딱한 소리를 내는 것은 이 때문이다. 그러니 빼딱구두라고 명명한 순간부터 귀걸이 이모나 스카프 이모는 소녀에게 선망의 대상인 동시에 거부와 야유의 대상이었다고 말해야 하지 않을까. 실패는 "하필" 눈 쌓인 길을 택"해서가 아니라 빼딱구두라는 명명 속에 이미 예정되어 있었을지 모른다. 해프닝을 넘어 소녀의 인생관이나 세계관에 영향을 끼친 원체험(기억에 오래 남아 있어 어떤 식으로든 구애를 받게 되는 어린 시절의 체험)의 기록으로 이 작품을 읽게 되는 까닭이다.

소녀가 사는
곳으로부터

미미 이모가 온대.
보슬보슬한 흙에
감자씨를 함께 심을 거래.

미미 이모가 온대.

감자꽃 필 때
하늘거리며 올 거래.

미미 이모가 온대.
감자잎이 누렇게 되면
누구보다 감자를 많이 캘 거래.

하지만 미미 이모는
감자밭이
텅 빈 뒤에야 돌아왔어.

일손은 도와주지 못했지만
감자는 꼭 팔아 줄 거라며
감자 박스를 차에 싣는 거야.

지금 내 앞에 온 건
두 주먹 불끈 쥔
미미 이모였지.

— 「지금 내 앞으로 온 것」 전문

귀걸이 이모와 스카프 이모는 "미미 이모"가 되어 소녀가 사는 곳으로
온다. 세 번의 약속("보슬보슬한 흙에/ 감자씨를 함께 심을 거래." "감자꽃 필
때/ 하늘거리며 올 거래." "감자잎이 누렇게 되면/ 누구보다 감자를 많이 캘 거
래.")을 어긴 끝에("감자밭이/ 텅 빈 뒤에야") 나타난 미미 이모는 "일손은

도와주지 못했지만/ 감자는 꼭 팔아 줄 거라며/ 감자 박스를 차에 싣는"
다. 이제까지의 행태에 비추어 과연 이 네 번째 약속이 지켜질지 장담할
수 없지만, "지금 내 앞에 온 건" 미미 이모가 분명하다.

　세 번이나 약속을 어겼다는 점에서 미미 이모는 그리 신뢰할 만한 인
물이 못 된다. 1연, 2연, 3연의 첫 행에 세 번 반복되는 "미미 이모가 온
대."는 소녀가 미미 이모에게 품은 기대와 설렘의 크기를 말해 준다. 이
는 "귀걸이 이모처럼/ 스카프 이모처럼" 걸어 보고 싶었던, 빼딱구두를
신고 걷기 전 소녀의 꿈과 짝이 되고, 4연은 "하필이면/ 눈 쌓인 길을 택
했"던 첫 실패의 경험과 겹친다. 결말은 다르다. "그날부터 내 뼈들"은 "빼
딱빼딱/ 돌아오지 않았지."만, "미미 이모는/ 감자밭이/ 텅 빈 뒤"이기는
해도 끝내 "돌아왔"으니까. 돌아왔을 뿐 아니라 "두 주먹 불끈" 쥐고 "감
자는 꼭 팔아 줄 거"라는 다음 약속까지 했으니까.

　미미 이모는 이름에서 미미 인형을 연상시킨다. "귀걸이 이모" "스카프
이모"와 같은 도시 여성의 유아기적 이미지와도 겹친다. 미미 이모가 돌
아옴으로써 '빼딱구두' 사건에서 받은 소녀의 상처는 덧나지 않고 봉합된
다. 미미 이모가 '왔어'라고 하지 않고 "돌아왔어"라고 한 것은, 미미 이모
가 원래 살던 곳이 여기였음을 말해 준다. 뼈들은 돌아오지 않았지만 미
미 이모는 돌아왔다. 이 지점이 중요하지 않을까. 도시적 여성 흉내 내기
에 실패한 상처를 안고 있지만 소녀가 그것과 완고하게 척을 진 채 살아
가지는 않는다는 것.

　소녀가 사는 곳은 경주 양동마을이다. '다음 백과사전'은 양동마을을
이렇게 소개한다.

　　경상북도 경주시 외곽에 있는 유서 깊은 양반 마을이다. 조선

시대 양반 마을의 전형으로 1984년 중요민속자료 제189호로 지정되었고, 2010년 유네스코 세계문화유산으로 등재되었다.

한국 최대 규모의 대표적 조선 시대 동성 취락으로, 수많은 조선 시대의 상류 주택을 포함한 양반 가옥과 초가 160호가 집중되어 있다.

마을은 약 520년 전 형성되었다 하는데 현재 월성 손씨 40여 가구, 여강 이씨 70여 가구가 마을을 계승하고 있다.

마을의 가옥은 ㅁ자형이 기본형이며, 정자는 ㄱ자형, 서당은 一자형을 보인다. 마을에는 아직도 유교 사상이 짙게 남아 있어 매년 4, 10월에 선조를 제향하는 의식을 마을 공동으로 거행한다.

이 동시집에 실린 많은 작품이 양동마을을 배경으로 하며, 약 520년 전 형성된 어떤 정신이나 정서와 관계된 것은 자연스럽다. 소녀는 이곳에 살며 "지금 내 앞"(「지금 내 앞으로 온 것」)에서 벌어지는 전통적 삶의 이야기를 기록하는 한편, "귀걸이 이모"와 "스카프 이모" "미미 이모"가 사는 도시적 삶의 이야기도 빼놓지 않는다. 「삐딱구두 신은 날」 「지금 내 앞으로 온 것」에서 확인할 수 있는 것처럼 소녀가 도시적 삶을 바라보는 태도가 딱히 비판적이기만 하다고 볼 수는 없다. 자기 방식이 옳다고도 하지 않는다. 도시적 삶도 자기와 다른 삶의 형태로서 긍정하며 뜨겁게 껴안음을 볼 수 있다. 소녀가 볼 때 조선은 아직 사라지지 않았지만, 그래서 기록하지만, 그것은 어디까지나 가치 판단 이전의 사실 기술일 뿐이다.

조선오이는
까칠까칠하게 살아 있고

조선호박은

아예 엉덩이 퍼질러 앉아

큰소리 떵떵 치고

조선간장은

슈퍼에 진을 치고 있어.

조선 팔도에서

이렇게 눈을 부릅뜨고 있는데

어떻게 조선이 사라지겠어?

— 「아직 조선은 사라지지 않았어」 전문

이것을 조선적인 것의 옹호라고 보기는 어렵다. 긍정적 뉘앙스("까칠까칠하게 살아 있고" "눈을 부릅뜨고 있는데")와 풍자적 뉘앙스("아예 엉덩이 퍼질러 앉아/ 큰소리 떵떵 치고"), 중립적 뉘앙스("진을 치고 있어")가 동시에 표현되고 있기 때문이다. 옹호로 읽거나 풍자로 읽으면 틀렸다고 말하는 게 아니다. 해학과 익살, 풍자가 함께 담긴 작품으로 감상하면 될 터이다.

전근대 혹은 전통적 삶의 방식이 현재까지 유지된다는 것은 양동마을이 520여 년 동안 남아 있는 것처럼 엄연한 현실이기에, 소녀는 그것을 「우리 동네 약도」로, 「이엉 올리는 날」로, 「김막돌 할아버지」로 그려 낸다.

오늘은 양동마을 우리 집 초가

머리하는 날이지요.

초가지붕에 오른 이발사들

모락모락 입김 피워 내며

얽히고설킨 박 넝쿨도 걷어 내고

박꽃처럼 피었던 배드민턴공이랑

언젠가 지붕 위로

날려 버린 부메랑도 돌려주지요.

묵은 이엉 걷어 낸 이발사들이

인디언 치마 같은 새 이엉에

따스한 햇살 한 줌 넣어

토닥토닥 덮어 주면

집 나간 참새들도

포르르 날아드네요.

처마 밑으로 삐쭉빼쭉 나온 머리카락은

가지런히 잘라 내고

용마루에 솔잎 핀 찔러 주면

초가 머리 손질은 끝!

마지막으로

집이 방긋 웃는지 확인한 뒤에야

이발사들은 돌아서지요.

내일은 오석이 집이

머리하는 날이랍니다.

— 「이엉 올리는 날」 전문

디테일에 힘입어 초가에 얹힌 생활의 세목이 선명하다. 썩은새(오래되어 썩은 이엉) 냄새도 나고 구수하니 새 짚 냄새도 난다. 무르익은 늦가을("모락모락 입김 피워 내며/ 얽히고설킨 박 넝쿨도 걷어 내고")의 시골 정취에

코와 눈이 간지럽다. 참 오랜만에 보는, 수십 년 전 내 유년의 모습이 여기 있어, 불가능한 거리가 울컥 그립다. 양동마을의 늦가을은 이발 끝낸 초가들로 노랗게 눈이 부시고, 인정의 웃음소리와 막걸리 잔이 돌며 한동안 흥겹겠다.

알다시피 한국의 많은 기성세대들이 대부분 양동마을 같은 곳에서 나고 자랐다. 그곳에 전기가 들어오고 전기를 따라 텔레비전이 들어오면서(「안테나」), 혹은 근대적 삶을 퍼뜨린 학교교육의 영향으로 우리는 양동마을의 약속된 세계(「우리 동네 시계」)에서 멀어진 삶을, 빼딱빼딱, "뼈들이" "돌아오지 않"은 채 살아가게 되었다. 양동마을을 떠나 서울의 봉천동(「굴렁쇠 인사」) 같거나 수많은 동전들이 소란스레 살아가는 세상 속으로(「신 어벤저스」 「어떤 동전」) 흘러가 재개발 지구의 철거민이 되거나(「공룡이 나타났다」) "지구 위에 수많은 지구"를 짓는 욕망의 건설자(「넌 어느 지구에 사니?」)가 되었다. 이 과정에서 아름다운 풍경(「굴뚝꽃」)이 훼손(「넌 어느 지구에 사니?」)되고, 인간으로서의 당당한 자부와 존엄(「쏴」 「할머니의 탑」)이 벼랑 끝(「달팽이」)으로 내몰린다. 산업화, 도시화 과정의 축도라고 하겠다.

소녀는 바라본다,
미미 이모들의 세상을

소녀는 양동마을에 살지만 그곳에 갇히지 않는다. 이제 소녀는 귀걸이 이모와 스카프 이모 너머, 미미 이모들이 살아가는 바깥세상의 현실을 폭넓게 볼 줄 안다. 눈여겨보고(「신 어벤져스」), 연관지어 보고(「달 토끼를 보았다면 묶인 개도 보았을 테지」), 상상력을 동원하여 보고(「어떤 동전」), 거시적이고 통시적으로 보면서도(「넌 어느 지구에 사니?」), 현장의 미시적 세부를 놓치지 않는다(「사서가 금붕어 된 날」「달팽이」).

조금만 세상을 눈여겨본다면
어디서든 신 어벤져스가
촬영 중이라는 걸 알 수 있지.
쌀자루 같은 건 거뜬히 들어 올리는 헐크,
차 똥구멍까지 꼼꼼하게 살피는
아이언맨 정비소 아저씨,
횡 하고 집과 집 사이를 날아다니는
스파이더맨 택배 아저씨도 있지.
시켜만 준다면 뭐든 할 수 있어!
인력원 앞에는 팔짱을 낀 채
배역을 기다리는
블랙위도,
호크아이,
토르도 보이지.
통닭을 실은 캡틴아메리카가
밤늦도록 도로를 질주하는 건
아직 촬영이 끝나지 않았다는 거야.

— 「신 어벤져스」 전문

원래 사람들은 지구에서 농사를 지었지. 호미와 삽을 던진 사람들이 일자리를 찾아 나서면서 이 이야기는 시작돼. 여러분도 알다시피 공장은 쉬지 않고 모락모락 꽃을 피웠거든. 공장 주변도 이때부터 바빠졌어. 기차가 생기고 학교가 생기고 문구점이 생기고 시장이 생기고 은행이 생기고 경찰서가 생기고 병원이 생기고 구멍가게와 미용실이 생겨났어. 그사이 집을 짓는 사람, 집을 부수는 사람, 청소를 하는 사람도 생겨났지. 새로 생긴 아파트는 더 많은 사람들을 끌어모았어. 산과 강에서 나무나 돌멩이도 끌어왔어. 지구는 점점 비대해졌지. "지구가 더 필요해." 모두가 외쳤어. 지구가 무거워져서 뻥 터지겠다며 아우성을 쳤어. 그래서 서울 세곡지구, 인천 청라지구, 대전 판암지구, 광주 수완지구, 부산 정관지구, 포항 양덕지구, 김해 장유지구…… 지구 위에 수많은 지구가 생겨났던 거야. 넌 그 많은 지구 중에 어느 지구에 살아?

— 「넌 어느 지구에 사니?」 전문

「신 어벤저스」가 현장을 공시적·미시적으로 보았다면, 「넌 어느 지구에 사니?」는 통시적·거시적으로 보았다. 어떻게 보았든 만화, 또는 영화의 한 장면을 보는 것만큼 생생하고, 바로 옆에서 듣는 듯 귀에 쏙쏙 들어온다. 인물들이 말풍선을 하나씩 달고 다니는 것 같은 착각이 들기도 한다. "조금만 세상을 눈여겨본다면" "여러분도 알다시피" "넌 그 많은 지구 중에 어느 지구에 살아?"와 같이 즉흥성과 현장성을 슬쩍슬쩍 건드리는 말들이 독자의 동참을 끌어내며 자연스레 풀려나온다. 「넌 어느 지구에 사니?」를 문명화 과정이나 물질적 욕망에 대한 풍자로 읽을 수도 있지만, 꼭 그렇게 읽지 않아도 좋겠다. 그건 자칫 소녀의 말법을 오해한 독해가 될지도 모르니까. 이야기꾼 소녀는 이 말을 하고 싶었던 거다. "넌 어디에 사니?" 이 한마디를 하기 위해 앞에 구구절절 많은 이야기가 필요했을지도 모른다. 소녀는 이렇게 말하기를 좋아하는 것이다. "너랑 친하게 지내고 싶어"를 말하는 방식을 보자.

진이비인후과 따라
이사 간
선미약국처럼

제일안과 밑에
새로 생긴
맑은안경원처럼

학교 앞에
착 붙은
구멍가게처럼

나도 너랑
동맹을 맺고 싶어.

—「동맹」전문

우정을 소망하는 대목에서도 사회현상이 호출되어 직조되고 있음을 본다. 제4회 문학동네동시문학상 심사평(『문학동네』 2016년 봄호)에서 박해정 동시를 두고 "시적 공감도가 높다"(권영상)고 한 것은, 사회현상을 동시 내부로 끌어들여 읽히는 힘과 읽는 맛, 사회적 호소력을 획득함을 가리킬 것이다. 심사 경위에 밝혔듯이 박해정 동시는 "시단 내부를 뛰쳐나가 대중적 접면을 형성"할 가능성이 있고, "시단 내부만의 수직적 압력을 폭발시켜 이를 수평적 확산의 길로 전환시킬" 힌트를 제공한다. 사회·역사적 상상력을 동시와 결합해 동시의 국면을 아이에서 아이와 어른이 함께 읽고 즐기는 것으로, 자연에서 사람과 사회로 넓히는 것, 박해정 동시는 그 가능성을 보여 준다.

소녀는 이야기를
좋아해

소녀가 들려주는 이야기는 잘 만 김밥처럼 맛있고(「솔라솔라, 여기를 봐!」), 매콤한 떡볶이처럼 침이 고인다(「뱀」). 소녀의 이야기 레시피에는 이순신 같은 역사 인물(「나의 생일을 아무에게도 알리지 마라」), 영화 캐릭터(「신 어벤저스」)가 들어가기도 하고, "닭대가리" "눈깔" "똥구멍" 같은 속된 말이 아무렇지 않게 투입되기도 한다. 각 편마다 맞춤하게 들어간 세부 묘사와 디테일, 익살은 이야기의 식감을 높인다. 「신 어벤저스」 「공룡이 나타났다」 「넌 어느 지구에 사니?」 「어떤 동전」 「동맹」 등은 사회적 상상력이 발휘된 경우고, 「내가 덮는 이불 자랑」 「엄마랑 호랑이랑 떡이랑」 「신기동 아줌마」 등은 옛이야기를 끌어들인 경우다. 「감나무의 마침표」 「나무는 솜사탕처럼 부풀어지고」는 따뜻하고 아름답다. 그리고 이 모든 것이 입말과 만화(漫畵), 만화(漫話)적 말하기에 힘입어 특별한 맛을 낸다.

떡 당시기를 머리에 이고 집으로 오던 우리 엄마가 손톱을 세우며 으르렁거리는 호랑이를 만났대. "떡 하나 주면 안 잡아먹지." 이렇게 억울한 일이 있나! 잡아먹히기 싫었던 엄마는 떡 한 개를 휙 던지고는 마구 달렸대.

엄마가 두 번째 만난 호랑이는 어리숙했대. 떡 좀 달라는 말도 못 하고 군침만 흘리더라는 거야. 너라면 그냥 올 수 있겠어? 엄마는 아까 호랑이보다 더 많은 떡을 줬대. 흐흐흐, 두 개 말이야.

엄마가 세 번째로 만난 호랑이는 경로당에서 집으로 가고 있더래. 이 호랑이들은 엄마를 못 본 척하느라 허둥지둥거리더라는 거야. 오기가 발동한 엄마는 앞으로 냅다 달려가서 철퍼덕 주저앉았다네.

"조금만 가져갈 거야." "맛만 볼 거야." "에그, 애들이나 줘." "자꾸 얻어먹으면 어쩌누!" 손사래를 쳤지만 결국 엄마의 등쌀에 호랑이들도 못 이겼다. 호랑이들이 꼬리를 살랑살랑 흔들며 사라지고 나서야 엄마는 집으로 무사히 돌아올 수 있었대.

그래서 난 떡 한 개를 동생이랑 나눠 먹고 있어. 그래도 괜찮냐고? 그럼, 우리 집은 떡이 떨어질 날이 없는데 뭘!

실은 떡이라면 자다가도 벌떡 일어나는 우리 엄마가 방앗간 주인이거든!

— 「엄마랑 호랑이랑 떡이랑」 전문

옛이야기를 입고 있지만 조금도 예스럽거나 촌스럽지 않다. 오래되었으나 새로운 맛이라고 해야겠다. '으르렁거리는 호랑이'-'어리숙한 호랑이'-'경로당에서 집으로 가던 호랑이'라는 상황 설정과 그에 대응하는 엄마의 반응이 재밌고, "엄마는 아까 호랑이보다 더 많은 떡을 줬대. 흐흐흐, 두 개 말이야."에서는 특유의 익살과 장난기, 재치가 빛난다. "조금만 가져갈 거야." "맛만 볼 거야." "에그, 애들이나 줘." "자꾸 얻어먹으면 어쩌누!" 같은 대목에선 이야기의 즉흥성, 현장성, 입말의 힘이 드러난다. "떡이 떨어질 날이 없는" "떡이라면 자다가도 벌떡 일어나는"에선 언어유희가 표나지 않게 구사되었다. 눈으로 읽어도 재밌지만, 소리 내어 읽으면 더 재밌는 게 박해정 동시다.

알록달록 붙어 있는지
나뭇잎을 주워 보았어.
국화 속에 숨어 있는지
향기도 맡았지.
새가 지저귀면 귀를 기울였고
빵빵한 배춧속을
홀로 꿈틀거리진 않나
열심히 살폈고
먹다 남긴 깡통에서
삐죽삐죽 흘러나오나
기울여도 보았어.
그러나 기쁜 소식은
끝끝내 나타나지 않아
난 차가워지는 바람을 맞으며

어두워진 거리를 쏘다녔지.

—「기쁜 소식」 부분

"끝끝내 나타나지 않"는 시를 찾아 "차가워지는 바람을 맞으며" 수많은 날 "어두워진 거리를" 삐딱삐딱 쏘다녔을 소녀에게 박수를 보낸다. 지금 우리 앞에 온 것은, 그렇다, 동시를 "삐딱삐딱/ 찍어 나르고", 노래도 "삐딱삐딱/ 실어 나르고", 이야기의 엉덩이도 "삐딱삐딱/ 흔들"어 보여 주는 바로 그, 삐딱구두 소녀다.

그 아이와 함께 걸어가는 시

—안진영 동시집 『난 바위 낼게 넌 기운 내』 이야기

2013년에 나온 안진영 시인의 첫 동시집 『맨날맨날 착하기는 힘들어』(문학동네)에 실린 「오누이-좋을 호(好)」를 읽어 본다.

> 누나(女)가 넘어지면
> 아프다는 곳을 남동생(子)이
> 호, 불어 주고
>
> 남동생이 넘어지면
> 아픈 곳 더듬어 누나가
> 호(好), 호(好) 불어 준다
>
> —「오누이-좋을 호(好)」 전문

부제가 '좋을 호(好)'로 되어 있다. 한자의 자획을 풀어 나누어 쓴 파자시(破字詩)인데, 이 밖에 「쉬는 시간」 「일기」 「오늘도 이어지는 이야기」 「비빔밥」「여름」「팽나무」「제주 돌담」 등도 각각 가둘 수(囚), 놀릴 롱(弄), 쉴 휴(休), 다섯 오(五), 나무 목(木), 끼일 개(介), 등뼈 려(呂) 자를 활용한 파자시적 상상력을 보여 주는 작품이었다. 「이상하지 않은 편지」는 문자의 순서를 바꾸어 쓴 애너그램의 예이고, 「한해살이풀」「무엇일까 1」「무엇일까 2」「옹」「밥」 등은 이름, 수수께끼, 글자 모양에 착안해 시상을 밀고 나간 경우이다. 이것은 안진영 시인이 일차적으로 무엇에 이끌려 시를 쓰는 시인인지를 말해 준다.

밀고 들어간
끌어당긴 세계

말과 글자에 대한 관심은 6년 만에 펴낸 두 번째 동시집 『난 바위 낼게 넌 기운 내』(문학동네, 2019)에도 이어지지만 대상과 대상, 대상과 주체가 관계를 맺는 방식에서는 뚜렷한 차이를 보인다. 「오누이」에서 누나와 남동생은 아픈 곳을 서로 돌보아 주는, 대등한 호혜 관계로 제시되었지만, 『난 바위 낼게 넌 기운 내』에 실린 「우산이끼 암그루」에서는 그렇지가 않다.

> 우리 엄만 참 이상해
> 내게 늘 우산살만 남은 헌
> 우산을 준다니까
> 물론 오빠한테는

챙이 있는 새

우산을 주지

그래도 난 괜찮아

이야깃거리가 하나 더 생기잖아?

우산에 대해선 정말

할 얘기가 많다니까

우산에 대해서 오빠 정말

할 얘기가 없을걸

— 「우산이끼 암그루」 전문

　「오누이」의 화자는 작품 밖에서 남동생과 누나라는 시적 대상을 관찰하고 보고하는 역할을 한다. 반면 「우산이끼 암그루」의 화자는 작품 속에 들어가 자기 주체적인 발화를 수행하는 주인공의 자리에 있다. 우산에 대해서라면 오빠보다 불리한 자리에 있는 여동생이, 그 불리함의 처지를 적극 옹호하는 입장에 선 것이다. 『맨날맨날 착하기는 힘들어』에서 상호 대등하고 조화로운 관계를 보여 주었던 시편들(「병문안」 「강아지랑 아기랑」 「댓글」 「인연」 「떡잎」 「비빔밥」 「응」)이 자아내는 행복감(「민들레꽃의 하루」)은 화자가 시적 대상을 관찰자적 위치에서 바라봄으로써 가능했는지도 모른다.

해 질 무렵이면
서쪽 하늘에 해가 하나 발그레
바다에도 해가 하나 발그레

수평선 하나를
사이에 두고

— 「옹」 전문

지는 해와 수면에 비친 해를 '옹'의 글자 모양으로 포착한 작품인데, 일몰의 동적인 시간을 순간 정지시켜 보여 준다. 일몰과 일출이라는 상황은 상반되지만 『난 바위 낼게 넌 기운 내』에 실린 「새해맞이-일출봉에서」는 시선의 주체가 대상에 작용하는 방식과 관련하여 「옹」과 나란히 놓고 살펴볼 만하다.

돋보기로 모여드는
햇살처럼
수많은 사람들의 눈길이
한곳으로 모여들더니

보세요, 저기

드디어
불이 붙기 시작했어요

— 「새해맞이-일출봉에서」 전문

대상을 멀리서 바라본다는 점에서는 같지만 시선의 주체가 작용하는 방식에서 두 작품은 큰 차이를 보인다. 「옹」에서 화자의 시선은 '—'를 사이에 두고 멈춘 두 'ㅇ'처럼 먼 거리에 정지돼 있다. 반면 「새해맞이─일출봉에서」는 멀리 떨어진 대상에 수많은 시선이 한꺼번에 작용하며, 그 대상을 점화시키는 데까지 나아간다. 대상에 시선이 작동하는 방식, 대상을 바라보는 태도가 확연히 달려졌다.

『난 바위 넬게 넌 기운 내』의 세계는 『맨날맨날 착하기는 힘들어』의 시적 주체가 "멀쩡한 길"(「소풍 가는 길에서」)과 "맨날맨날 착하기"(「고백」), "오늘 하루 행복"(「민들레꽃의 하루」)하기의 울타리를 벗어나는 데서, 그러니까 "고요히 바라보다가// 이내 눈밭으로 달려"(「첫 경험」) 나가는 자리에서 시작된다. 요컨대 『맨날맨날 착하기는 힘들어』가 글자 놀이(한자 동시, 애너그램 등)와 생활동시, 내면 성찰이 주조를 이룬 가운데 제주의 풍경을, 그러니까 대상의 외부와 그 관계 방식을 관찰자의 위치에서 그리고 있다면, 『난 바위 넬게 넌 기운 내』는 대상 내부로 시인 자신을 깊이 밀고 들어간(또는 시적 대상을 시인 가까이 끌어당긴) 세계를 보여 준다. 그것이 주는 쾌감은 이러하다.

울타리를 허물어 버렸더니
눈앞에
촥
펼쳐지는 바다

펄쩍,

우리 집 앞마당에서

숭어가 뛴다

―「앞마당이 넓어졌다」 전문

이런 변화는 어디에서 온 것일까.

이중의 품음과
넘어섬

『맨날맨날 착하기는 힘들어』의 머리말에 가장 많이 나온 단어는 '그'다. 다음은 '아이'. 그러니까 첫 동시집에서 시인이 가리키고자 한 것은 다름 아닌 '그 아이'였다. 그 아이는 누구인가. "새 털실로 짠, 올곧은 망토" "친구들 다 입는 망토"를 꼭 한번은 입어 보고 싶어 한 아이이다. 시인은 말한다. 어른이 된 지금까지도 자기 안에 그대로 살고 있는 그때 그 아이를 기쁘게 해 주고 싶어 털실로 짠 옷을 사 입는다고. 털실로 짠 옷은 그 아이에게 써 주는 시와 다르지 않을 것이다. 시인은 어느 날 읽은 시 한 편이 "내 안에 사는 그 아이를 기쁘게" 해 준 것처럼, 누군가를 기쁘게 해 줄 시를 쓰고 싶다고 말한다. 그러나 "아직 내 안에 사는 아이와 화해하지 못한 부분"이 남아 있기 때문에 그처럼 좋은 시는 쓰지 못한 것 같다면서, "언젠가 그 아이와 온전하게 화해하고 나면 그런 시를 쓰게 되겠지요?" 묻는다.

정지용이 「별똥」에서 가리키는 것은 "다음 날 가 보려,// 벼르다 벼르다 "마음에"만 두고 미처 가 보지 못한 "별똥 떨어진 곳"이다. 어떤 이유로든 해소되지 못한 유년의 시간, 장소, 사건, 기억은 어른이 되어서도 접힌 채, 조금도 잊히지 않고, 펴지기를 열망하며 남아 있다. 어떤 동시는, 이 접히고 멍울진 '그 아이'의 자리에서 피어난다. 그것을 펴 볼 수 있다면, 회피하지 않고 직면할 수 있는 힘과 용기가 있다면, '그 아이'는 아주 오랜 시간의 고독에서 풀려나 지금의 '나'와 온전히 통합될 수 있을 것이다.

『난 바위 닐게 넌 기운 내』에서 눈여겨보게 되는 것은 바로 '그 아이'와의 화해법인데, 그 양상이 단순치만은 않다. 개인사에 그치지 않고(어떤 개인도 집단의 역사에서 자유로울 수 없지만 안진영 시인의 경우에는 특히) 제주의 역사-집단적 아픔과 상처, 기억에 결부된 듯 보이기 때문이다. 『난 바위 닐게 넌 기운 내』에는 「초승달」「속솜 줌줌 할머니」와 같이 4·3과 직접 관계된 작품 말고도 「그물」「쌩쌩, 쪽쪽」「갯메꽃 형제」「봄꽃」「인어공주 엄마」처럼 제주-바다의 상상력을 보여 주는 작품이 많다. 이런 요소는 『난 바위 닐게 넌 기운 내』의 주요 맥락을 구성하면서 「바람 부는 날」「어느 자음의 가출」「슬픔도 소금 같아」 같은 작품뿐 아니라 내적 성찰과 마음 다스림을 보여 주는 작품(「내 귀에 문지기」「아침을 맞는 법」「없으니까 없지 두더지」「화 푸는 법」「가시 먹는 법」「풍선을 불었다」 등)을 읽기에도 일정한 영향을 끼치고 있다. 심지어 세월호 참사를 애도하는 시 「잠시 안녕」은 4·3 희생자 유족이 세월호 희생자와 그 유족의 아픔에 공감하며 연대의 손을 뻗는 시처럼 읽히기도 한다.

　　엄마, 저 구멍에서 빛이 들어와

　　손톱만 한 구멍으로 빛이 새어 들어와

　　　　　　　　　　　　　　　　　　　　—「초승달-큰넓궤동굴에서」 전문

큰넓궤동굴은 제주특별자치도 서귀포시 안덕면 동광리 일대에 있는 용암 동굴로, 제주 4·3 유적지이다. 국군 토벌대의 학살을 피해 동광리 주민 120여 명이 1948년 11월 하순경부터 1949년 1월 중순까지 약 50일 동안 숨어 지낸 곳이다. 입구의 생김새가 초승달처럼 생겼다. 결과는 끔찍했다. 은신한 이들 대부분이 한라산 영실 인근이나 정방폭포 인근에서 토벌대에 의해 학살되었다.

이 시의 화자는 동굴 안에서 밖을 보며 말하는 어린아이이다. 이 아이는 누굴까. 엄마와 같이 동굴을 답사하는 아이일 수도 있지만, 4·3때 거기 은신했던 아이의 목소리로 들리기도 한다. 그때, 저 "빛"은 희망이 아니었다. 죽음보다 깜깜한 어둠의 속임수였다. 아이의 목소리로 엄마에게 보고되는 "빛"은 그러므로 침묵하라는 제지를 받게 된다.

말 한마디 잘못했다가는
행여 누가 다칠까 봐
속—솜

혹시 누가 잡혀갈까 봐
좀—좀

4·3때 할아버지 산사람 되고부터
속솜 좀좀 할머니

지금도 무덤 속에서

속솜 줌줌 우리 할머니

—「속솜 줌줌 할머니」 전문

아무 말 말고 입 다물고 있으라는 할머니의 당부는 "지금도 무덤 속에서" 계속된다. 이것은 4·3의 비극이 70년이 지난 지금까지도 생존 후손의 가슴속에 생생히 살아 있음을 말해 주는 것이다. 하늬영상에서 제작한 영상물 〈빨갱이 사냥〉[38]을 보면, 큰넓궤동굴 생존자들이 정방폭포 위에서 토벌대에 의해 학살당할 때 여성 한 명이 말을 못 한다는 이유로 가까스로 죽음을 면했다는 증언이 나온다. 제주의 역사적 비극과 관련하여 언어 장애인은 "속솜 줌줌"의 집단적 공포의 속삭임이 사람의 몸을 얻은 것이 아닐까 생각해 본다.

외할머니랑 잘 때
어느 날 들었던 이야기는
인어공주 이야기

옛날 한 바닷가에서
살랑살랑 헤엄치던 다리로
사뿐사뿐 걸어 집으로 들어가는
처녀 적 외할머니를 보고,
여자 사람이 되는 꿈을
꾸기 시작한
인어공주가 있었다지

---

38 https://www.youtube.com/watch?v=PSynIfc_L9Q

바다 마녀에게 목소리를 선물해 주고
기어이 할머니 배 속으로 들어오는 길을
알아낸 인어공주

꿈꾸던 대로 여자 사람으로 태어나
할머니랑 달콩달콩 살게 되었다지

아름다운 처녀로 자라는 사이
같은 마을 총각을 사랑하게 되었지만
목소리가 없어 마음에 꼭꼭
그 사랑을 숨기고만 있었는데
어느 날 그 총각이 결혼을 하자 했네

결혼하고 난 뒤 어느 날 꿈에
바다 마녀가 나타나 말했다지

바다에 사는 마녀한테
목소리는 필요 없더라고,
그래 다시 돌려줄 테니
열 달만 기다리라고

33년 동안 호리병 속에 꼭꼭
가둬 둔 목소리, 씻고 다듬어

태초의 소리로 만드는 데
적어도 열 달은 걸린다 했지

드디어 열 달 뒤

바다 마녀가 인어공주에게
목소리를 돌려주기로 한 그
역사적인 순간에

응애, 하고

내가
태어난 거래

인어공주의 목소리를 가지고

                                  — 「인어공주 엄마」 전문

어릴 때 할머니가 주신 인어공주 헝겊 인형은
내가 가장 아끼던 인형

어느 날 저녁 사라져 다시는 내게
돌아오지 못한 일곱 살 내 생일 선물

언제부터였을까?

툭하면 나는
인형을 찾아
꿈속을 헤매곤 했다

그런데 어제 꿈에
할머니가 쥐고 있던 인형은
아홉 살 때 내가 잃어버린 바로 그 인형

내 발은 굳어 할머니한테
달려갈 수 없는데
할머니 손바닥 위 인형은
폴짝 뛰어내려
성큼성큼 자라나며
나에게로 걸어왔다

엄마 얼굴을 하고

—「인형이 폴짝」 전문

『난 바위 낼게 넌 기운 내』에서 가장 주목을 요하는 작품 「인어공주 엄마」와 「인형이 폴짝」은 앞서 말한 대로 시인이 '그 아이'와의 개인사적 화해를 이루어 낸 작품이자 "속솜 줌줌"의 제주 역사의 집단적 아픔을 동시에 품고 넘어서는 해원(解冤)의 작품으로 읽게 된다. 『맨날맨날 착하기는 힘들어』에서보다 『난 바위 낼게 넌 기운 내』에 와서 시인의 목소리가 더욱 자유로워지고 자기 주체적 성격을 띠게 된 것은 이런 이중의 품음과 넘어섬이 작용한 결과일 것이다. 「풍선 불기」(『맨날맨날 착하기는 힘들어』)의 조심스러움이 「화 푸는 법」「풍선을 불었다」(『난 바위 낼게 넌 기운 내』)에 오면 자기중심적으로 대범해지는데, 이것은 「글자새 학교」「단체 사진을 보는 N 엄마의 눈」「첫 만남」「그물」「어느 자음의 가출」 같은 말(글자) 놀이 방식의 작품에서도 자기만의 개성적 세계를 담아내는 힘으로 작용한다.

길고 긴 어제의 길에서
걸어 나와

『난 바위 낼게 넌 기운 내』의 시적 주체들은 대상과 좀 더 직접적인 방식으로 연결되며 자기 욕망을 표현하는 방식에서도 자유롭고 적극적인 면모를 띤다. 무엇보다 '그 아이'와의 화해의 서사를 획득한 것이 직접적인 이유일 것이다. 이에 힘입어 "속마음을 감추고 몇백 년 동안/ 웃으면서 살아"온 「하회탈」(『맨날맨날 착하기는 힘들어』)은 마침내 자기 얘기를, 억압된 욕망을 드러내기 시작했다고 해도 좋고, "조그만 그릇에 연이어 쏟아" 부은, 그래서 "흘러나올 수밖에" "줄줄 흘러넘칠 수밖에" 없는 「스트레스」(『맨날맨날 착하기는 힘들어』)가 저 스스로 살아갈 몸을 얻었다고 해도 좋다. 드러내거나(「하얀색 크레파스」) 감춤(「까만색 크레파스」)에 거리낌이 없어졌다. 예 해야 할 때 예 할 줄 알고, 아니오 해야 할 때 아니오 할 수 있는 힘(「가시 먹는 법」)을 얻었다. 들을 건 듣고 물리칠 건 물리칠 수 있는 힘과 논리(「내 귀에 문지기」)가 있기에 말은 한결 경쾌해졌고(「쪽」), 시선은 넓어졌으며(「쉼표,」), 응원과 지지의 표현에도 당찬 기운이 느껴진다(「어떤 가위바위보」).

『난 바위 넬게 년 기운 내』의 맨 마지막 작품인 「어제 걸었던 길이 부른다」가 예고한 대로, 길고 긴 어제의 길에서 걸어 나온 시인이 자기 욕망의 주체로 새롭게 걸어갈 길을 기대하고 응원하며 이 글을 마친다. 「소풍 가는 길에서」(『맨날맨날 착하기는 힘들어』)의 그 아이처럼, "거기가 길이야?/ 멀쩡한 길 놔두고 왜 하필이면 그 길로 가니?" 누가 묻거든, "그냥요// 그냥 한번 걸어 보고 싶어서요" 농담처럼, 놀이처럼 대답해도 좋겠다.

　　　날 불러 줘서 고마워

　　　하지만 이제 나,

　　　내가 어떤 길을

　　　걷고 싶어 하는지 알아 버렸어

　　　너와 함께했던 순간들이

　　　달콤했지만 이젠

　　　돌아가고 싶지 않아

　　　미안하지만 넌,

　　　다른 동무를 찾아봐

　　　난 나의 길을 갈게

　　　　　　　　　　　　　　　　—「어제 걸었던 길이 부른다」 전문

사이의 마음,
사이 너머의 상상력

―김미혜 동시집 『꼬리를 내게 줘』 이야기

　김미혜 시인만큼 자주, 또 오랫동안 꽃을 노래해 온 시인도 드물다. 꽃을 주제로 한 작품 19편을 따로 묶어 『꽃마중』(미세기, 2010)이라는 '동시 그림책'을 내기도 했고, 첫 동시집 『아기 까치의 우산』(2005)에서부터 『아빠를 딱 하루만』(2008), 『안 괜찮아, 야옹』(2015)을 거쳐 『꼬리를 내게 줘』 (2021, 이상 창비)에 이르기까지 네 권의 동시집 안에 들어 있는 꽃 이름은 하도 많아 일일이 열거하기가 벅찰 정도다.

꽃을 대하는
차이

　김미혜 시인의 이름에서 꽃을 떠올리는 건 단지 꽃을 노래한 작품이 많아서만은 아니다. 김미혜 시인이 꽃을 대하는 태도에선 다른 시인과 구별되는 차이가 발견된다. 첫 동시집 『아기 까치의 우산』의 대표작 가운데 한 편을 보자.

아주머니가 꽃단을 이고
지하철에 탔습니다.

장미, 백합, 안개꽃
빠꼼 얼굴을 내밉니다.

신문지로 둘둘 싼 꽃에서
출렁 꽃향기가 날아옵니다.

장미, 백합, 안개꽃
꽃일까요?
짐일까요?

아주머니는
커다란 꽃단을
머리에 이고
터벅터벅
계단을 올라갑니다.

―「꽃 짐」 전문

장미, 백합, 안개꽃을 보며 저건 꽃일까, 짐일까 질문하기는 쉽지 않다.
이 작품에서 꽃은 일하는 사람("아주머니")과 보는 사람(이 시의 화자) '사

이'에 있다. 꽃과 관련된 일을 하는 사람에게 꽃은 꽃이면서 수고로운 짐
이기도 하다. 꽃을 다루는 수고로움 끝에 "출렁 꽃향기"가 맡아질 수 있
다면 얼마나 좋을까. 커다란 꽃단을 머리에 이고 계단을 올라가는 아주
머니에게 시적 화자는 이런 바람을 실어 보내는 한편, 자기가 만나는 꽃
이 누군가의 수고로움을 거쳐 도착한 것임을 기억하고자 한다. 꽃에서
짐을 볼 수 있을 때 짐이 꽃으로 피어나는 세상을 상상하고 소망할 수
있다.

김미혜 시인의 꽃은 이처럼 꽃과 짐 '사이'라는 독특한 위치와 시선,
마음가짐을 거쳐 실물로서의 입체성과 현실성(존재하는 모든 것에는 그림
자-짐이 있다.)을 획득하게 되며, 이런 점이 바로 김미혜 시인의 작품세계
전반에 윤리적 토대를 구성하는 특질이 된다.

모두에게
잠깐 내 꽃

세 번째 동시집 『안 괜찮아, 야옹』에 실린 「모두 내 꽃」은 소유와 무소
유 사이에서 환하고 명랑하다.

옆집 꽃이지만
모두 내 꽃.

꽃은

보는 사람의 것.

꽃 보러 가야지 생각하면
내 마음 가득 꽃이 환하지.

하지만 가꾸지 않았으니까
잠깐 내 꽃.

―「모두 내 꽃」 전문

첫마디부터 올차고 다부지다. "옆집 꽃이지만/ 모두 내 꽃."이란다. 왜?
"꽃은/ 보는 사람의 것."이니까. 옆집 주인이 들었더라면 애써 심고 가꾼
정을 훌쩍 도둑맞은 느낌이겠다. 가꾸지 않은 입장에서는 이런 소유의
이전이 은근 즐겁다. 가졌더라면 끝내 갖지 못했을, 갖지 않고 갖는 법을
선물받은 느낌이다. 그런데 달리 생각해 보면, 꽃을 가꾼 이의 마음도 모
두를 향해 슬며시 열려 있는 듯하다. 아침저녁 공들여 가꾼 꽃을 내 꽃
이라 주장하지 않고 '내 꽃이지만 모두의 꽃'이라고, "꽃은/ 보는 사람의
것."이라고, 모두에게 "잠깐 내 꽃." 하라며 슬쩍 내주는 것 같다. 갖지 않
고 갖는 기쁨과 갖고서 갖지 않는 즐거움이 모두 담긴 작품이다. 그냥 꽃
이야기도 좋지만, 꽃을 통해 이 세계와 인생의 깊이로 슬쩍 연결시킬 때
우리는 그것을 보여 주는 사람에게 그만 매료되고 만다.
　김미혜 시인의 꽃 동시에는 다음과 같은 마음이 있다.
　"꽃들 다칠까 봐/ 땅만 보고" 걷는 마음(「꽃 탐사」, 『아기 까치의 우산』),
"가만가만 꽃 이름 부르면/ 나도 꽃/ 햇살 아래/ 작은 꽃"이 되(고자 하)는
마음(「꽃 이름 부르면」, 『아기 까치의 우산』), "꽃 좀 모르면 어떠니./ 꽃보다

더 좋은 것들을 보았는데./ 마음 닿는 것을 보는 게 더 즐겁잖니." 하고 알아주고 응원하는 마음(「꽃 공부 간 날」, 『아빠를 딱 하루만』), "툭 트인 길로/ 곧바로 갔으면/ 못 보았을/ 꽃// 가지 않던 길로 들어서/ 안녕?/ 꽃들아 안녕?"같이 의외성이 주는 인생의 깊이를 발견하고 수긍하는 마음(「꽃들아 안녕?」, 『안 괜찮아, 야옹』) 같은 것.

본문과 제목에 들어 있는 "꽃" 대신 다른 말을 넣어 보면, 꽃을 향한 마음이 다른 모든 것을 향한 마음과 다르지 않다는 것을 알 수 있다. 그런 마음으로 살며 노래하는 사람이 김미혜 시인이라는 것도. 그러니까 김미혜 시인의 동시에서 꽃은 모든 존재를 포함하면서 모든 존재를 향해 열려 있는 시적 주체의 태도를 보여 주는 보조관념이랄 수 있는데, 이런 점은 김미혜 동시에서 꽃만큼이나 자주 반복적으로 변주되는 소재인 개와 고양이의 경우에도 마찬가지다.

실천으로서의 환대
희망의 주문

『꼬리를 내게 줘』 1부에 묶인 14편 가운데 9편이 개, 4편이 고양이에 관한 것이며, 1편은 "달콤한 향기"에 점점 더 빠져드는 "꽃무지, 나"(「중독」)에 관한 이야기이다. 이들 시편에서 느껴지는 점은 이런 것이다. 미치지 않고서는 미칠 수 없는 절실한 마음의 상태, 그러니까 그것을 향해 미쳐야 그것에 미칠 수 있는 실천으로서의 극진한 환대 같은 것.

아까 봐 놓고

하루 이틀 못 본 것처럼

조금 전에 봐 놓고

백 년 만에 보는 것처럼

처음 만난 것처럼

너는 언제나 기쁜 얼굴

다음에 태어날 땐

꼬리를 내게 줘

춤추는 꼬리

숨 가쁜 꼬리

— 「꼬리」 전문

    이것을 "언제나/ 충전 100%!"로 "전기가 안 나가"는 "우리 집 개"(「개 꼬리」, 『안 괜찮아, 야옹』)와 '나' 사이에서 발생하는 사랑의 기쁨에 관한 이야기로 읽는다면, 「낯선 개에 대한 예의」나 「햇빛 정원」 「고양이 야야」나 「눈맞춤」 같은 작품은 타자를 맞이하는 환대의 마음가짐과 태도로 읽게 된다. 『안 괜찮아, 야옹』에 수록된 「개 꼬리」나 「우리 식구」에서보다 『꼬리를 내게 줘』에 수록된 「꼬리」나 「산책 당번」에서 인간 동물인 시적 주체와 비인간 동물인 개 사이의 경계가 약화되거나 지워져 있음을 확인할 수 있는데, 시적 주체인 인간 동물은 그 틈을 타고 훌쩍 비인간 동물의 몸과 마음을 얻고자 한다. "괜찮지?"와 "안 괜찮아, 야옹" 사이(「안 괜찮아, 야옹」)

인간 동물과 비인간 동물의 갈등은 이번 동시집에서 "안 돼"와 "다 돼" 사이(「안 돼」) 갈등으로 변주되고, 비인간 동물의 권리를 지켜 내려는 목소리는 『안 괜찮아, 야옹』에 수록된 작품(「누가 코끼리를 울게 했을까」 「멍텅구리」 「맛있게 드셨습니까?」) 이상으로 이 책의 4부에 실린 시편들을 통해 좀더 집중적으로 재현되고 변주되면서 확장된다.

"오십 년 동안/ 트럭으로 살아온" 코끼리 "라주" 이야기(「다시 한 살」), 일본 타이지 앞바다에서 잡혀 온 돌고래 이야기(「나는 태지입니다」), "돌고래 생태 체험관 물로 지은 감옥"에서 인공 수정으로 "세 번째 아기"를 낳은 돌고래 이야기(「장꽃분 엄마」), 사냥을 오락처럼 여겨 야생동물을 학살하는 이야기(「트로피 사냥꾼」) 등 우리는 이들 작품과 관련된 1차 자료를 가지고 시를 썼을 시인과는 반대 방향으로 이 시들을 통해 관련 자료에 접속하게 되며, 이 과정에서 인간 동물을 벗고 잠시나마 비인간 동물의 몸과 마음을 입게 되는 것이다.

꽃과 짐 사이, 인간 동물과 비인간 동물 사이, 기쁨과 슬픔 사이, 희망과 절망 사이, 삶과 죽음 사이, 어린이와 어른 사이, 가벼움과 무거움 사이, 감각과 깊이 사이, 발랄함과 엄숙함 사이, 빛과 그림자 사이에서 김미혜 동시는 "사람을 사람으로! 봄을 봄으로!"[39] 돌려놓으려는 희망의 주문을 일관되게 외치며 걸어왔다. 「아주공갈염소똥」처럼 주객이 전도된 현실이나 「누가 더 잘 불렀을까?」에서처럼 지연과 학연 등으로 정의로운 평가가 훼손당하는 현실을 풍자하기도 하고, 「개가 되면 좋겠구나, 개야」 「얼룩 개」에서처럼 어떤 존재가 인간 동물의 필요에 따라 훈련되고 이용되고 소비되지 않기를 소망하고 호소하기도 하며, 「진돌아 밥 먹자」에서처럼 인간 동물의 비정함을 향해 야유를 보내기도 하면서, 시인은 산문 「사

---

39 김미혜, 「사람에게」, 『동시마중』 2015년 5·6월호

람에게」(『동시마중』 2015년 5·6월호)에서 이렇게 썼다.

> 참혹한 현실 앞에서 내 안의 아이는 천진하기가 힘들다. 속이 깊어진 아이는 나무 호미를 버리고 '눈빛 번뜩이는 쇠 호미'를 찾는다. 힘없는 누군가를 안아 주고 싶은 엄마의 절실함 때문에 불편한 시들을 낳는다. (…) 피가 돌지 않는 사람이 나쁜 권력을 휘두른다면 속수무책 당하지 말고 악과 부조리에 맞서야 한다. 분노하고 부정해야 한다. 쇠 호미를 들어야 자갈밭 풀을 뽑을 수 있다고 선언해야 한다. 그렇지 않으면 자신의 힘으로 땅속 깊이 박힌 돌멩이와 악착스레 버티는 풀뿌리를 캐낼 수 없다. 순응은 선이 아니다.

시인의 삶에 내리 닥친 "천둥벼락"(『아빠를 딱 하루만』의 1부와 2부에 기록되었다시피)과 2014년 세월호 참사를 통과하면서 김미혜 동시의 목소리는 점차 어린이의 것에서 엄마-어른 보호자의 것으로 이동한다. 그 목소리는 일찌감치 『아기 까치의 우산』에 수록된 「당당한 걸음으로」와 「콩쥐야」에 기입된 시적 주체의 목소리 바로 그것이다.

> 꽃게, 옆으로 간다
> 방게, 옆으로 간다
> 털게, 옆으로 간다
> 달랑게, 옆으로 간다
> 도둑게, 옆으로 간다.

아무 말 없이
밝게는 앞으로 간다.

모두 같은 길로 갈 때
밝게
홀로
다른 길로 간다.

— 「당당한 걸음으로」 전문

콩쥐야, 새어머니가 주신
나무 호미는 버려라.
모래땅만 파헤칠 게 아니다.
흙 속 깊이 박힌
돌멩이 골라내고
악착스레 버티는
풀뿌리도 캐내야 한다.
여린 손으로 무딘 호미로
거친 땅을 어찌 갈겠나.

콩쥐야, 눈빛 번뜩이는
쇠 호미를 들어라.

— 「콩쥐야」 전문

첫 동시집 『아기 까치의 우산』에서 시인의 관심은, 자기가 본 것을 "아이들은 어떤 눈으로 바라볼까" '아이들은 어떤 마음으로 느낄까' '아이들은 어떤 목소리로 말할까'"(머리말 「마음 맑아지고 환해지는 날」)였다. 그래서 여기에 수록된 「당당한 걸음으로」 「콩쥐야」 같은 대표작 두 편이 다소 이질적인 목소리로 느껴지기까지 했다.

두 번째 동시집 『아빠를 딱 하루만』을 지나 『안 괜찮아, 야옹』에 오면 시인의 관심은 "더 춥고 더 그늘진 곳"에서 살아가는 "어린 목숨들의 엄마"의 자리에서 "무엇을 쓸 것인가"로 이동한다. "차마 마주할 수 없어도 고개를 돌려선" 안 되며, "두 눈 바로 뜨고 불편한 동시들을 읽어 내야" 한다는 당부도 잊지 않는다. "그 세상이 우리가 만든 세상"이고 "우리가 만든 아픔이니까"(머리말 「엄마의 마음으로」).

무수하며
저마다 유일한

시인의 목소리가 어린이에서 엄마-어른 보호자로 이동함으로써 인생과 세계에 드리운 그늘은 더 선명하게 드러나며 우리가 바라보며 살아갈 삶의 방향 역시 더욱 또렷해진다. 이럴 때 평론가 김이구처럼,(「꽃과 새의 이름을 부르며 생명을 보듬기」, 『안 괜찮아, 야옹』 해설) "동시의 꿈은" "우리 삶의 현주소" "그 너머를" 보게 되며, "우리가 꿈꾸는 삶터를 찾아갈 수 있는 약도를 그려 보고 또 그려 보고 한 것"이 김미혜 시인의 동시라는 말에도 수긍하게 된다.

꽃과 개와 고양이와 어린이, 이웃과 국경 너머 세계 전체에 이르는─무수한 동시(同時)에 저마다 유일한 생명을 사랑하기 위하여, 김미혜 동시는 조금 모자라더라도 '같이 먹고'(「같이 먹자」), 늦었지만 "함께 짖자"(「함께 짖자」)고 이야기한다. 꽃을 보면서 짐을 잊지 않듯이, 짐의 끝에서 꽃이 피어나기를 소망하고 응원하는 마음도 잊지 않는다. 기쁨으로 충만한 꼬리(「꼬리」)를 노래한다면, 세상 가장 슬픈 꼬리의 비애(「진돌아 밥 먹자」)에도 눈 감지 말아야 한다. 사랑하는 것을 사랑하기 위하여서는, 사랑을 부당하게 방해하는 대상에게 분노하며 맞서야 한다는 것이 김미혜 동시의 사랑법이고 사는 법이다.

개, 개장수한테 끌려온
개가 줄을 끊고 숲으로 도망쳤어
개장수가 개, 개 판 사람을 데려와
개를 불렀어
개는 이름이 있었어

진돌아

진돌아, 밥 먹자

하얀 꼬리를 흔들며 나온 진돌이
저한테 밥을 주던
개, 개 판 사람 앞에
두 발 모으고 앉아

꼬리로 바닥을 쓸었어

백 개의 꼬리로 싹싹 빌었어

진돌이 목에 줄이 채워졌어

개 더운 여름

─「진돌아 밥 먹자」 전문

    기쁨으로 충만한 꼬리와 세상 가장 슬픈 꼬리 '사이'에서 우리 마음은
아프게 진동하며 '사이 너머'를 꿈꾸는 상상력에 접속되기를 간절히 소망
한다. 그래서 나는, 김미혜 시인의 동시를 읽으면 조금이나마 다른 사람
이 되고 싶어진다.

옹달샘 맑은 물을
두 손으로 똑 떠내듯이

―이정록 동시집 『아홉 살은 힘들다』 이야기

이정록 시인의 첫 동시집 『콧구멍만 바쁘다』(창비, 2009)가 나오고 얼마 지나지 않아 마주 앉은 자리에서 시인에게 들은 말은 10여 년이 지난 지금까지도 내게 아껴 먹는 양식으로 남아 있다. 그중 하나가 어떻게 하면 "옹달샘 맑은 물을 두 손으로 똑 떠내듯이"[40] 동시를 쓸 수 있을까 하는 거다. 요점은 쓰기의 기술을 포함하면서도 그 바탕을 이루는 마음가짐, 몸가짐으로써의 '동시 씀'의 태도와 관계될 테다.

『콧구멍만 바쁘다』의 머리말(「자전거 타고 가는 길」) 끄트머리에서 시인은 이렇게 다짐한다. "막 줍다가는 수렁에 처박힌다. 천천히 쓰자. 지나가는 바람도 느끼고, 길가의 풀도 구경하며 천천히 달리자." 두 번째 동시집 『저 많이 컸죠』(창비)가 2013년에, 세 번째 동시집 『지구의 맛』(한겨레아이들)이 2016년에 나왔다. 그로부터 6년 만에 네 번째 동시집 『아홉 살은 힘들다』(창비, 2022)가 나오는 것이니 첫 다짐을 차근차근 지켜 걸었다고 할 수 있다.

『지구의 맛』 해설(「동심원을 그리는 감성과 사유의 파랑」)에서 김정숙은

40　이안, 「이정록 시인에게 듣는다」, 『동시마중』 창간호, 2010년 5·6월호

"『콧구멍만 바쁘다』의 재미와 따뜻한 동심의 세계로부터 두 번째 동시집 『저 많이 컸죠』의 속 깊고 호기심 많은 성장의 과정을 거쳐 『지구의 맛』에 와서는 자신을 들여다보며 사유하는 시편들로 가득하다."고 썼는데, 이 문장에서 언급된 네 개의 키워드―재미, 동심, 성장, 사유로 이정록의 동시 세계를 살펴보는 건 이번 동시집에서도 여전히 유효하다.

『저 많이 컸죠』의 머리말(「함께 가는 들길」)에서 시인은 "동시는 다른 글에 비해 맑고 깨끗한 몸에 고이는 것" 같아서 "때로 술 담배를 끊고/ 새벽 옹달샘이 하늘을 품듯 동시를" 기다린다고 썼다. 달 속 "옹달샘에 올라가서/ 토끼가 세수를 마칠 때까지 수건 들고" 기다려야겠다는 말도 무척 인상적이었다. 토끼가 어린이, 동심, 이야기의 세계를 은유하는 것으로 다가왔기 때문이다. 그 곁에서 수건 들고 공손히 기다리는 사람, 수발드는 사람으로서의 시인은 분명 이정록 바로 그의 자화상이기도 해서 나는 조금 숙연해지기도 하고 조금 웃기도 하였다. 세수하는 토끼마저도 가만두지 않고 공손하게 웃길 게 분명한 사람이 이정록 시인이라서.

『지구의 맛』 '시인의 말'(「함께 여물어 가는 친구들에게」)에도 "옹달샘 맑은 물을 두 손으로 똑 떠내듯이" "새벽 옹달샘이 하늘을 품듯" 읽히는 말이 있다. "그간 시를 공부하며 느낀 하나는/ 좋은 시집에는 분명 빼어난 동시가 알알이 박혀 있다는 것이에요./ 좋은 동시집에 뛰어난 시가 숨어 있듯 말이죠./ 그건 본래 시와 동시가 한 몸이기 때문이죠./ 동심이 바탕이 돼야 기가 막힌 시가 탄생하죠./ 어른 시와 동시는 동심원이 같아서 딱히 경계선을 긋기 어려워요./ 시를 품은 동시, 동심을 꼭 감싸 안고 있는 시를/ 한곳에 모아 보고 싶었어요."

동심원(同心圓)은 같은 중심을 가지기에 '한중심원'이라고도 하는데, 시와 동시의 한중심에 동심이 있으니 동심원(同心圓)은 동심원(童心圓)이기

도 한 것이다. 그래서 "시를 품은 동시, 동심을 꼭 감싸 안고 있는 시"를
향한 꿈은 언제까지나 새벽 옹달샘이 품은 하늘의 북극성처럼 분명한 말
이 되고야 만다. 그런 즐거운 노고의 결실로서 이 책을 함께 마중하게 되
어 기쁘다.

균형감 사이에서
떨며

박박,
단번에 지울까.
살살,
여러 번 문지를까.

식식,
구멍을 뚫어 볼까.
호호,
틀린 글자만 불러낼까.

윽박지를까.
달래 볼까.

세워서 힘을 줄까.

눕혀서 힘을 뺄까.

─「지우개」 전문

　쓰는 사람에게 가장 어려운 얘기는 언제나 어떻게 쓸 것인가 하는 얘기. 감쪽같이 지웠어도 남은 기록엔 지운 자국이 간직돼 있다. 지운 자국이 쓴 자국의 다른 이름이라면 지우기는 쓰기가 되고 쓰기는 지우면서 나아가기가 된다. 지우는 행위보다 쓰는 행위의 흔적이 조금 더 남은 것이 소득이랄 것도 없는 쓰기의 소득이라고 하면 될까. 쓰기 또는 지우기가 민감하고도 부단한 더듬음이 되는 것은 우리 삶이 대립하는 듯싶은 양극단이 아니라 둘 사이의 무수한 선택지 사이에서 쓰이고 지워지고 다시 쓰이면서 나아가기 때문이다. 지우는 얘기지만 쓰는 얘기고 두 발 내딛고 한 발 물러서며 어떻게 사는지에 관한 얘기다.

　「지우개」에서 각 연의 전자와 후자는 강 대 약, 빠름 대 느림, 채찍 대 당근, 더하기 대 빼기 등 대립 항 사이의 갈등을 마주 세워 보여 줄 뿐 어느 한쪽으로 기울지 않은 채 팽팽한 균형감 사이에서 떨며 정지돼 있다. 음성 상징어와 반점("박박,")-종결 어미와 온점("지울까.")-음성 상징어와 반점("살살,")-종결 어미와 온점("문지를까.")의 반복 구조로 이루어진 1연과 2연이 3연에 이르러 음성 상징어와 반점의 완충 지대가 사라지고 종결 어미와 온점만으로 짜이게 되면서 양자택일의 속도와 압력이 가중된다. 3연과 4연의 1행이 반점으로 끝났더라면 1행과 2행 사이 상반되는 거리가 좀 더 가까워지고 대립각도 조금쯤 부드러워졌을 테지만 둘은 어느 한쪽으로 기울지 않고 끝내 온점 대 온점으로 대립하며 멈추어 있다. 시인이 이렇게 양쪽을 벌려 놓고 멈출 때 독자인 우리는 그 사이에서 무수한 선택지를 갖게 된다.

뛰어놀고 싶은 너른 바탕과
높이

고집스레 버티던 양끝을 끌어당겨 이음으로써 리듬과 놀이 속에 하나로 춤출 수 있게, 짝이 되게 만드는 건 무얼까. 다음 작품은 두 개의 대립적 요소가 춤추는 짝이 되는 모습을 놀이와 노래의 형식으로 들려준다.

> 아기 고양이가
>
> 홀짝홀짝 물을 마셔요.
>
> 한 방울이 넘어가면
>
> 또 한 방울이 짝을 맞춰요.
>
> 같이 가자고 홀짝홀짝
>
> 함께 가자고 홀짝홀짝
>
> 짝을 이뤄야 노래가 돼요.
>
> 고양이 수염도 고양이 꼬리와
>
> 짝이 되어 춤을 춰요.
>
> ——「홀짝홀짝」 전문

이 시의 중심에, 그러니까 동심원의 한복판에 아기 고양이가 있다. 무대는 은유로서의 옹달샘, 세수 마친 토끼가 퇴장하고 아기 고양이가 등장하여 물을 마신다. 보고자는 어린이, 동심, 이야기의 세계를 수발드는 시인이다. "홀짝홀짝"이란 말을 초고속 카메라로 촬영하여 슬로 모션 영상으로 돌리는 것 같은 속도감이 느껴지는 말하기. 1~2행의 "홀짝홀짝"

은 빨라서 붙어 있지만, 3~4행, 7~9행은 초저속이 됨으로써 홀과 짝으로, 짝은 다시 짝(짝수)과 짝(한 쌍)으로 분리된다. 다른 속도를 적용하여 포착하면 말도 분리하여 인식할 수 있다는 점이 흥미롭다. 앞서 넘어간 한 방울은 '홀'이 되고, 뒤따라 넘어가는 한 방울은 '짝'으로 분리되지만 "같이 가자고" "함께 가자고" 호응하며 따라 넘어가면 "홀짝홀짝" 짝을 이루는 노래가 된다. 춤추는 짝이 된다.

주체와 행위 사이에 끼어든 "홀짝홀짝"이란 말은 다만 어린 주체일 뿐이었던 "아기 고양이"를 동심의 주체로 새롭게 태어나게 하고, 먹는 행위일 뿐이었던 "물을 마셔요."를 놀이와 노래의 차원으로 이동시킨다. 그런데 물을 마시는 행위에서 "홀짝홀짝"이란 놀이와 노래의 말을 불러오고, 보고자인 시인으로 하여금 "같이 가자고" "함께 가자고" "짝을 이뤄" "춤을" 추자는 의미의 그물을 짜도록 만드는 주체는 무엇인가. 바로 아기 고양이. 그리고 아기 고양이가 물을 마시는 행위를 관찰함으로써 이 모든 걸 불러오는 시선의 주체로서의 시인이 있다. 얼핏 소품 같지만, 뛰어놀고 싶은 너른 바탕과 뛰어넘고 싶은 높이를 지닌 작품이다.

오이 덩굴손이
버팀목을 말아 잡으면서
귓속말합니다.
숨 막혀도 조금 참아.
이렇게 힘을 써야만
뿌리가 물을 빨아올려.
곧 노란 꽃목걸이를 선물할게.
팔도 여럿 달아 줄게.

두근두근 아프기도 할 거야.

넌 이제 막대기가 아니야.

너는 오이나무야.

―「오이나무」 전문

「오이나무」는 「홀짝홀짝」의 아기 고양이가 "오이 덩굴손"이 되어 하는 말처럼 다가온다. 오이 덩굴손은 마른나무 "막대기" 같은 세상에서 "버팀목을 말아 잡으면서" "힘을 써" "물을 빨아" 올린다. 마른나무 막대기에게 "노란 꽃목걸이"를 선물하고 여러 개의 "팔"을 달아 주며 "넌 이제 막대기가 아니야./ 너는 오이나무야."라고 말해 주려고. 삶 이후에 죽음이 있는 게 아니라 다르게 쓰이는 새로운 이야기가 있으며 그것을 기록하는 것도 시인의 일 중 하나라는 듯. 죽은 다음에도 "가장 늦게까지 타오르"며 "붉은 눈에서 매운 연기" 피워 올리는 부지깽이는 죽어서도 생생한 이야기의 주인공으로 맹활약을 펼친다.

조그맣지만
가장 늦게까지 타오르지.

가늘고 약하지만
커다란 장작도 뒤집어 버리지.

작은 눈망울로
방고래 차가운 어둠을
하늘까지 밀어 올리지.

바쁘다 바빠.

마른 참깻대도 찰싹!

종아리도 번쩍!

때론 마음이 아파서

찬물에 첨벙!

붉은 눈에서 매운 연기 피어오르지.

— 「부지깽이」 전문

명랑 대 비애,
어린이와 어른 사이를 출렁거리며

이정록 동시를 구성하는 요소 중 빼놓을 수 없는 것이 재담과 만담이
다. 어린이 화자 동시(「버릇없는 아이」 「물장구」 「말줄임표」 「한 바퀴」), 우화
동시(「쥐눈이콩」 「알밤」 「참새 목욕탕」 「투덜투덜」 「꼬리 말」), 비인간 화자 동
시(「지네」 「지네 축구단」) 등에서 이런 특성이 폭넓게 나타난다. 특히 「쥐
눈이콩」 「투덜투덜」 「모깃불」 같은 작품에서는 이정록 시인이 아니고선
보여 줄 수 없는 말의 기울기가 도드라진다. 『콧구멍만 바쁘다』의 「바쁜
내 콧구멍」은 『아홉 살은 힘들다』에서 '이 뽑는 날' 연작으로 변주되며,
「황사」는 「어느새」로, 「달팽이 학교」는 「지네」 「지네 축구단」으로 나란히
건축된다.

이정록 동시는 대립 항 사이의 갈등, 부정과 금지 대 지지와 옹호 사이의 마찰 에너지를 축으로 하여 명랑 대 비애, 빛과 어둠, 웃음과 눈물, 어린이와 어른 사이를 출렁거리며 걸어간다. 바라는 바는 "쉴 때는 몽땅 쉬고/ 힘들 때는 조금씩/ 골고루" 나누기, "늘 같이" 가기, "서로 쓰다듬기", "함께 걷는 다리"와 "모두 쉬는 다리" 되기다. 금지하고 거부하는 바는 "손가락질" "발길질" "주먹질" "총을 겨누"는 일이다(「지네」). 『콧구멍만 바쁘다』의 「아니다」("채찍 휘두르라고/ 말 엉덩이가 포동포동한 게 아니다."), 「흙장난」("흙장난한다고/ 혼내지 마세요."), 「안 돼요 안 돼」("엄마 아빠/ 장애인 주차장에/ 차 대지 마세요."), 「방문을 쾅!」("방문 쾅!/ 닫지 마세요."), 「시장 놀이」("여우에게 여우 목도리는/ 보여 주지도 않기")의 부정과 거부, 금지는 『아홉 살은 힘들다』에서 「눈」("똑바로 줄 맞춰!/ 이 말은 하지 마세요."), 「시험」("동그라미만 좋아하지 마세요."), 「물방울아」("빨랫줄에서/ 더 놀고 싶으면/ 과식하지 마."), 「선풍기」("발가락으로 켜지 말아요."), 「먹지 마」("청소기야/ 구슬은 먹지 마") 등으로 다시금 강조된다. 이정록 동시의 중요한 윤리적 태도와 경계, 창작 방법 중 하나가 변함없이 유지되고 있는 것이다.

빨랫줄에서
더 놀고 싶으면
과식하지 마.

목이 말라도
곁에 있는 물방울을
쪼록쪼록 삼키지 마.

배고프면
뭉게구름을 먹어 봐.

물방울 속에
바람과 새소리를 담아 봐.
무지개를 품어 봐.

—「물방울아」 전문

    부정과 거부, 금지를 통과하여 이정록 시인이 제안하는 동시 언어는 소유("과식하지 마.")가 아닌 무소유("뭉게구름"), 유해함("삼키지 마.")이 아닌 무해함("바람과 새소리를 담아 봐./ 무지개를 품어 봐.")이다. '달래다' '품다' '업다' '맞추다' 같은 동사, '함께' '같이' '골고루' 같은 부사를 즐겨 쓴다. 말놀이와 글자 놀이, 재담과 재치, 개그 등 저감(低減) 장치를 두루 사용함으로써 자칫 무겁게 전달될 수 있는 의미나 메시지를 가볍게 감싸면서 들어 올린다. 이렇게 안전하게 구축된 세계 속에서 이정록 동시의 어린이는 마음껏 천진하며(「코끼리 코」 「말줄임표」 「한 바퀴」) 자신만만하지만(「소풍」) 엄연한 생활인으로서의 성장통(「아홉 살은 힘들다」 「버릇없는 아이」, '소미' 연작 6편 등)을 단단히 앓으면서 자기 생의 맨 앞을 통과해 간다.

우리는 달을 품고
달은 우리를 업고

어린이의 공기놀이를 어른의 관점에서 의미화하면 이런 모습이 된다.

어른이 되면
바위가 쿵! 길을 막고
쾅! 가슴을 짓누를 때가 생기지.

지금부터 배워 두는 거야.
바위를 던지고 그러모으며
공깃돌 굴리듯 노는 법을.

나를 덮치는 바윗덩이,
다섯 개쯤은 잘 달래서
호주머니에 품을 줄 알아야지.

친구들과 함께하면
바위가 구슬만 해지는
마법의 놀이가 된다는 것을.

바닥에 흩뿌리고
허공을 잡아채며
뒤집기하는 재미를.

— 「공기놀이」 전문

공기놀이에 "바위가 쿵! 길을 막고/ 쾅! 가슴을 짓누"르는 어른의 시간을 포개 놓다니. 이런 장쾌한 상상력은 어디서 오는 걸까. 공깃돌이 바위라면 바위를 "공깃돌 굴리듯" 갖고 노는 어린이는 이미 어린이-거인이며, 바위를 공깃돌처럼 갖고 노는 거인은 놀이에 흠뻑 빠진 거인-어린이가 된다. 어느 쪽이든 듣는 사람 배짱을 두둑하게 만들어 주는 "마법의 놀이" 같은 말. 어른의 시간을 "지금부터" 미리 "배워 두는" 것이 필요할까 싶기도 하다. 어른의 시선으로 의미화되지 않고 그러한 시도로부터 끊임없이 미끄러지며 도망치기. 어린이가 어린이의 시간에 할 수 있는 놀이에 집중하면서 어른들이 구축해 놓은 의미의 세계로부터 도망치기.

> 할머니는
> 새벽부터 일하고도
> 운동 삼아 했다고 합니다.
>
> 이웃집에 갔다가
> 한나절 마늘을 까 주고 와서도
> 운동 삼아 놀고 왔다고 합니다.
>
> 허리 두드리며
> 할아버지 산소에 다녀와서도
> 운동 삼아 꽃을 보고 왔다고 합니다.
>
> 할머니는 어제도
> 운동 삼아 장에 다녀왔습니다.
> 하루하루 운동 삼아 살다 보면

슬플 새도 없다고 합니다.

─「할머니의 운동」부분

"옹달샘 맑은 물을 두 손으로 똑 떠내듯이" 쓰는 삶은 이렇게 "운동 삼아" 살며 쓰는 것이 아닐까. 마음 가는 대로 살고 써도 동시 문법에 어긋나지 않으며 그래서 마침내 "오른손이 한 일을/ 왼손이 모르게"(「버릇없는 아이」) 살고 쓸 수 있다면. 분명한 것은 옹달샘이 있는 달나라의 달이 "늘/ 우리를 업고" 다니고 "우리는 늘/ 달을 품고" 산다는 거다. 온갖 환난 속에서도 삶은 어린이의 공기놀이처럼 계속되고 시인이 빚어낸 희망을 "품고" "업고" 우리의 노래도 그치지 않을 것을 믿는다.

밤길 떠나는
아기 곰아.

무서워 마라.

우리는 늘
달을 품고 산단다.

달은 늘
우리를 업고 다닌단다.

─「반달곰」전문

축! 개업
윤제림 동시 가게

—윤제림 동시집 『거북이는 오늘도 지각이다』 이야기

윤제림 시인은 1987년 봄 소년중앙문학상에 동시가 당선되고, 가을에 『문예중앙』 신인문학상에 시가 당선되면서 작품 활동을 시작했다. 같은 해에 동시인과 시인의 이름을 얻은 것이니 지금까지도 매우 이례적인 경우라 하겠다. 30여 년 동안 시집 『삼천리호 자전거』(우경, 1988/개정판 문학동네, 1997), 『미미의 집』(중앙M&B, 1990), 『황천반점』(민음사, 1994), 『사랑을 놓치다』(문학동네, 2001), 『그는 걸어서 온다』(문학동네, 2008), 『새의 얼굴』(문학동네, 2013), 『편지에는 그냥 잘 지낸다고 쓴다』(문학동네, 2019) 등을 내었지만 동시집은 『거북이는 오늘도 지각이다』(문학동네, 2018)가 처음이다.

걱정하지 않음의
깊이와 윤리

시인이 동시와 인연을 맺은 첫 자리는 대학 1학년 때, 혼자 떠난 여행길에서였다고 한다. 시인의 산문 「탄금대에서 왔습니다」(『동시마중』 2018년 5·6월호)에 따르면, "남한강이 우륵의 가야금 소리를 내며 흘러가는 강마을. 그곳에서 '권태웅' 선생을 만났"고, 충주시 탄금대에 있는 '감자꽃 노래비' 아래서 청주 교동초등학교 어린이들 틈에 끼어 앉아 「감자꽃」 노래를 불렀다고 한다. 소년중앙문학상 당선 소감은 「감자꽃」 전문을 인용하면서 시작한다.

자주 꽃 핀 건 자주 감자,
파 보나 마나 자주 감자.

하얀 꽃 핀 건 하얀 감자,
파 보나 마나 하얀 감자.

대학 1학년 때 동시와 맺은 인연의 첫 자리에 「감자꽃」이 놓여 있고, 그로부터 40년 가까운 시간이 흐른 2018년, 첫 결실로서 이 동시집을 세상에 내놓는 것인데, 공교롭게도 이는 권태웅 선생 탄생 100주년이 되는 해이기도 하다. 세상 인연의 끊이지 않는 엄밀함에 새삼 놀라게 된다. 아직까지 윤제림 시인의 시와 동시의 바탕을 이루고 있는 것으로 보이는, 20대 후반에 썼을 동시 당선 소감은 이렇게 마무리된다.

생각이 아름다운 이들을 나는 부러워한다. 그들에게 고개 숙인다.
이 맵찬 세상에서 쪼가리 꿈이나마 끝끝내 버리지 않는 사람들을, 나는 사랑한다. 그러한 사람들의 줄 맨 <u>끄트머리</u>에라도 서고 싶다.

　동시라는 걸, 혹은 시라는 걸 굳이 갈라 가며 생각하고 싶진 않다. 내 할머니 할아버지가, 내 어머니 아버지가 그런 걸 가려낼 줄 몰랐듯이. 재미있는 이야기가 담긴, 그러면서도 어여쁜 시를 지어내고 싶다. 아니 그냥 받아쓰고 싶다. 그런 이야기들쯤이야 지천에 널렸을 테니까.

지금의 생각도 이때와 그리 다르지 않아 보인다. 「탄금대에서 왔습니다」를 조금 더 읽어 보자.

　다섯 번째 시집 서문에다 이런 고백을 했습니다.
　"내 받아쓰기 공책을 보고/ 바람과 나무, 아이와 노인,/ 귀신과 저승사자 모두/ 한마디씩 하고 간다. "내가 이렇게 말했나?"/ "내 이야기는 이게 아닌데."/ "잘못 들었군."// 귀가 어두워져서 걱정이다."
　사실입니다. 저는 그저 좋은 이웃을 많이 두어서 시인인지도 모릅니다.
　말을 걸면, 선뜻 응답해 주는 사람과 짐승과 식물 그리고 사물들 덕에 저는 시인입니다. 저한테 시와 동시는 같은 물건입니다. 어린이가 못 알아듣겠다 싶으면 시로 쓰고, 누군들 모르랴 싶으면 동시로 옮깁니다. 제 시의 가게는 '연령 제한'이 없습니다. 할머니 할아버지와 손자 손녀가 함께 드나들길 기대합니다.

시집 『그는 걸어서 온다』에 실린 「재춘이 엄마」 「공군 소령 김진평」 「가정식 백반」 「관광버스가 보이는 풍경」 「외할머니는 슬며시」 등은 시와 동시의 섞임과 동거를 보여 주며 「철수와 영희」 「목련에게」는 이 책에 실린 「이름표」 「거북이는 오늘도 지각이다」 「다섯 살 내 동생처럼」과 짝이 된다. 『새의 얼굴』에 실린 「고양이가 차에 치었다」("靑馬처럼 길을 건너다가,// 金洙暎처럼/ 집에 가다가.")는 이 책에 실린 「오늘의 교통사고」와 교차적으로 감상하게 된다.

첫 시집 『삼천리호 자전거』에 탄광 지역인 강원도 정선군 고한을 노래한 작품이 있다.

> 꺼먹산 꺼먹물
>
> 그들의 삶을 걱정하지 않는다
>
> 그들의 가슴속 열어 본 일이 없기 때문이다
>
> 꺼먹산 꺼먹물
>
> 어쩌면 저렇게 온통
>
> 검을까 검을까
>
> 혼자서 신기해할 뿐 아무한테도
>
> 말을 건넬 수 없다
>
> 꺼먹산 꺼먹물
>
> 거기서 크는 애들을 걱정하지 않는다
>
> 그 애들 꿈속을 따라가 보지 못했기 때문이다
>
> ─「고한」 전문

탄광 산업으로 산도 물도 온통 꺼멓다. 여행자로서, 그곳에서 살아가는 사람들을 자칫 안쓰럽고 불쌍하다 여길 수 있지만 시인은 "그들의 삶을" "거기서 크는 애들을" "걱정하지 않는다"고 말한다. "그들의 가슴속 열어 본 일이 없기 때문"에, "그 애들 꿈속을 따라가 보지 못했기 때문"에 섣불리 걱정하는 척 포즈를 취할 수 없다는 말이다. 이것은 타자의 삶에 대한 외면도 낙관도 무책임도 아니다. 타인이 아닌 내가, 내가 아닌 타인의 삶을 이렇다 저렇다, 좋다 나쁘다 어떻게 감히 입에 올릴 수 있겠는가. "걱정하지 않는다"란 말은 그 불가능에 대한 인정이다. 타자를 향한 윤리가 깔려 있기에 오히려 희망에 접속하는 힘을 갖는다. 타자의 가슴속을 열어 보고 꿈속을 따라가 보면, 다리가 하는 말을(「강을 건너며 다리한테 들은 말」), 나무가 하는 말을(「이름표」), 삼겹살집 광고판 안에 든 돼지가 하는 말을(「돼지야 미안하다」) 조금은 받아쓸 수 있을지도 모른다.

윤제림 동시의 윤리는 타자의 말을 잘 받아쓰려는 데서 생겨난다. 가령 "이 맵찬 세상에서 쪼가리 꿈이나마 끝끝내 버리지 않는 사람들을" 향한 사랑, "그러한 사람들의 줄 맨 끄트머리에라도 서고 싶다."는 순정한 바람에서 연유하는 받아쓰기.

한여름 태양이 아무리 뜨거워도
땀이 빗물처럼 흘러도
우리는 차렷 자세로 서 있어야 합니다

그렇다고 너무 불쌍하게 보진 마세요

발이란 발은 모두
시원한 강물에 담그고 있으니까요

겨울 강바람이 아무리 매서워도

온몸이 오그라들어도

우리는 차렷 자세로 서 있어야 합니다

그렇다고 너무 불쌍하게 보진 마세요

얼음장 아래 딛고 서 있는 발은

생각보다 따뜻하니까요

— 「강을 건너며 다리한테 들은 말」 전문

「고한」이 "그들의 가슴속 열어 본 일이 없기"에, "그 애들 꿈속을 따라가 보지 못했기"에 "걱정하지 않는다"고 말했다면, 「강을 건너며 다리한테 들은 말」은 "강을 건너며 다리한테" 분명히 "들은 말"이기에 "너무 불쌍하게 보진 마세요"라고 말할 수 있는 것이다. 걱정하지 않음의 깊이가, 타자를 향한 윤리가 강물에 담그고 있는 다리의 발을 통해 그 나름의 시원함과 따뜻함으로 드러났다고 해야겠다.

불러 주기 기억하기
소망하고 응원하기

윤제림 시인은 2012년 『동시마중』 7·8월호에 「누가 더 섭섭했을까」

외 1편의 동시를 발표하며 개점휴업 상태였던 동시 가게의 문을 다시 연다. 「누가 더 섭섭했을까」는 타자를 향한 윤리가 어떻게 구성될 수 있는지, 우리 동시에 드문 철학 우화 동시는 어떻게 가능할지를 가늠해 보게 했다.

> 한 골짜기에 피어 있는 양지꽃과 노랑제비꽃이
> 한 소년을 좋아했습니다.

배경과 인물, 사건이 1연에서 제시된다. 양지꽃과 노랑제비꽃은 노랗다, 피는 계절이 같다, 꽃 크기가 작다는 공통점이 있다. 잘 모르는 사람에게는 비슷하게 보이지만, 잘 아는 사람에게는 아주 다르게 보인다.

> 어느 날 아침,

특정한 사건이 벌어지는 시간은 언제나 이렇듯 "어느 날", 불특정하게 제시된다. 사건은 평범한 일상에 깃들어 있다가 어느 날, 어느 때 불쑥 솟아나는 것이란 암시이겠다.

> 소년이 양지꽃 얼굴을 들여다보면서
> 반갑게 인사를 했습니다.

사건이 벌어졌으나 아직 그 사건의 실체는 확인되지 않고 3연으로 건너간다.

"안녕! 내가 좋아하는
노랑제비꽃!"

노랑제비꽃은 좋았을까? 그런데 아차! 틈이 벌어지면서 사건의 실체가 드러난다. 소년이 "내가 좋아하는/ 노랑제비꽃!" 하고 인사를 건넨 것은, 노랑제비꽃이 아니라 양지꽃이었던 것이다. 소년은 한 번에 두 가지 실수를 하고 말았다. 양지꽃은 자기 이름을 자기가 좋아하는 소년이, 자기를 좋아한다는 소년이 아직 모르고 있다는 사실에 섭섭했을 것이고, 노랑제비꽃은 자기 이름을, 자기가 좋아하는 소년이 자기 아닌 다른 꽃에게 붙여 불렀다는 사실에 섭섭했을 것 같다.

좀 다르게 생각해 보면 소년이 정말 좋아한 것은 양지꽃일까, 노랑제비꽃일까. 양지꽃 얼굴을 들여다보며 말했으니까 양지꽃일까. "안녕! 내가 좋아하는/ 노랑제비꽃!" 했으니까 노랑제비꽃일까. 소년은 양지꽃의 이름이 노랑제비꽃이 아니라 양지꽃이라는 사실을 알고도 양지꽃을 좋아할까. 소년이 정말 좋아한 것은 양지꽃이라는 실체가 아니라 노랑제비꽃이라는 이름이진 않았을까. 그런데 사물의 실체란 이름과 분리될 수 있는 것일까. 너무 복잡한가? 이 작품을 둘러싼 감상의 핵심은 여러 가지 질문을 동반할 수밖에 없는, 단순한 듯하지만 실은 복잡한 사유를 요구하는 말의 배치에 있을 것이다.

양지꽃은 온종일 섭섭했습니다.
노랑제비꽃도 온종일 섭섭했습니다.

온종일 섭섭했던 것은 양지꽃과 노랑제비꽃만이 아니었을지도 모른다. 소년은 또 얼마나 낙심했을지. 그런데 소년이 낙심했다면, 그 낙심은 무엇을 향한 낙심이었을까. 양지꽃과 노랑제비꽃의 차이는 얼마나 큰 것인지, 양지꽃 한 송이와 양지꽃 또 한 송이의 차이는 또 얼마나 큰 것인지. 시 쓰기는 잊히고 묻힌 타자의 이름을 기억하고 불러 주는 것인지도 모른다.

나무들은 일 년에 두 번 이름표를 답니다

한 번은 꽃이 필 때

사람들 모두 알은체하면서 꽃가지 사이로
사진 한 장씩들 찍고 가지만
나무 이름은 곧 잊어버립니다

또 한 번은 열매를 매달 때

사람들 모두 알은체하면서 열매 하나씩
따 가면서 즐거워하지만
나무 이름은 곧 잊어버립니다

나무들은 일 년에 두 번 이름표를 답니다
— 「이름표」 전문

잎과 꽃과 열매의 시절을 나무의 가장 빛나는 얼굴이라고 한다면, 빛이 모두 빠져나간 헐벗은 겨울에도 그의 빛나던 이름을 기억하고 불러 주는 것이 사랑이겠다. 잊지 않는 한 사랑은 다 가 버린 것이 아니다. 매번 다시 오는 것이다. 꽃이 없는 시간에도, 열매가 없는 시간에도 벚나무와 사과나무와 감나무를 알아보고 불러 주기, 기억하기, 다시 돌아올 꽃과 신록과 열매의 시간을 소망하고 응원하기. 이 동시집의 아주 많은 작품(「아침 배달」 「우리 동네 방학리」 「내가 만든 어른들」 「우리 집 비밀번호」 「봉구 할아버지 커다란 손」 「괜히 솔직히 말했다」 등)에 수많은 이름이 등장하는 건 우연이 아니다. 맨 앞에 실린 「아침 배달」에서 호명하는 이름들을 눈여겨보자.

꽃집 미니 트럭은 지금 막 문을 연 약국 앞에서,
퀵 서비스 오토바이는
아이들로 붐비는 문구점 앞에서,
속셈 학원 버스는 길 건너 정류장 시내버스 뒤에서,
암탉 한 마리가 그려진 치킨집 꼬마 자동차는
골목 끝에서

사람 하나씩 조심스럽게 내려놓고
가려던 길을 가거나
왔던 길을 되돌아갔다

2학년 3반 김희영이
늦지 않게 왔고
1학년 1반 최진우가

웃는 얼굴로 왔다
목발 짚은 3학년 4반 이진아와
엊그제 전학 온 신승민이도

잘
왔다,
눈길에.

— 「아침 배달」 전문

"꽃집 미니 트럭" "퀵 서비스 오토바이" "아이들로 붐비는 문구점" "속셈 학원 버스" "암탉 한 마리가 그려진 치킨집 꼬마 자동차"는 모두 오늘날 우리네 서민 현실을 구성하는 세부, 그러니까 시대적 표정이다. 시인은 거기서 내린 "사람 하나씩"의 이름을 "조심스럽게" "내려놓"는다. 고학년이 아니다. 1학년, 2학년 저학년이다. 다리를 다쳐 목발을 짚은 아이, 엊그제 전학 온 아이, 그러니까 김희영, 최진우, 이진아, 신승민이처럼 어리고 약하고 다치고 낯설어 마음 쓰이는 아이들 이름이다. 시인은 마치 이 아이들의 부모가 그런 것처럼 "눈길에" "조심스럽게" 이 아이들의 이름을 내려놓아 준다.

동시의 오랜
꿈

윤제림 시인의 동시는 쉽고 재밌으면서도 깊다. 이야기와 상황의 구성력이 빼어나다. 그가 꿈꾸는 동시의 나라, 동심의 나라는 「우리 동네 방학리」처럼 작아서 사람들이 맺고 있는 관계가 단순하여 훤히 드러나고 상호의존적으로 순환하며, 「물 구름 나무 모여 사는 강마을에선」에서처럼 "구름처럼 높아지고 싶은 강물이/ 구름 되어 오르"고 "헤엄치는 강물이 되고픈 구름들이/ 강물 되어 흐르는", 저마다 되고 싶은 소망이 이루어지는 세계일 것이다. "의좋게 모여" "얼려 사는/ 강마을"의 꿈이 갈수록 불가능해 보인다 해도 결코 소멸될 수 없는 이상 사회를 간절히 가리키는 것으로 읽게 된다. 그 바탕에 타고난 천진으로서의 동심이 있다.

하느님께서 주신 것을
천만 년 전에 주신 것을

처음 받을 때와 별로 다르지 않게
아직도 새것처럼 쓰고 있어서

돈 주고 새로 살 것이
별로 없는 나라

히말라야 산속
나라들처럼
남태평양 섬나라들처럼

—「부자 나라」 전문

윤제림 시인의 동시가 부유한 것은 천진으로, 동심으로 받아쓴 것이어서 그렇다. 나라로 말하자면 노자의 소국과민(小國寡民)이 윤제림 동시의 나라이겠다. 소국은 소국(笑國)이기도 하다. 웃음을 빼놓을 수 없다. 작은 규모에 적은 말로, 단순하고 쉽게, 좀 서툰 듯, 좀 더듬는 듯, 그 바탕엔 웃음을 깔고. 소국은 또한 노소(老少)가 어우러지고 소통하는 소국(少國)이기도 하다. 약졸(若拙)과 약눌(若訥), 동심과 종심이 바탕을 이룬 윤제림 동시에선 어린이와 노인, 삶과 죽음, 사람과 귀신이 이물감 없이 교통한다. 한마디로 윤제림 동시의 나라는 "'연령 제한'이 없"어서 "할머니 할아버지와 손자 손녀가 함께 드나들"기에 좋다. 동시의 오랜 꿈이자 높은 경지의 일단이 약졸과 약눌, 동심과 종심의 작용에 따른 것임을 다시금 확인하게 된다.

무기교의 시는 기교가 없는 게 아니다. 기교를 뛰어넘었기에 다만 담백하게, 기교가 없는 듯 보일 뿐이다. 행과 연의 배치가 저마다 적실하고, 반점과 온점은 있을 곳에 있고 없을 곳에 없다. 구석구석 눈여겨보며 헤아려 배울 것이 많다. "물만 담으려 했는데" "산도 하늘도// 다// 들어와 앉아 있"는 연못의 마음, 물의 마음이면 어쩌다 이처럼 좋은 동시를 얻을 수 있을지도 모르겠다. 그러니 배울 것은 기교가 아니다. 태도이고 마음가짐이다. 언제나 처음처럼.

산도 하늘도

다

들어와 앉아 있습니다.

연못은 자기가

이렇게나 큰

그릇인 줄

몰랐습니다.

—「물만 담으려 했는데」 전문

제 3 부

불가능을 더듬어 가는

가능의 언어들

"깜깜한 밤, "따악 딱" 소리와 함께 하늘에 피어나는 푸른 불빛,
이것이야말로 신성이 사라진 세계에 처한 시인의 초상,
시의 빛이 아닐까."

밥풀의 상상력으로 그린
숨은그림찾기

—김륭 동시집 『프라이팬을 타고 가는 도둑고양이』 이야기

3학년 8반 교실 앞에 아까시나무 한 그루가 있다. 어느 봄날, 까치 두 마리가 자리를 잡고 둥지를 틀었다. 아까시나무는 까치 부부 덕에 날개를 얻었고, 그 날개를 얻어 타고 하늘을 날아다니게 되었다. 좋기는 까치 부부도 마찬가지다. 까치 부부는 아까시나무 덕에 감히 꿈조차 꾸어 본 적 없는 뿌리를 얻었고, 맘껏 공 차고 놀 수 있는 운동장까지 얻었다. 얼마 지나지 않아 이들이 세상에서 둘도 없는 사이가 되었으리라는 것은 말하나 마나. 그러나 둘도 없는 사이라고 언제까지나 마냥 즐겁기만 할까. 때론 아빠를 지겹다 하는 엄마나 엄마를 지겹다 하는 아빠처럼 싸우는 날도 있을 것이다. 그러나 이들은 서로 만나서 자기와는 다른 세계를 나누어 누리며 이해의 품을 하늘만큼 땅만큼 넓힐 수 있었다.

생명과 생명, 생명과 사물, 사물과 사물이 관계를 맺는다는 것이 이와 다르지 않을 터이다. 마치 숫자 '3'이, 어쩌면 자기와 정반대로 생긴 'ɛ'을 만나 비로소 원만하고 둥근 '8'의 꼴을 갖게 되듯이. '3'과 'ɛ'이 만나서 이룬 '8'은, '3'과 'ɛ'이 그 전까지 온전하지 못한 반쪽이었다는 것을 말해 준

다. 시인이 아까시나무와 까치 부부가 만난 장소를 하필이면 '3학년 8반 교실 앞'이라고 특정한 까닭이겠다(「3학년 8반」). 김륭 시인의 동시집에 실린 많은 작품들은 이처럼 서로 성질이 다른 대상('3', 'ε')을 언어-사물의 유사성에 바탕을 둔 자유로운 상상력으로 이어 주면서('8') 그로부터 생겨나는 관계의 아름다움을 개성적으로 들려준다.

다르게 상상하는
사랑의 세계

김륭 시인은『프라이팬을 타고 가는 도둑고양이』(문학동네, 2009)의 '책머리에'에서 "울퉁불퉁 이야기가 있는 동시" "시골 할머니가 입고 있던 빨강내복처럼 몸에 착 달라붙어 있는 관습적인(?) 상상력에서 조금이라도 멀리 달아"난 동시를 써 보고 싶었다고 말한다. 시인이 마음먹고 동시집을 낼진대 이만한 각오와 포부 없이 자기만의 동시를 어찌 한쪽인들 펼쳐 보일 수 있을까. 자기만의 동시관을 세우고, 그것을 끝까지 밀어붙이는 자세만큼 소중한 것은 없다. 시에게, "시여, 살아 있다면 힘껏 실패하라"(최정례)고 말할 수 있는 사람만이 새로운 시를 쓸 수 있다. 과연 김륭 시인은 이 동시집에서 '빨강내복의 관습적 상상력'에 맞서 '밥풀의 상상력'을 '새롭게' 펼쳐 보여 준다.

밥도 풀이라고 생각할래요
질경이나 패랭이, 원추리 씀바귀 노루귀 같은

예쁜 풀이라고 친구들에게 말해 줄래요

주렁주렁 쌀을 매단 벼처럼 착하게 살래요
밥그릇 싸움 같은 어른들의 말은
배우지 않을래요

말도 풀이라고 생각할래요
며느리배꼽이나 노루귀 같은 예쁜 말만 키워
입 밖으로 내보낼래요

온갖 벌레 울음소리 업어 주는 풀처럼 살래요
어른들이 밥 먹듯이 하는 욕은
배우지 않을래요

치매 걸린 외할머니 밥상에 흘린
밥알도 콕콕 뱁새처럼 쪼지 않을래요
풀씨처럼 보이겠죠

잔소리 많은 엄마는 잎이 많은 풀이겠죠
저기, 앞집 할머니도 호리낭창
예쁜 풀이에요

— 「밥풀의 상상력」 전문

이 동시는 '밥풀'(밥+풀, 밥=풀)이라는 단어에서 착상을 얻어 "밥도 풀이라고 생각"하겠다는 말로 첫 행을 쓴 뒤, 이후 몇 차례 말의 가지 뻗기를 자유롭게 수행한 끝에 "엄마"도 "앞집 할머니도" "예쁜 풀"이라는 결론에 이르는 과정을 보여 준다. 이는 마치 '밥도 풀이다'가 "쌀을 매단 벼처럼 착하게"로, "착하게"는 다시 "밥그릇 싸움 같은 어른들의 말은/ 배우지 않"겠다로, "말도 풀"이라는 단순한 연상적 배치를 보여 주는 듯하지만, 이 연상이 빚어낸 전체 그림은 시인이 동시로써 아이들에게 무엇을 보여 주고자 하는지를 엿보게 한다. 즉 그 세계란, "밥그릇 싸움 같은 어른들의 말"과 "밥 먹듯이 하는 욕" "치매 걸린 외할머니 밥상에 흘린/ 밥알"을 "뱁새처럼 쪼"는 강팍함과는 확연히 다른 세계이며, "치매 걸린 외할머니"와 "잔소리 많은 엄마"와 "앞집 할머니" 같은 세상의 "온갖" "울음소리"에 풀처럼 부드러운 등을 내어 주겠다는 자기 다짐, 즉 사랑의 세계인 것이다. 이렇듯 김륭 시인의 동시집은 언어–사물의 유사성에서 출발한 시적 발상이 자유로운 연상적 언어 놀이 과정을 거치면서 그것이 어떻게 세상의 유약한 존재들을 감싸 안는 사랑으로 완성되는가를 보여 준다.

주술적 운동성으로 출렁이는
말-이미지

604호 코흘리개 새봄이가 엄마를 기다리고 있어요
6층에서 1층으로, 1층에서 다시 6층으로 코를 훌쩍거리며
엘리베이터를 오르내리고 있어요 훌쩍훌쩍

코를 길게 늘어뜨리고 있어요

엘리베이터를 비스킷처럼 감아올린

코가 길을 잡아당기고 있어요

엘리베이터를 오르내리는 사람들 흘깃흘깃 쳐다보지만

엄마가 타고 다니는 빨간 티코를 감아올릴 때까지

새봄이 코는 길을 잡아당길 거예요

집으로 오는 모든 차들이 빵빵

새봄이 콧구멍 속으로

빨려들고 있어요

— 「코끼리가 사는 아파트」 전문

  이 작품은 '엄마를 기다리는 아이'라는, 우리 동시의 전통적인 소재가 김륭 동시에 와서 얼마나 다르게 표현되고 있는지를 뚜렷이 보여 준다. "코흘리개 새봄이"가 엘리베이터를 타고 오르내리며 "엄마를 기다리고 있"다는 것이 이 동시의 상황이다. 아주 낯익은 상황이고 장면이지만, 이 동시에서 그것은 퍽 낯설고도 새로운 방식으로 표현되고 있다.

  새봄이의 콧물, 엘리베이터, 코끼리의 코는 "오르내리고" "늘어뜨리고" "잡아당기고" "감아올"린다는 점에서 사물─움직임의 공통된 속성을 갖는다. 시인은 그 점을 붙잡아 이를 유기적으로 결합하고 넓히고 오므려서 자기만의 독특한 아이 캐릭터를 창조해 낸다. 즉 시인은 이러한 연결─관계 맺어 주기 방식을 통해 이와 같은 소재의 동시가 쉽게 빠질 수 있는 값싼 동정이나 상투성 같은 '빨강내복의 관습적 상상력'에 맞서면서 '밥풀의 새로운 상상력'으로 반죽한 자기만의 독특한 동시세계를 빚어 보이는 것이다. 여태까지 '엄마를 기다리는 아이'의 가엾고 불쌍한 모습을 표현하는 데 자주 쓰이곤 하였을 "훌쩍훌쩍"이라는 말이 이 동시에 와서 집으로 엄마를 강력하게 불러들이는 주술적 운동성을 지닌 말로 새롭게 쓰이고 있음도 주목을 요한다.

이처럼 언어-사물의 유사성에 착안해서 '밥풀의 상상력'을 한껏 밀고 나간 작품들 가운데 「3학년 8반」 「나무들도 전화를 한다」 「중국집에 간 개구리」 「바다가 심심해진 꽃게들」 「은행나무」 「내비게이션」 「배추벌레」 「수박이 앉았다 가는 자리」 「파란 대문 신발 가게」 「숨은그림찾기」 「고추 잠자리」 등은 김륭 동시의 개성적 면모를 한눈에 확인케 한다.

즐거운 듯 비애로운
구조

한편 존재들의 관계를 사물-언어의 유사성에 기초해서 낯설게 확장하고, 그럼으로써 기존의 관습적 인식을 흔들어 존재의 위치를 새롭게 재구성하는 독자적인 창작 방법은, 동시의 얼개를 비교적 복잡하게 가져가게끔 유도해서 동시-어린이 독자 간의 소통에 문제를 일으키는 요소로 작용할 가능성이 없지 않다. 그러나 앞에서 살펴본 바와 같이 김륭 동시가 갖는 이러한 난점들은 시인의 독특한 발화 방법을 이해함으로써 해소될 수 있을 것으로 보인다. 예컨대 이 동시집에서 독해의 난이도가 비교적 높다고 볼 수 있는 「파란 대문 신발 가게」를 살펴보면, "배"와 "신발"이라는 두 사물 간 유사성에 착안해서 시상이 전개되고 마무리된다는 것을 알 수 있다.

파도에 묶인 크고 작은 배들

고래가 신는 큰 신발에서부터 멸치의 앙증맞은 신발까지

바다에 사는 물고기들이 신는 신발들

바닷속에서 맨발로 살던 물고기들은 투덜투덜

신발이 싫겠지만 뭍으로 올라오기 위해선 어쩔 수 없습니다

이빨 사나운 상어도 고등어도 신발을 신어야 합니다

내가 사는 15층 아파트 옥상에서 내려다보면

파도에 부서진 대문이 삐걱거리는 묵호항

크고 작은 물고기들을 위한 파란 대문 신발 가게에는

오징어 신발이 가장 많습니다

―「파란 대문 신발 가게」 전문

김륭 동시를 이해하기 위해서는 무엇보다 먼저 시의 첫머리에서 시인이
대상과 대상의 관계를 어떻게 설정해 놓았는가를 살펴야 한다. 즉 "배"-"신

발'의 관계가 파악되면, 어부에게 잡혀 배에 실리는 물고기들을 "뭍으로 올라오기 위해" 신발을 신는 행위의 주체로, 오징어잡이 배를 "오징어 신발"로, 시인이 최초 설정에 따라 주객을 뒤바꾸어 시상을 전개시킨다는 것을 알 수 있다는 뜻이다. 요컨대 김륭 시인의 동시들은 대체로 '숨은그림찾기'의 그림 형태를 띠는 것이어서, 독자들은 '시인이 숨긴 그림을 찾아서 그것의 전체적 의미를 파악해 보라'는 문제지를 받은 듯한 느낌에 줄곧 부닥치게 될는지도 모르겠다. '숨은그림찾기'란 제목의 작품이 그 사실을 말해 주기도 하거니와, 김륭 시인의 대개의 동시들은 사물−언어의 유사성을 빌려 의미망을 부단히 다층적으로 확장해 가는 형태를 취한다. 그러니 숨은 그림을 찾는 열쇠는 의외로 손쉬운 자리에 놓여 있다고 볼 수 있다. 그것은 바로, ① 시인이 사물−언어의 유사성을 어디에서 발견했는가를 찾아서(최초의 관계 설정) 그 자리에서부터 ② 시인이 펼치는 자유 연상의 유기적 경로를 따라 표면적 의미를 파악한 후 ③ 그것의 심층적 의미를 따져 보는 식으로 접근하면 된다는 말이다.

학교에서 영어 학원으로 랄랄라 영어 학원에서 논술 학원으로 랄랄라 태권도장에서 앞차기 한 번 옆차기 두 번 하고 미술 학원 거쳐 피아노 학원으로 랄랄라 나는 착하고 예쁜 고추잠자리 엄마가 쳐 놓은 거미줄에 매달려 랄랄라 얼굴이 빨개지도록 랄랄라 노래 불러요 접히지 않는 날개 파닥파닥 하늘 높이 올라가는 계단을 만들어요 랄랄라 춤을 춰요

― 「고추잠자리」 전문

① 고추잠자리가 날아다니는 것을 관찰해 보면 조금 날다가는 멈추어

서서 무언가에 골똘해하다가, 또다시 조금 날다가는 멈추어 서서 무언가에 골똘해하다가를 쉼 없이 반복한다는 것을 알 수 있다. 어린이들 역시 이 학원에서 저 학원으로 이동하고 공부하고, 또다시 이동하고 공부하고를 반복한다. 시적 화자가 "나는" "고추잠자리"라고 말하는 근거가, 시인이 처음부터 아예 '고추잠자리'와 '나'를 동일 관계로 설정해 놓은 이유가 여기에 있다. ② 시적 화자로 대표되는 어린이들은 대체로 '날고'("학교에서 영어 학원으로" "영어 학원에서 논술 학원으로"……와 같은 '이동'), '멈추기'("랄랄라" "랄랄라"…… 마치 시의 운율처럼 되풀이되는 '공부')를 반복하며 쉼 없이 나는 게 일인 고추잠자리 같은 생활을, "엄마가 쳐 놓은 거미줄"('스케줄')에 따라 "얼굴이 빨개지도록" 힘겹게 "파닥파닥" 되풀이하며 살아간다. ③ 시인은 고추잠자리의 비행 방식과 어린이들의 생활 방식을 동일한 것으로 겹쳐 놓음으로써 연약한 날개로 무거운 책가방을 져 나르며 살아가야 하는 어린이들의 고단한 일상을, "랄랄라" "랄랄라" "랄랄라" 즐거운 듯, 그러나 비애롭게 환기한다.

『프라이팬을 타고 가는 도둑고양이』는 자신이 생각하는 동시를, 자기 방식대로 끝까지 밀고 나간 작품을 다수 포함하고 있다는 점에서 그 자체로 값지고 귀하다. 또한 그의 동시의 기조가 동시에 대한 일반적 통념, 또는 암묵적 합의에 맞서고 있다는 점에서, 여태까지의 동시 텍스트들이 일찍이 보여 준 적이 없었던 자유로운 상상과 풍부한 언어 표현을 담고 있다는 점에서 다양한 층위의 토론 주제를 거느린 실험적 텍스트라고도 할 수 있다. 관습적 상상력에 맞서 밥풀의 상상력을 한껏 밀고 나간 김륭 시인처럼, 앞서 인용했던 최정례 시인의 말을 이렇게 바꾸어 읽는 이들이 우리 동시단에 더욱 많아졌으면 좋겠다.

"동시여, 살아 있다면 힘껏 실패하라!"

• 더 나아간 세계
읽기

김륭 동시는 읽으면 읽을수록 더 풍부하게 읽힌다. 첫 동시집 『프라이팬을 타고 가는 도둑고양이』는 출간 이후 15년이 다 되어 가는데도 여전히 새로움을 간직한 채 다가온다. 김륭 동시에 따라붙는 난해성의 꼬리표는 단점이 아니라 김륭 동시의 스타일을 구성하는 핵심 자질이다. 김륭 시인은 첫 발표(2007년 강원일보 신춘문예), 출간(2023년 2월 현재 동시집 8권), 수상(2014년 제2회 문학동네동시문학상)이라는 동시 장르의 제도적 승인 과정을 거치면서 2010년대 동시에서 빼놓을 수 없는 오리지널리티가 되었다. 가장 적극적으로 평가하면 이런 관점이 생성된다.

김륭은 2010년대 동시로 들어서는 문이다. 활달한 상상력, 실패를 두려워하지 않는 실험과 모험 정신, 대담한 비유와 리듬, 속도감 있는 이미지의 운동을 특징으로 하는 김륭 동시를 통해 아이들의 일상과 내면은 재발견되고 해묵은 동심과 동시는 새롭게 해석되고 발명된다.

김륭 동시는 여러 번 읽을수록 깊은 맛이 우러난다. 싱거워지기는커녕 번번이 새롭다. 그의 동시가 얼마간 미래에서 왔다는 증거다. (…) 김륭 읽기는 동시의 시대 10년을 읽는 것이다.

—이안

(김륭, 『첫사랑은 선생님도 일 학년』, 창비, 2018, 추천사)

김이구는 김륭 동시를 두고 "비유의 참신성과 과감함, 단발적인 비유의 구사가 아닌 비유의 전개와 확장을 통해 새로운 경지를 개척하는데, 사물에 대한 관습적 태도와 통념을 거부하는 그의 상상력을 따라잡기는 만만치 않다."면서 이런 특징들 때문에 난해해진 김륭 동시가 "다른 시인들의 동시집 독해를 통해 익숙해진 동시 독법을 배반하"고 있으며, "동시 읽기의 새로운 훈련을 요구하고 있"고, 모든 어린이가 아닌 '동시 독자로서의 어린이'를 불러낸다고 보았다. 또한 "좋은 시집으로 평가받는 어른 시집의 독자는 훈련된 독자인 만큼 좋은 동시집의 독자도 훈련된 독자여야 하지 않을까? 그의 동시는 상상력의 확장과 참신한 비유로 사물의 새로운 발견을 이루어 낸다. 사물의 다양한 속성에서 그동안 통념이 보지 못하던 유사성과 인접성을 자각하여 낯선 은유나 환유로 표현하는 것은 시의 새로움을 구축하는 데는 가장 효과적인 전략이나 그것이 사물의 본질과 인간성의 깊이를 천착하는 데에는 약점이 될 수도 있다."[41]고 평가했다.

2000년 이후 출간된 동시집 가운데 머리말의 인용 빈도가 가장 높은 동시집이 김륭의 『프라이팬을 타고 가는 도둑고양이』이다. "시골 할머니가 입고 있던 빨강내복처럼 몸에 착 달라붙어 있는 관습적인(?) 상상력에서 조금이라도 멀리 달아나 보고 싶었습니다."가 그것인바, 이것은 동시 창작에서만이 아니고 동시 감상과 비평에서도 태도의 변화를 불러왔다. "동시는 다 쉽게 해독이 돼야 한다, 직관적으로 수용돼야 한다고 보는 관점"까지도 "낡은 것"[42]으로 만들어 버린 것이다.

김륭은 이야기 동시집 『달에서 온 아이 엄동수』(문학동네, 2016)를 포함

---

41 「오늘의 동시, 어디까지 왔나」, 『해묵은 동시를 던져 버리자』, 창비, 2014
42 김이구, 「오늘의 우리 동시를 말한다」, 『창비어린이』 2015년 겨울호

해서 2022년 말 여덟 번째 동시집 『내 마음을 구경함』(문학동네)에 도착했다. 총 수록 작품이 385편으로 『말놀이 동시집』(최승호, 모두 5권, 371편)의 수록 편수를 넘어섰다. 최승호가 동시 장르의 재구성이라는 문제의식을 창작의 에너지로 삼아 말놀이를 끝까지 밀고 나간 것처럼 김륭 역시 자기 스타일을 조금도 양보하지 않고 끝까지 밀고 나감으로써 독자적인 오리지낼리티를 구축했다. 어쩌면 그것은 지금까지 자기가 가진 수많은 면모 가운데 오직 하나, 정면만을 사용했기에 가능한 것인지도 모른다. 어린이 독자와의 관계에서도 뚜렷한 변화나 양보가 눈에 띄지 않는다. 가졌으나 사용하지 않은 가능성의 세계를 새롭게 발견하여 쓰기 시작하는 때가 김륭 동시의 시즌 2가 열리는 기점일 것이다. 그것은 『내 마음을 구경함』 이후에 발표된 다음 작품으로부터 시작될는지도 모른다.

보이세요?

보이겠죠. 내가 만들고 싶은 댕댕이는
진짜 댕댕이니까요. 가짜라고 해도 달라질 건
없어요. 절대 거짓말이 될 수 없는
댕댕이로 키울 테니까요.

나는, 나보다 더 댕댕이를 사랑하고, 댕댕이는 나를
영원히 버리지 않을 테니까요.

둘 중 하나가 잘못된다고 해도 상관없어요.
나는 이미 댕댕이의 주인이 되었고 댕댕이는

나의 기억을 가졌으니까요.

아직도 보이세요?
안 보여도 보인다고 말해야 할 때가 있어요.
나쁜 일은 일어나지 않을 거예요.

함부로 이빨을 드러내거나 물기는커녕
너무 착하고 순해서 나를 힘들게 하는 댕댕이.
아프게 하고 울게 하는 댕댕이.
투명한 댕댕이.

방금 전 머리를 만들었는데 벌써 꼬리를
흔드네요. 이제 겨우 두 개의 발을 만들었는데
산책을 가자고 조르는 거 보이세요?

쿵쿵대는 코와 숟가락 모양으로 접어
물을 마실 혀가 완성되려면 아직 멀었는데
댕댕이는 따뜻하고 댕댕이는 열심히
나를 파고들고 있어요.

댕댕이를 만드는 중이에요.
나는 지금 두꺼비에게 헌 마음 주고 새 마음을
만드는 중이에요.

— 「댕댕이를 만드는 중이에요」 전문

(『동시마중』 2023년 1·2월호)

투명 인간 개미 씨

—김개미 동시집 『쉬는 시간에 똥 싸기 싫어』 이야기

안녕? 나는 이안이라고 해. 나도 개미 씨처럼 어린이들이 읽는 시를 쓰면서 산단다. 나는 시를 쓸 때 어린이들이 내 시를 좋아해 주면 참 좋겠다고 생각하면서 써. 근데 그게 생각만큼 잘 안 돼. 어떻게 하면 어린이들이 재미있게 읽을 수 있는 시를 쓸 수 있을까. 지금 그게 고민이야. 지금까지도 그게 고민이었는데 말이야.

『쉬는 시간에 똥 싸기 싫어』(토토북, 2017)를 쓴 개미 씨는 그걸 참 잘해. 일단 '개미'라는 이름부터 못 당해. 책을 펴기도 전에 너는 벌써 웃었을 거잖아. "어머, 이름이 개미래." 하고 말이야. 이럴 줄 알았으면 나도 이안이 아니라 여치나 파리, 모기로 이름을 지을걸 그랬어. 아닌 게 아니라 그런 생각을 해 본 적도 있어. 이여치, 이파리, 이모기, 이달팽, 이지렁, 이깨비…… 너는 어떤 게 마음에 들어?

개미 씨는 어른들이 읽는 시도 쓰고, 어린이들이 읽는 시도 쓰는 시인이야. 그림책도 냈고, 시와 그림을 모아 시그림책을 내기도 했어. 어린이들이 읽는 동시집은 이 책이 세 번째야. 첫 동시집은 『어이없는 놈』(문학동네, 2013)이고, 두 번째 동시집은 『커다란 빵 생각』(문학동네, 2016)인데, 너는 지금 그 두 권도 얼른 읽어 보아야겠다고 생각하고 있을걸? 보나 마나 『쉬는 시간에 똥 싸기 싫어』를 재미있게 읽었을 테니까.

그 두 권을 마저 읽으면 알게 될 거야. 「704호 할머니 바보」에 나오는 아이가 「어이없는 놈」의 바로 그 아이이고, 그 아이는 또 「토요일 오후」와 「멜빵바지의 경고」(『커다란 빵 생각』)에도 나온단 걸 말야. 「얼룩 코끼리」는 「꿈속 거북이」(『커다란 빵 생각』)랑 비슷하고, 「노란 당나귀」는 「겨울 나비」(『커다란 빵 생각』)랑 비슷해. 도마뱀 '빠삐용'은, 「나와 너와 내 도마뱀」(『커다란 빵 생각』)에 나오는 그 도마뱀 같아. 이 밖에도 서로 오가며 즐길 수 있는 작품이 아주 많아. 어떻게 같고, 다르고, 비슷한지를 살펴보면, 개미 씨가 더 많이 좋아지고 동시집도 훨씬 더 재밌어질 거야.

개미 씨는 투명 인간 같아. 투명 인간이 되어 학교와 집, 그리고 네 마음속까지 다녀갔을 거야. 그러지 않고 어떻게 너를 이렇게까지 속속들이 알 수 있겠어. 이 책을 읽으면서 '나도 그랬는데'란 느낌을 받았다면, 그게 바로 투명 인간 개미 씨가 벌써 너에게 다녀갔다는 증거야. 쉬는 시간에 똥 싸기 싫은 것도, 배에서 꼬르륵 소리가 나는 것도, 때때로 깨알만한 개미가 되었으면 좋겠다는 비밀도 투명 인간이 아니라면 알아내기 어렵잖아, 안 그래? 심지어 개미 씨는 달팽이 마음까지도 홀딱 읽어 버린다니까.

집에 들어갈 땐
뒷걸음질이 최고지.

이 세상을 좀 더 오래

지켜볼 수 있잖아.

— 「달팽이가 말했어」 전문

이런 시를 보면 마구 탐이 나. 투명 인간이 되어 살짝 훔쳐 오고 싶을 만큼. 달팽이는 집으로 들어갈 때 뒷걸음질로 들어간다, 이렇게 말하는 건 쉽지 않아. 너무 당연한 것 같아서 거기에 어떤 특별한 뜻이 있는지를 아무도 거들떠보지 않거든. 그런데 개미 씨는 그걸 알아내고 만 거야. "우리 선생님을/ 졸졸/ 따라다닐 거야.// 언제 웃는지/ 무얼 보고 웃는지/ 모두모두/ 알아볼 거"(「투명 인간이 되면」)란 마음으로 달팽이를 졸졸 따라다닌 끝에, 달팽이가 뒷걸음질로 집에 들어가는 게 "이 세상을 좀 더 오래/ 지켜볼 수" 있기 때문이란 어마어마한 비밀을 알아낸 거지. 이런 시를 만나면 깜깜한 방에 불이 반짝 켜진 것처럼 사방이 환해지는 것 같아. 새로운 발견이 주는 놀라움과 즐거움이란 바로 이런 거야.

개미 씨는 긴 시도 잘 쓰지만 한 줄이나 두 줄, 석 줄이나 넉 줄짜리 짧은 시도 잘 써. 짧은 시는 읽은 다음에 긴 여운을 주어야 하고, 긴 시는 길게 느껴지지 않게 읽혀야 좋은 시라고 할 수 있는데, 개미 씨는 그런 걸 정말 잘해. 얄미울 정도로 말야.

기껏 돌 밑에서 나와

돌 밑으로 들어간다.

— 「가재」 전문

흰 털 거위야,

너 원래 이렇게 지저분했니?

—「눈 오네」 전문

이 두 작품에는 남다른 발견이 있어. 이 작품이 있기 전에는 가재도, 흰 털 거위도 이렇게 말한 사람이 아무도 없었거든. 짧지만 여러 가지를 생각하게 만들기 때문에 이런 시는 아주 길게 느껴져. 간단히 말하면, 사람도 가재처럼 문에서 나와 문으로 들어간다고 할 수 있잖아? 좁은 도랑 속에서 살아가는 가재보다 훨씬 더 크고 넓은 세상에서 살아가기는 하지만 하느님 눈으로 보면 사람도 가재만큼 아주 작아 보일지 몰라. 깨끗한 줄 알았던 흰 털 거위가 새하얀 눈밭에 나가자 지저분하게 보이는 것도 마찬가지지. 더 크고 더 깨끗한 눈으로 보면 지금까지 대단하게 보이던 것도 그다지 대수로워 보이지 않는단 뜻일 거야.

따라 하고 싶게
만드는 힘

개미 씨는 엄청 웃기게도 쓸 줄 알고 엄청 슬프게도 쓸 줄 알아. 깃털만큼 가볍게도 쓸 줄 알고 납덩이만큼 무겁게도 쓸 줄 알아. 보이는 것도 잘 쓰지만 안 보이는 것도 아주 잘 써. 「생쥐는 바빠요」 「그림자」 「거울」처럼 사람의 머릿속이나 마음속에 든 것을 슬쩍 건드릴 줄도 알아. 이런 작품은 네가 좀 더 자란 다음 다시 읽으면 지금보다 훨씬 더 깊게 읽힐 거야.

『쉬는 시간에 똥 싸기 싫어』는 일고여덟 살부터 읽을 수 있는 말로 써서 더 쉽고 재밌어. 분명 개미 씨 나이는 선생님이나 엄마 아빠처럼 많은데 개미 씨가 쓴 시는 꼭 네가 쓴 것처럼 네 마음을 꼭 담고 있는 것 같지 않아? 글로 쓰는 말이 아니라 입으로 하는 말로 써서 더 재밌고 쉽게 다가와. 입말로 시 쓰기는 개미 씨가 잘하는 것 중 하나야. 그래서 어린이가 읽어도 재밌고 어른이 읽어도 재밌어. 무엇을 쓰든 재미있게 쓰기 때문에 개미 씨 책을 읽은 사람은 개미 씨가 쓴 책이라면 무엇이든 다 찾아 읽고 싶어 해.

이 책에는 『어이없는 놈』과 『커다란 빵 생각』에 나오지 않는 게 하나 있어. 도마뱀 빠삐용 이야기야. 빠삐용이 나오는 시는 「맨날맨날 이사」부터 「달 놀이터」까지 모두 7편이야. 이렇게 글감 하나가 지닌 여러 이야기를 잇달아 쓰는 것을 '연작'이라고 하는데 빠삐용 시는 짧은 동화나 그림책을 읽는 것처럼 재밌고 사랑스러워. 빠삐용을 만나고 나니까 도마뱀을 길러 보고 싶어서 촉착촉착 마음이 막 간지러웠어. 「달팽이가 말했어」를 읽고 나선 "이 세상을 좀 더 오래" 바라보려고 집에 들어가기 전에 뒤돌아보는 버릇이 생겼고 말야. 좋은 시에는 그런 힘이 있어. 그렇게 따라 하고 싶게 만드는 힘.

이제 너랑 같이 읽고 싶은 시는 이 책 맨 앞에 실린 「점」이야. 어떤 점에서 나는 「점」을 너랑 같이 읽고 싶어 하는 걸까. 개미 씨 시가 재미있는 점을 처음부터 다시 찾아보자는 거지.

선생님이 얼굴에 있던 점, 점, 점,
점을 빼고부터

나는 선생님 얼굴에서 점, 점, 점,

점을 찾는다.

—「점」전문

어때, 정말 재밌지 않아? 원래 선생님 얼굴엔 점이 몇 개였을까? 1연에 점이라는 글자가 네 번 나오니까 네 개였을까? 더 많은데 네 번만 썼을까? 글자 말고 반점도 세 개 있으니까 점은 모두 일곱 개였을지도 몰라. 근데 점이 다 빠지지는 않은 모양이야. 점을 빼고 난 2연에도 똑같이 점이 남아 있으니까. 무엇을 보고 나서 눈을 감으면 그 모습이 한동안 감은 눈 속에 남아 있는 것처럼, 선생님 점도 그런 건지도 몰라.

이렇게 앞에서부터 다시 읽으면 처음 읽을 때 미처 못 보았던 재미있는 점을 아주 여러 개 찾을 수 있을 거야. 개미 씨는 여러 번 읽을수록 점, 점, 점, 점, 더 재미있게 시를 쓰거든. 나는 개미 씨가 다음엔 또 어떤 시를 갖고 나올지 벌써부터 궁금해. 너도 그렇다고? 그럼 너도 이제 개미 씨의 독자가 된 거야. 개미 씨의 독자라면 마땅히 그래야 하거든. 그럼 우리 개미 씨 다음 동시집에서 또 재미있게 만나자. 안녕.

• 더 나아간 세계
  읽기

김개미 시인은 첫 동시집 『어이없는 놈』(문학동네, 2013)을 내면서 동시의 한가운데로 불쑥, 진입했다. 그로부터 11년차에 들어선 2023년 1월, 여덟 번째 동시집 『오늘의 투명 일기』(스푼북)가 나왔다. 『어이없는 놈』이 나온 해에 쓴 글 「어이없는 놈의 세계」(이안, 『다 같이 돌자 동시 한 바퀴』, 문학동네, 2014)는 향후 전개될 김개미 동시의 방향성을 정확히 가리키고 있다. 여전히 유효한 '김개미 읽기'이기에, 조금 길게 인용해 본다.

「어이없는 놈」과 같이 김개미만의 개성적인 세계를 보여 주는 작품으로는, (…) 등과 같이, 풍부한 이야기 요소를 유쾌하고 재밌는 유머, 전복적 상상력, 역발상, 반전, 재치, 풍자로써 풀어내는 작품을 들 수 있겠다.

거꾸로 그 반대편의 세계 또한 김개미 동시가 앞으로 개성적으로 일구어 갔으면 하는 것인데, 가령 「누굴 닮아서」「그 애가 전학 간 다음 날」「장롱 속으로 들어간다」와 같이, 밝음·웃음의 세계 건너편, 또는 배후의 어둠·슬픔의 세계를 가리키는 작품들이 되겠다. (…)

김개미 동시는 「장롱 속으로 들어간다」와 「누굴 닮아서」에서 확인할 수 있는 것처럼 밝음 못지않은 어둠을 갖고 있다. "좀 더 재미있게 좀 더 유쾌하게 좀 더 신나게" 놀겠다고 시인 스스로 밝힌 동시집에 어둠·슬픔의 세계를 노래한 작품이 실려 있다는 것은 작품세계의 균형을 위해서나 아직 충분히 발굴하지 못한 영역의 천착을 위해서 다행한 일이다.

이 두 세계 외에 김개미 동시의 한 축을 구성하는 세계는 「입속에서」와 같이 평범함 속에 시적 빼어남을 포착한 것도 아니고, 「비오는 날」「덜 잠긴 수도꼭지」와 같이 묘사의 장기를 발휘한 것도 아니다. 그런 것은 이미 얼마간 흔해서 굳이 김개미까지 나서지 않아도 좋을 것 같기 때문이다. 그럼 김개미 동시의 또 다른 한 축이 될 만한 세계는 어떤 것일까. 「똥 그림」 「목을 뺐는지」 「자벌레」 「지렁이」와 같이, 아직은 그 시적 효과가 분명히 드러나지 않아 실험 상태로 존재하는, 일종의 우의(寓意)·철학을 개진하는 짧은 형태들이다.

가느다란 나뭇가지
갈 데라곤 한 군데
눈에 딱 보이는데

대가리를 쳐들고
요리 갈까 저리 갈까
고민에 고민 중

— 「자벌레」 전문

아침 먹고 가도
점심 먹고 가도
숨이 차게 가도
하루 종일 가도
발자국은 하나

— 「지렁이」 전문

하이쿠가 갖는 대중성을 우리 동시는 확보할 수 없는 것인가? 혹은 어떻게 확보할 수 있겠는가? 그 답이, 이 형태에 가장 가까운 모습으로 숨어 있을 것이다. 매력적인 지점인데, 우선 김개미를 포함해 강정규, 최명란, 유강희 등 몇몇 시인이 이 지점을 선구적으로 돌파할 수 있겠다는 생각을 해 본다.

김개미의 동시에서는 대체로, 긍정적인 의미에서든 부정적인 의미에서든 기존의 동시스러움이 느껴지지 않는다. 어린이 독자를 향해야 한다는 어른의 강박이 만들어 내는 부자연스러움과 오글거림이 거의 눈에 띄지 않고, 장면과 상황이 정적이기보다는 동적인 경우가 많으며, 분위기와 화법이 발랄하고 자연스러우며 거침이 없어 어린이 독자뿐 아니라 어른 독자들도 빠져들며 좋아할 요소를 적잖이 갖추고 있다.

김개미 시인은 공상 동시, 상처받은 내면 아이, 유년 동시의 가능성, 구체적인 어린이(캐릭터)의 발견, 여성적 세계, (이야기+동시, 만화+동시 같은) 인접 장르와의 결합 등 동시 창작에 관한 비평적 제안을 민감하게 포착하여 이를 자기 동시세계로 적극 끌어들였다. 어느 순간부터 그는 자기 동시의 연기자에서 감독을 겸하게 되었으며, 단면이 아닌 다면체로서의 풍부함과 재미 깊은 맛으로서의 동시세계를 건축하는 시인으로 성장했다. 다음 작품은 김개미 동시가 도착한 세계의 표정 하나를 아름답게 보여 준다.

가시로 손가락을 찔렀어

아프길 기다렸어

피가 나길 기다렸어

옛날 옛날

내가 아주 조그맣고 아름다운 인간이었을 때

남의 집에 몰래 들어가

장미꽃을 꺾은 적이 있지

나쁜 짓인 줄 알았지만

눈물과 기도뿐인 엄마를 기쁘게 해 드리고 싶었거든

엄마는 피 묻은 장미를 아궁이에 던지며 말했어

장미꽃을 좋아하지만

모든 장미를 다 좋아하는 건 아니란다

지금

아무도 오지 않는 나의 집 정원에

5월의 장미가 가득해

엄마가 아궁이에 던지며 울던

바로 그 장미야

— 「꽃의 아리아―드라큘라의 시」 전문

(웹진 『비유』 2022년 10월호)

불가능한 가능 세계의 건축

—강기원 동시집 『눈치 보는 넙치』 이야기

강기원 시인은 1997년에 작품 활동을 시작하여 지금까지 여러 권의 시집을 냈지만 동시를 발표하기 시작한 건 2014년부터이다. 『동시마중』 2014년 5·6월호에 발표한 「쌍봉낙타」와 「대눈파리」가 강기원 시인이 처음 발표한 동시다. 이 두 작품의 제목은 시인이 어디에 관심을 두고 있는지를 말해 준다. 그 뒤 10편으로 묶어 낸 동시집 『토마토개구리』(출판놀이, 2019)에 실린 작품에도 대부분 재미난 이름이 등장한다. 안경원숭이, 토마토개구리, 오리너구리, 딱따구리, 버들붕어, 대벌레, 축구공고기, 강아지풀, 개풀, 애기뿔소똥구리, 애기똥풀……. '시인의 말'에도, 애기나리, 애기나방, 애기물방개, 애기미나리아재비, 애기세줄나비, 애기참반디가 나온다.

이들은 하나의 실질 형태소에 접사가 붙거나 두 개 이상의 실질 형태소가 결합된 복합어라는 공통점이 있다. 말의 틈을 벌리면 '쌍/봉/낙타' '대/눈/파리' '토마토/개/구리' '오리/너/구리' '애기/뿔/소/똥/구리' 등으로 분화되면서 이야기와 리듬, 놀이, 의미, 이미지, 상상이 생겨난다. 말과 말을 꿰맨 자리를 눈여겨보고 그것을 봉합 이전으로 해체하기도 하고 다르게 결합하기도 하면서 새로운 이야기와 의미를 만들어 가는 것은 강기원 동시의 주요한 창작 방법이다.

이름이 있기에
가능한

무지개 떴다

월곶동 달월지에 무지개 떴다

하늘 말고 물속에 떴다

지느러미 달린 무지개

비늘이 아름다운 무지개

꼬리 치는 무지개

뭍에 오르면

물고기로 변신하는 무지개

그물에 걸려

도마에 올라서도

소금에 절여져

노릇노릇 구워져도

사라지지 않는 무지개

접시 위에도 떴다

—「무지개송어」 전문

무지개송어를 촘촘하게 나누면 '무지/개/송/어' '무/지개/송/어'이지만 여기서는 '무지개/송어'로만 나누어 시상을 전개했다. "월곶동 달월지"란 말에는 달이 두 개 떠 있다. 낮이 아닌 밤, 밤에 뜬 무지개를 보게 하는 이름이다. 밤-달-무지개-물고기라는, 현실로 존재할 수 없는 시간과 공간 속에, 지느러미가 달리고 비늘이 아름다운 무지개가 꼬리를 치며 돌아다닌다. 그물에 걸려 뭍에 오르는 순간 물고기로 변신하지만 죽어서도 무지개는 사라지지 않는다. 비극적이지만 아름답다. 무지개를 그물로 잡아 소금에 절이고 구운 다음 접시에 올려놓는 상상은 '무지개송어'라는 이름이 있기에 가능하다. 시간과 공간, 있음과 없음, 이름과 실질, 현실과 환상이 섞이면서 복합어로 시 쓰기의 매력을 최대한 보여 준다.

316개의 복합어를 시제(詩題) 삼아 『동심언어사전』(문학동네, 2018)을 펴낸 이정록 시인은 머리말에 이렇게 썼다. "동심이 없으면 언어는 빛나지 않는다. 낱말과 낱말이 만날 때 둘은 어린아이처럼 껴안는다. 언어는 동심의 놀이터다. 태초에 동심이 있었다."

왜 아니겠는가. 복합어는 호모 루덴스의 놀고 싶은 본능을 자극하여 언제까지나 어린아이인 우리 마음속 동심을 깨어나게 한다. 사슴벌레는 벌레가 되고 싶었던 사슴이 꾼 꿈인 것도 같고, 사슴이 되고 싶었던 벌레가 꾼 꿈인 것도 같다. 벌레에서 사슴으로 이행하는 시간성을 포함하는 작명 같기도 하고 그 반대 같기도 하며, 벌레에게서 사슴의 고고함을 보고 사슴에게서 벌레의 비천함을 보는 눈 밝은 이의 작명 같기도 하다.

이정록 시인은 이어서 이렇게 쓴다. "하나의 언어는 자의적으로 생겨나지만, 낱말과 낱말이 만나 '겹낱말'이 될 때에는 의미 전달이라는 실용성뿐만 아니라 새로운 꽃봉오리가 펼쳐진다. 두 언어가 '범벅말'이 되는 과정에 재미가 끼어들고, 마음의 기원이 깃든다."

이를 잘 보여 주는 작품이 있다.

지렁이 시체 위
오색나비 한 마리

지렁이는 죽어
한 송이 꽃이 되었네

지렁이는 죽어
한 쌍의 날개를 달았네

지렁이는 죽어
한 줄기 향기가 되었네

—「지렁이꽃」전문

'지렁이꽃'은 원래 없는 말이다. 지렁이 시체 위에 오색나비 한 마리가 내려앉자 '지렁이+꽃'이라는 이제까지 없던 말이 새롭게 생겨났다. 그러나 이 말은 거저 생겨난 게 아니다. 죽음을 다시 생명으로 꽃피우고 싶은 "마음의 기원"이, 태초부터의 동심이, 사랑이 작동하지 않았다면 나올 수 없다. 각 연 첫 행에 모두 죽음이 놓인 것은, 지렁이가 "한 송이 꽃"이 되어 "한 쌍의 날개"를 달고 "한 줄기 향기"로 거듭나기 위해서는 현생의 죽음이 불가피하기 때문이다. 지렁이가 그걸 위해 죽은 것은 물론 아니지만 시적 주체의 애도하는 마음이 죽은 지렁이와 오색나비의 관계를 이렇게 연결하여 바라보게 한 것이다. 세 번 반복되는 "지렁이는 죽어"가 애도의 흐느낌으로 들리는 것은 이 때문이다. '지렁이꽃'은 지렁이의 죽음을 애도하는 천진한 마음이 꽃피워 낸 새로운 말, 부활한 지렁이의 새 이름이자 새 몸이다.

밀가루를 반죽하는 어머니의 마음이 식구들 먹일 빵을 그리면서 부풀듯이(「잠자리와 빵」) 시인은 말과 말을 쪼개고 반죽하여 복합어에 깃든 이야기와 이미지를 고소하고 향긋하게, 때로는 울컥하거나 우스꽝스럽게 구워 독자 앞에 내놓는다.

숲속엔 듣는 귀들이 많아
말조심해야 해
노루귀, 범의귀, 까마귀, 사마귀, 개똥지빠귀……
모두들
귀 쫑긋 세우고 다 듣는다니까

방귀도, 콧방귀도 뀌면 안 돼
나무들까지 가장귀 세우고
낱낱이 들어

그뿐인 줄 알아?
나뭇잎 아니고 나뭇입들이
소곤소곤 다 이른다니까

—「숲의 귀」 전문

말조심해야 한다면서 늘어놓은 귀의 종류에서 동음이어의(pun)가 주는 재미(fun)가 생겨난다. 노루귀, 범의귀는 듣는 귀에 가깝지만 까마귀, 사마귀, 개똥지빠귀는 이와 무관하다. 이들은 식물, 조류, 곤충으로, 속하는 곳도 제각각이다. 여기에 방귀, 콧방귀, 가장귀가 더해진다. 나뭇'입'으로 변한 나뭇잎들은 들은 말을 소곤소곤 일러바치기에 바쁘다. 환상 동화의 한 장면을 보는 느낌이다. 낮말은 새가 듣고 밤말은 쥐가 듣는다는 속담을 매우 세련되고 재치 있게 동시로 바꿔 쓴 것도 같다.

복합어로 쓴 동시는 독자에게 말놀이를 하고픈 유혹을 던진다. 놀이 본능을 자극한다. 말의 앞-중간-꼬리를 예민하게 감각하도록 돕는다. 상상력을 자극하여 새로운 존재와 이야기, 의미의 생산을 충동질한다. 이 놀이를 통해 고정된 세계는 조각조각 분리되고 해체되며, 새로운 방식으로 조립되고 건축된다.

개구리에게는 발톱이 없지만 "개구리는 발톱이 있다!"고 주장할 수 있는 건 '개구리발톱'이라는 여러해살이풀이 있기 때문이다. 개구리발톱이 있기에 "개구리는 발톱이 있다!" → "개구리는 발톱을 깎아 산에 심어 둔다!" → "개구리 발톱에선 꽃도 핀다!" → "개구리발톱은 향기롭다!"(「개구리발톱」)는, 있을 수 없지만 없다고도 할 수 없는-불가능한 가능 세계가 열리게 된다.

이 세계는 동물과 식물(「해오라비난초」), 식물과 동물(「토마토개구리」), 비실재와 실재(「무지개송어」), 사람과 동물(「각시달팽이」)이 섞이면서 만들어내는 혼종(hybridism)적인 세계로서, 단일어로 이루어진 세계에서는 상상할 수 없을 만큼 불안정하고 유동적인 세계상을 내포한다. 각각의 단어가 변인(變因)을 하나 이상 포함하고 있는 세계인 것이다. 복합어의 이러한 속성이야말로 시적 영감의 공급처이자 창조의 원천이 된다. 이 세계에선 발톱이 뒤에 놓이면 식물이 되고(개구리발톱), 앞에 놓이면 동물이 된

다(발톱개구리). 이름을 떠올리고 불러 보는 것만으로도 놀이 충동과 시
적 상상력이 발동한다.

강기원 시인이, "시에게 다가가는 것은 천진성을 회복하는 것이라 믿기
에 저는 어린이로 돌아가는 자신을 늘 꿈꿉니다."[43]라고 하거나, "처음 시
를 쓰기 시작할 때부터 지금까지 내겐 시와 동시에 대한 그리움이 늘 함
께 있다. 피를 나누었던 동생의 분신처럼. (…) 왜 그럴까 생각해 보면 나
는 내 잃어버린 천진성을 되돌려 받고 싶은 것 같다. 단순, 명랑, 장난꾸
러기였던 적이 없었던 암울한 시간들 위에 다시 밝고 건강한 원색의 빛
깔들을 새로 칠하고 싶은 것 같다."[44]고 할 때, 앞서 살펴본 것 같은 복합
어로 이루어진 세계에 대한 집중적인 탐구가 어린 시절 빼앗긴 동심의
시간을 조금이라도 더 회복하려는 욕망에 따른 것임을 알 수 있다. 그래
서 시인은 어린 시절의 그 아이를 향해 이렇게 노래하는 것이다.

아이야, 집을 그려 줘
네 은밀한 꿈을 보여 줘

뿌리가 있어
매일 조금씩 자라나는 집
네모반듯한 상자집이 아니라
구름처럼 무엇으로든 변하는 집

지붕 위로 너울거리는 연기가

43　'시인의 말', 『바다로 가득 찬 책』, 민음사, 2006
44　「동시야, 미안해」, 『동시마중』 2015년 5·6월호

노래처럼 흘러나오는 집

태양과 달의 램프가

번갈아 켜지는 집

계단을 밟고 오르면

다락방이 있어

언제나 숨을 수 있는 집

술래를 기다리다 잠드는 집

지하실은 또 어떻고?

너와 엄마가

한 몸이었던

아름다운 날들이

동화책처럼 놓여 있는 집

네 살결처럼 흰 자작나무가 있어

밤의 창문을 들여다보는 집

네가 홀로 있어도

홀로가 아닌 집

그러니 아이야,

집을 그려 줘

이전에도 이후에도

네가 언제나 아이일 수 있는

집

—「자라는 집」전문

복합어로 이루어진 세계는 "아무리 나이를 먹어도/ 어른이 안 되는" 세계, 동심의 놀이터에 가깝다. 고정된 단일어의 세계에 갇혀 사는 어른들로서는 도무지 알 수 없는 놀이를 하고, 그림을 그리고, 시를 쓰는 아이들이 그곳에 산다. 어린이의 시간을 충분히 누리지 못한 채 어른이 된 시인은 욕망한다. 그곳에 몰래 들어가 아이들 곁에 앉을 수 있기를('시인의 말', 『토마토개구리』). 상처받은 어린 시절에 대한 깊은 애도와 타고난 천진성을 회복하려는 욕망이 강기원 동시의 바탕이다.

불가능한
가능 세계에 대한 상상

강기원 시인의 동시는 직접 경험보다 간접 경험에서 출발하는 경우가 많다. 낱말과 낱말의 결합 형태에서 시적 영감을 얻거나 영화, 독서, 생태적 정보에서 시를 취하는 것은, 직접 경험한 요소보다 간접 경험이 주가 되는 방식이어서 독창성을 이루기가 쉽지 않다. 보편적인 소재이고 워낙 많은 사람이 달려들어 쓰다 보니 잘 다루지 않으면 눈에 띄기조차 어렵다. 그래서 요리조리 말을 맛있게 몰아가는 솜씨가 중요하고 말과 말의 각을 섬세하게 조절하는 기술이 요구된다.

장점과 수월성도 있다. 여러 사람이 아는 정보에서 출발하기에 독자에게 친밀감을 주면서 시작할 수 있다. 소재를 공급받기에도 더없이 좋다. 독자로서는 어디에서 시가 발화했는가 → 말을 어떻게 몰아가서 → 시의 출구로 빠져나가는가를 살피고 즐기기에 좋다. 시인이 선택한 경로 말고 다른 경로를 탐색하고 실험하기에도 맞춤하다.

> 가리비는 무려 이백 개의 눈을 가졌대
>
> 내가 만약
>
> 가리비처럼 눈동자가 이백 개라면
>
> 아침마다 눈곱 이백 개 떼느라
>
> 하루해가 다 갈 거야
>
> 눈이 나빠져 안경이라도 낄라치면
>
> 어휴! 돈도 엄청 들 거야
>
> 안경 백 개를 사야 하니
>
> 윙크를 해도 사람들은 알아차리지 못할걸
>
> 어느 눈이 떴는지 감았는지
>
> 게다가 눈병이라도 나 봐
>
> 안과에 가면 선생님이 도망가 버릴지 몰라
>
> 백 명 치료하는 셈인데 한 사람 치료비밖엔 못 받을 테니
>
> 제일 억울한 건 커닝!
>
> 절대 안 해도
>
> 당연히 한다고 모두들 오해할 거 아냐
>
> ―「눈 두 개가 딱 좋아!」 전문

'가리비는 이백 개의 눈을 가졌다'는 정보에서 이 작품은 출발한다. 수많은 선택지 가운데 시인은 가정과 질문(만약 ~라면) → 여러 가지 상상 → 자기 긍정의 결론("눈 두 개가 딱 좋아!")으로 나가는 경로를 택했다. 독자들은 첫 행을 공유한 상태에서 둘째 행부터 다르게 가 볼 수 있다. 첫

행을 아예 다른 정보로 바꾸어 보아도 좋다. '잠자리는 눈이 2만 개' '잠자리는 하루 평균 모기를 1100마리나 잡아먹는다' '달팽이 이빨은 2만 5천 개' '문어는 심장이 세 개'(「문어의 프러포즈」), "두 눈이 왼뺨으로만 몰린 넙치. 태어날 때에는 눈 위치가 다른 물고기와 다르지 않다. 그런데 부화 후 스무날이 지나면 몸은 점점 납작해지고 오른쪽 눈이 서서히 왼쪽으로 이동해 한 달이 지나면 눈이 완전히 돌아간다."(「눈치 보는 넙치」) 등, 이런 정보가 모두 시의 첫 줄이 될 수 있다. 인접성을 지닌 여러 정보를 모아 시 한 편을 만들 수도 있다.

땅 위로 걸어가는 지느러미메기!

뛰어가는 말뚝망둥어!

나무 타는 등목어!

하늘 나는 날치!

너희들 모두 부모님 모셔 와!

— 「문제아」 전문

열거된 물고기들은 모두, 물고기라면 마땅히 헤엄쳐 이동해야 한다는 물고기 학교의 교칙을 위반했기에 문제아가 되었다. 땅 위로 걸어가고, 뛰어가고, 나무를 타고, 하늘을 나는 놀라운 재주를 지녔음에도 문제아가 된다는 설정은 재미와 함께 생각할 거리를 남긴다.

강기원 시인의 동시는 말과 말의 결합 양상에 주목하고 이로부터 말놀이, 상상 놀이를 펼쳐 간 경우가 많다. 이는 고정된 세계를 흔들고 해체하여 이제까지와는 다른 세계를 건축하기에 좋다. 동물과 식물, 사람과 동물, 실재와 비실재가 겹치고 뒤바뀌고 한몸이 된 세계는, 불가능한 가능 세계에 대한 상상을 자극한다. 독자로 하여금 시인과 함께 놀고 싶은, 상상하고 싶은 본능을 일깨운다. 「무지개송어」 「해오라비난초」 「개구리발톱」 「바람의 아기들」 등은 있는 말에서 출발했고, 「지렁이꽃」은 사물이나 현상의 겹침을 발견하고 이로부터 없던 말의 발명으로 나아갔다. 이런 방법을 통해 죽은 지렁이는 꽃으로 피어나며, 가만히 한곳에 서 있는 줄로만 알았던 진달래가 실은 걸어 다니는 존재였음이 밝혀진다(「진달래 걸음」). 시인의 말과 상상은 불가능한 가능 세계의 건축이다.

『눈치 보는 넙치』가 진달래처럼 "씩씩하고 아름답게" "먼지 대신 향기를 피우며" "작은 오솔길도 잊지 않고/ 발 도장 꾹꾹 찍으며" 독자에게 걸어가기를 바란다. 이 동시집에는 튼튼하고 부지런한 다리를 가진 동시가 많다.

봄엔
꽃들에게도 다리가 생겨
제주도 서귀포에서 걷기 시작한 진달래
서울에 도착하기까지
꼬박 스무 날이 걸리지

국토순례 단원들처럼
발갛게 달아오른 얼굴이 되어

씩씩하고 아름답게 걸어오는
진달래

먼지 대신 향기를 피우며
고속도로와 국도
작은 오솔길도 잊지 않고
발 도장 꾹꾹 찍으며 오는
진달래

　　　　　　　　　　　　　　—「진달래걸음」전문

급할 게 하나 없는
낙타를 타고 가는 시

—장동이 동시집 『파란 밥그릇』 이야기

복원과 보고,
시와 동시의 자연스러운 만남

장동이 시인의 첫 동시집 『엄마 몰래』(문학동네, 2016)가 나오기 전, 그의 등단작과 주요 발표작을 살펴보며 쓴 글 「귀향인의 노래」는 이렇게 마무리된다.

경북 문경시 산북면 가좌리 고향 마을이 장동이 동시의 공간이며, 그곳에서 '함께 어울려' '살아가며―존재하는' 사람과 자연의 모습이 당분간 그의 동시의 주요 내용이 될 것이다. 결코 크다고 할 수 없는 작은 고향 마을에서 이어져 온 사람들의 삶과 이야기, 지역어의 견실한 복원, 오늘날 농촌 실상에 대한 생생한 보고(報告), 시와 동시의 자연스러운 결합을 그의 첫 동시집에서 만날 수 있다면, 우리 동시로서도 크나큰 성취를 얻는 셈이 될 것이다.

— 이안

(『다 같이 돌자 동시 한 바퀴』, 문학동네, 2014)

첫 동시집 출간 후 『엄마 몰래』가 독자나 평단에서 충분히 읽혔다거나 제대로 평가되었다고 볼 수 없기 때문에, 잠시나마 그 세계를 상기할 시간이 필요해 보인다.

첫 동시집의 세계
사라진, 사라져 가는 것들을 향한 애도와 기록

『엄마 몰래』의 해설, 「이 세상에 있는/없는 마을의 동화」에서 김이구가 그의 동시세계를 평가한 요점은 이것이다.

① 시인이 실제로 할머니들의 세계와 밀착되어 있다고 해서 할머니들을 미화하거나 낭만적으로 그려 내지는 않는다. 오히려 냉철한 리얼리즘의 시각으로 할머니들의 진실한 면모를 그리고자 함으로써, 할머니들 각자의 목소리와 삶의 자세를 생생하게 구체화하고 있다. (…) 장동이 시인의 할머니 동시는 할머니 자신들의 삶과 목소리에 초점을 맞추고 있다는 점에서 어린이와의 접점에 중점을 둔 다른 동시들과는 차별화된다. 그의 첫 동시집에서 가장 특징적이고 독보적인 성과는 바로 이 할머니 동시들일 것이다.

② 모두 아름다운 동화(童話/童畵)를 이루는 장면들이다. 이때의 '동 (童)'은 세계의 어수선함 속에서 사람과 사물에 걸쳐진 온갖 잡스러운 장식들을 걷어 냄으로써 맑고 깨끗한 이야기(그림)만 남은 상태를 가리킨다. 장동이 시인이 추구하는 동시는 이러한 의미에서의 '동'시이지 않을까 생각한다.

③ 장동이의 동시들은 가만히 뜯어보면 결벽스러울 정도로 말끔하다. 눈으로 직접 보고 감각으로 생활로 잡아낸 세계만을 그리고 그 너머로 건너가거나 상상하지 않는다. 이는 경험주의의 한계나 상상력의 빈곤 때문이 아니라 리얼리스트로서의 엄격성에 기인한다. 그러한 엄격성과 결벽성이 빚어낸 깔끔한 세계는 어느 순간 이 세상에 없는 마을의 그림으로 다가온다. 이 흔한 장면들이 이 세상에 없는 장면이라니! 세상에 없을 것 같은 마을을 마치 있는 것처럼 또렷하게 눈앞에 가져다 놓았다. 자, 이런 세상/그림은 아름답지 않나!

김이구의 이런 평가에는 장동이 동시가 확보한 다른 동시와의 차별점으로서의 '할머니 동시'(①), 장동이의 시가 '동'과 어떤 접점을 가짐으로써 동시일 수 있는가(②), 리얼리스트, 또는 리얼리즘 동시로서 장동이 동시의 의의(③)가 담겨 있다. 김이구의 관점과 평가를 염두에 두고 장동이의 첫 동시집 『엄마 몰래』의 세계로 들어가 보자.

> 보름달이 잘난 척해서
> 별들은 모두 집에 가 버렸다.
>
> — 「보름밤」 전문

"별들은"의 '은'은 주격조사가 아니라 보조사(補助詞)다. 어떤 대상이 화제(話題)임을 가리키는 말이다. 풀어 쓰면, '별들에 대해 말하자면'쯤 된다. 보름달(도시/명망의 세계)에 대해 분리와 대조, 강조의 의미도 갖는다. 이 환한 달빛이 산골 마을을 비추면, 그의 등단작 중 한 편인 「달그림자 밟고서요」(『동시마중』 2010년 9·10월호)에 적은 것처럼, 그리 많지도 않은 "가로등과 집들의 불빛"은' 더욱 조그매지고 흐릿해진다. 이때 산골 마을은 더 "흑백"이 되고, 더 "반딧불이 같은,/ 고요" 속으로 낮아진다. "끊어질 듯 이어지는" 것은 "소쩍새 소리와/ 철 이른 풀벌레 소리"만이 아니다. "마을 뒤 좁은 밭둑길"마저 언제 끊길지 모른다. "달그림자 밟고서" 시인이 서 있는 자리는 "소쩍새 소리와/ 철 이른 풀벌레 소리/ 끊어질 듯 이어지는/ 마을 뒤 좁은 밭둑길"이다. 「보름밤」에서 잘난 척하는 보름달이 싫어 모두 집에 간 별들은 이 산골 마을에 내려와 반딧불이가 되었다.

『엄마 몰래』는 "보름달이 잘난 척해서" "모두 집에 가" 버린, "반딧불이 같은" 지상의 "별들"에 관한 이야기이다. 이들은 시인이 머리말에서 밝힌 것처럼, "모두가 수줍음이 많아서, 얘기를 잘하지 못하고 마음까지 여리"다. 시인은, 환한 보름달만큼이나 많은 이야기를 품고 있으나 말 없는, 입이 없는(존재로 치부된, 달빛에 가려 비존재로 밀려난) 이 산골 마을의 사람-동물-식물-곤충 친구들의 이야기를 받아 적는다.

「산골 아침」 「소리개」 「겨울」 「달그림자 밟고서요」 「봄소식」 「추석」 「고욤나무의 겨울」 등이 이 마을의 분위기를 개관한다면, 「첫 싸움」 「까불 할매」 「숭년」 「내 친구, 정삼이」 등은 유년의 상처받은 내면 아이를 호출하고 치유한 기록이다. 이런 치유 과정을 거쳐 과거의 자아(「첫 싸움」)는 현재적 자아(「머위의 봄」)로 거듭나게 된다.

싹 먼저 내미는 건 시시해

연둣빛 새순도 그저 그래

꽃숭어리로 해 보는 거야.

먼저, 꼭 쥔 꽃주먹이야!

—「머위의 봄」 전문

1연과 2연에는 온점이 없다. 3연의 온점은 4연에서 느낌표로 강화된다. 1, 2연의 인식이 3, 4연의 깨달음과 다짐으로 나아갔음을 알 수 있다. 실제로 머위는 잎보다 꽃봉오리를 먼저 내밀기도 한다. 땅속에서부터 치밀고 올라오는 힘, 매끄럽지 않으나 질박하고도 묵직한 고집 같은 것이 머위 "꽃숭어리"에는 있다. '꽃봉오리' 아니라 "꽃숭어리" "꼭 쥔 꽃주먹"은 「보름밤」의 별들이 지상에 내려와 온갖 상처를 겪으며 도달한, 장동이 동시의 시적 주체의 인식과 태도를 대변하는 오브제로 다가온다.

그러나 머위의 "꽃숭어리"가 항상 이렇게 강하기만 한 건 아니다. 때론 "돌담 사이 홀로 피어" 있는 제비꽃처럼 외롭고, "잔바람에도 흔들려"야 하는 여린 존재(「제비꽃은 궁금해」)에 오버랩되기도 한다. 제비꽃의 외로움과 여림을 지켜 주는 건, 집 앞에 무뚝뚝하게 서 있는 늙은 감나무다.

나도 모르게 자꾸만
바라보게 되는
집 앞 늙은 감나무

전학 간 친구가

생각날 때도

미술대회

전날 밤에도

나도 모르게 자꾸만

바라보게 되는

저 무뚝뚝한 감나무

— 「감나무」 전문

「감나무의 가을은」, 「새들이 늦잠을 자는 아침이면」에도 나오는 이 감나무는 "신동 할매네 거름 더미로 날아가/ 눈치 살피던 참새들을" "조용 조용/ 다시 불러 모으"는 "늙은 고욤나무"(「고욤나무의 겨울」)의 모성을 입고 있으면서도 "무뚝뚝한" 부성의 이미지를 함께 입고 있는 듯 보인다. 특히 「새들이 늦잠을 자는 아침이면」에서 이 감나무는 "모처럼 하늘로 마실이라도 나설 듯이/ 꺼먹 고무신을 쓱쓱 닦고 있는 것도" 같은 사람의 모습으로 등장하기도 한다. 유년의 상처를 꺼내어 치유하고(「첫 싸움」, 「까불 할매」, 「숭년」, 「내 친구, 정삼이」 등), 내적 성숙(「머위의 봄」) 후의 자신감과 감나무의 지지(「감나무」)를 확인한 이 시적 주체는 외로움과 여림(「제비꽃은 궁금해」)을 딛고, 여리고 수줍음 많이 타는 생명을 향한 응원자 겸 사라진—사라져 가는 것들의 기록자가 된다.

무엇보다 『엄마 몰래』의 뼈대를 이루는 것은, 「요 며칠」, 「지동 할매」, 「윤경임 할매」, 「새삼시룹게」, 「김정희 할매」와 같은 일련의 '할머니 동시'들이다. 시인은 이들의 말을, 머위의 "꽃숭어리"같이 투박하면서도 조금 거칠게 다가오는 듯한 경북 문경 사투리 입말로 받아 적는다. 이런 방식에 힘입어 이들의 이야기에 직접성과 현장성이 부여되고, 오랫동안 비존재로 밀려났던 이들이 주체의 '별자리'로 돌아오게 된다. 전달자가 따로 있는 「또, 일요일」「날날이」 등은 앞의 '할머니 동시'들과는 또 다른 모습이다.

장동이 시인의 '할머니 동시'는, 김이구의 말마따나, 이전의 농촌 동시나 '할머니(가 소재로, 모티프로 등장하는) 동시'와 확연히 구분되는 그만의 성취라 할 만하다. 뿐만 아니라 「엄마 몰래」「머위의 봄」「저, 초롱꽃」「하늘 소식」「감나무의 가을은」「새들이 늦잠을 자는 아침이면」 같은 작품은 이 시인의 또 다른 시적 갱신과 도약을 예고하는 것이어서 다시금 새겨 볼 필요가 있다.

꽃 이후의 시간, 꽃 뒤의 자리에서
옹달샘은 말똥말똥

첫 동시집 출간 후 5년 만에 묶은 두 번째 동시집 『파란 밥그릇』(상상, 2021)에서 가장 먼저 눈이 가는 작품은 「봄의 완성」「작약꽃이 벙글벙글」「배추벌레예요」「옹달샘」「옹달샘 2」「풀들의 거래」「겨울 편지」「놀라운 일」「낙타를 타고 가는 구름」 등으로, 시적 주체의 세계 인식과 태도가 뚜렷이 기입된 작품들이다.

사람들 눈길 멀어진 사이

수선화꽃 져요

쪼글쪼글 마르고

노랑이 빠져나가고

바삭바삭 더 마른 꽃잎이

점점 흙빛으로 물들어요

꽃 진 자리 도톰해졌어요

꽃대궁도 튼실해져요

씨앗들이 자라니까요

곧 수선화의 봄이

완성되겠어요

사람들 눈길 멀어진 사이

— 「봄의 완성」 전문

똥글똥글 작약 꽃망울 감싼 꽃받침잎이 살짝 찢어졌다.

머지않아 작약 꽃송이가 벙글벙글 피어나겠다.

저 꽃받침잎 얼른 또르르 말려 꽃송이 뒤로 가 숨겠다.

— 「작약꽃이 벙글벙글」 전문

말하자면 꽃 이후의 시간이자 꽃 뒤의 자리다. "사람들 눈길 멀어진 사이" 꽃 진 자리는 조금씩 도톰해지며 씨앗이 생겨나 자란다. 그러느라 대궁은 더욱 튼실해진다. 꽃은 피어서 완성되는 게 아니라 물러남으로써 완성된다는 관점이다. 그렇게 하여 독자의 시선은 시의 처음과 끝에 놓인 "사람들 눈길 멀어진 사이"의 시간에 머물게 된다. 이것은 마치 꽃망울을 감싼 "꽃받침잎"이 살짝 자신을 찢어 꽃송이 뒤로 물러서는 것과 같은 태도다. 본다는 것은 너머의 시간까지, 뒷자리까지 본다는 것일까. 시와 시인이 소수자로서나마 이 세상에 여전히 존재할 수 있는 건 이런 시간과 자리를 비추어 아끼기 때문인지도 모른다. 「겨울 편지」「옹달샘」「옹달샘 2」의 세계도 같은 맥락에 놓고 감상해 봄 직하다.

제 몸을 꼬고 또 끝을 돌돌 말아서 허공을 꼭 잡고 겨울을 나는 포도나무의 기다랗고 마르고 가느다란 덩굴손을 한참 바라보다 들어왔어.

그러고 보면 우린 허공을 너무 잊고 지내는지 몰라.

이 푸른 지구별도 허공이 꼭 감싸 주고 있는 거잖아. 그 덕에 이렇게 네게 편지도 쓰고 있고. 허공이 주는 선물처럼 오늘은 첫눈도 왔어.

— 「겨울 편지」 전문

꼭 그래야 하는 것처럼
물은 맨날 고만치다.

그러니까,

옹달샘이란 듯이.

— 「옹달샘」 전문

옹달샘, 너 어쩌니

이 추운 겨울에

눈 이불 한 번 덮어 보지 못하고?

괜찮아.

난,

가끔 목 축이러 오는

고라니 산토끼 딱새 굴뚝새……

말똥말똥 기다려야 하니까.

— 「옹달샘 2」 전문

  없는 듯 있는 것들 덕에 모든 것이, 모든 것 가운데 너와 내가 있을 수
있다. 있는 것은 없는 것에 기대어 생겨나고 살아가며, 수레통과 그릇과
집 안의 공간이 비어 있음으로 생겨나 수레바퀴로서, 그릇으로서, 집으
로서 자리 잡는다(노자). 옹달샘은 추운 겨울에도 "말똥말똥" 깨어서 기다
린다. 언제 찾아올지 알 수 없는 "고라니 산토끼 딱새 굴뚝새……"를 생
각하며 "눈 이불 한 번" 덮지 않고. "꼭 그래야 하는" 옹달샘처럼 시와 시
인 역시 꼭 "고만치"의 자리에 있어야 한다는 말로도 읽는다.

부동(不動/不凍)의 정신이자 표정인데, 무겁지 않고 간소하다. 잊히지 않을 시의 옹달샘이다. 화려함을 구하지 않는 자기 긍정의 자리, 그러니까 조금쯤 "외롭고 높고 쓸쓸한"(백석) 시의 자리에서 옹달샘으로 낮게 내려앉은 동시의 자리라고나 할까.

이렇게 된 데에는 시적 주체의 대전회(大轉回)—자기에 대한 긍정의 계기가 작동되었을 터이다.

거울을 보면 너무 낯선 내가 있어.
설마설마하던 내가 있고
끔찍하게 여겼던 표정의 내가
거기에 있는 거야.

어떻게 해야 할까, 하다가
앞으로는 거울을 보지 말아야지
절대 보지 않을 거야.
몇 번이고 혼자서 다짐했지만

어느 순간 다시 난
거울 속의 나를 만나게 돼.
거기엔 여전히 끔찍한 내가 있고
설마설마했던 내가 그냥 있어.

어이가 없어 웃음이 나왔어.
그런데 놀라운 일이 일어난 거야.

어색하지만 웃고 있는 나를 만났어.

순간 다음부터 거울 앞에선

활짝 웃어 주기로 나에게 다짐했어.

—「놀라운 일」 전문

　문제는, '나'다. 어떻게 속일 수도 없고 감출 수도 없는 '나'. 사회적인 나와 거울 앞의 나는 다르다. 타인에게는 위장이 가능하지만 거울 속의 '나'는 헐벗은 실체로 나를 바라본다. 말 그대로 "끔찍"하다. 과연 나는 그 '나'를 사랑할 수 있을까. 속속들이 들여다보이는 '나'는 낯설고 "끔찍한" 존재의 실상으로 적나라하다. 문제는, 그 '나'를 '바로' 본다는 것이다. 없는 게 아님을 인정하고 긍정하고 수락한다는 것이다. 그것마저 '나'임을 아는 나는, 모르는 나와 아주 다른 존재가 된다. 그 '나'가 달라져서가 아니다. 내 안에 이런 '나'가 있다는 사실을 직면하고 수락할 때, 역설적으로 나는 "끔찍한" '나'를 껴안고 "활짝 웃어" 줄 수 있다. '나'로부터 뚜벅뚜벅 걸어 나오는 나를 만날 수 있다. 이러한 시적 주체의 대전회—자기 긍정의 바탕 위에서 장동이 시인의 두 번째 동시집은 쓰였을 것이다.

송골 할매, 지동 할매
하늘과 구름과 앞산과 나무 이야기

　첫 번째 동시집 『엄마 몰래』의 괄목할 성취라 할 수 있는 '할머니 동시'는 두 번째 동시집 『파란 밥그릇』에 와서 「봄의 꽃잎들」 「송암 할배의 수제비 구름」 「송골 할매의 하늘」 「지동 할매의 가을」 등으로 축소되고, 말하기 방식에서도 '직접 보고' 대신 '간접 보고' 방식으로 변화되었다. 직접성과 현장성이 약화된 대신 시적 주체의 시선이 대상에 작용하는 방식은 강화된 듯하다. 말하자면 시적 대상에게 "인사를 하려다가/ 가만히 서서/ 할매의 뒷모습을"(「지동 할매의 가을」) 바라보는 시선으로, 그러니까 「작약꽃이 벙글벙글」에 나오는 "꽃받침잎" 같은 자리에서 노년의 쓸쓸함을 보고하는 방식이다. 하늘의 양떼구름을 고집스럽게 "수제비"라고 하는 귀 어두운 할배에게, "다음에는 내가 먼저 큰 소리로/ 하늘엔 수제비도 많다고 또박또박 말해"(「송암 할배의 수제비 구름」) 주는 자리로의 물러남, 그래서 얻게 되는 성숙의 지평 같은 것이 발견된다.

할매는 다짜고짜 하늘에 대고 이렇게 말한다.
아이구 비 좀 마이 내려 주시지.

또 할매는 하늘을 바라보며 이렇게도 말한다.
아이구 하늘도 참 무심하시지.

그럼 하늘은 할매의 말을 귀담아 들으셔서
비를 듬뿍듬뿍 많이 내려 주셔서

할매가 또다시 이런 부탁의 말도 하게 한다.
아이구 참, 이제 비 좀 그만 내려 주시지.

그럼 하늘은 또,

옷을 파랗게 차려입어 맑고 더 높아지는데

이 무렵 할매는

또 너무 바빠서 하늘엔 눈길 한 번 못 준다.

— 「송골 할매의 하늘」 전문

　시적 대상의 말을 직접 받아 옮기는 방식과는 완연한 차이가 있음을
알 수 있다. 송골 할매의 말은 전체 농부의 것으로 확장되며 한 편의 시
에 담기는 시간의 지평은 봄부터 가을까지로 넓게 펼쳐진다. 마지막 연
에 이르러 시적 정황의 아이러니가 발생하고 이로 인해 시선의 깊이가 획
득된다. 「앞산은 혼자 내버려 두고」와 함께 이 동시집의 수작 가운데서도
득의의 작품이라 할 만하다.
　"날마다 바라보아도 또다시/ 바라보게 되는 풍경을/ 하루도 빠짐없이"
(「몽실이의 슬픔」) 바라보며 사는 거처의 영향이겠지만, 이번 동시집의 큰
풍경은 하늘과 구름(「파란 밥그릇」 「뭉게구름 공연」 「뭉게구름과 낙엽」 「제빵
사 하느님의 딴청」 「가뿐해졌다」 「송골 할매의 하늘」 「오늘 밤엔」 「낙타를 타고
가는 구름」 등), 앞산(「고양이 식사」 「억울한 일」 「앞산은 혼자 내버려 두고」 「지
동 할매의 가을」 등), 나무(「아침 인사」 「겨울 햇살 맛」 「겨울 밤」 「억울한 일」
「감나무 마트」 「할배 감나무」 등)와 자주 대면하는 것으로 표현되며, 그 사
이에서 마주치는 동물(「염소의 발견」 「검둥이는 어딜 갔을까」 「몽실이의 슬픔」
등)에 관한 시적 주체의 몽상과 상상을 펼쳐 보인다.
　이 가운데 하늘과 구름에 관한 시편은 시인이 산문(「아이들만 믿고 가
보는 거야」, 『동시마중』 2017년 1·2월호)에서 인용한 파블로 네루다의 시 "우

리는 구름에게, 그 덧없는 풍부함에 대해/ 어떻게 고마움을 표시할까?"[45]
에 대한 다채로운 응답처럼 다가오고, "나였던 그 아이는 어디 있을까,/
아직 내 속에 있을까 아니면 사라졌을까"[46]의 "그 아이"는 「사락사락」과
「앞산은 혼자 내버려 두고」에서 애틋한 향수를 자아내며 소환된다. 앞서
살핀 「놀라운 일」의 '나'는 유년의 나와 그 이후의 삶에서 발생한 격차를
보여 주는데, 이는 새롭게 '그 아이=동심'으로써 재발견되고 재구성되는
현재의 자아상이라 할 수 있다.

시인은 앞의 산문에서 동시 독자인 어린이에 대한 믿음을 이렇게 표명
한다.

　　시는 독자를 조금은 소홀히 하거나 아니, 아주 무시해서 불친절
　하기까지 할 수도 있겠지만, 동시는 '독자에 대한 배려'라는 짐을
　숙명처럼 져야 한다. 달리 독자에 대한 '친절함'이라고도 할 수 있
　겠다. 동시는 아이들까지 읽어야 하는 시이니까.
　　믿는 구석이 없는 것은 아니다. 그것은 아이들에 대한 믿음이다.
　최소한 아이들한테는 편견이라는 게 거의 없다. 또 싫으면 바로 외
　면한다. 좋으면 훔쳐서라도 읽어야 직성이 풀리는 존재들이다. 그
　러니까 이런 독자들을 믿고 가 보는 것이다. 이런 독자들에게 공감
　받는 즐거움은 아무나 누릴 수 없으니까.

어린이/독자관은 시인이 여러 차례 현장 교사로 참여한 권태응 어린이
시인학교의 경험에서 연유했을 것인데, 「달콤하고 향기로운 것쯤」에 나오

45　파블로 네루다, 『질문의 책』, 정현종 옮김, 문학동네, 2013
46　파블로 네루다, 같은 책

는 어린이들의 모습이 바로 그중 하나로 짐작된다.

아이들은 차례차례
달맞이꽃 냄새를 맡아 보았다

우와, 달콤해!
노랑 향기야!

구름 낀 하늘에선 금방
소나기가 쏟아질 것 같았다

아이들은
급하게 방죽을 떠났다

달콤하고 향기로운 것쯤
이내 까먹어 버린 듯
촐랑촐랑 까불기도 하면서

— 「달콤하고 향기로운 것쯤」 전문

　하늘의 구름처럼 생생히 유동하는 존재로서의 어린이, "달콤하고 향기로운 것쯤" 금세 잊어버리고 또 다른 성장의 시간과 장소로 이동하는 어린이의 모습이다. "싫으면 바로 외면"하고 "좋으면 훔쳐서라도 읽어야 직성이 풀리는" 생명의 본능을 지닌 존재로서의 어린이-독자상을 앞에 두고 시인은 자신이 본 하늘과 구름과 나무와 앞산 이야기를 한 편 한 편 공

들여 적어 나갔을 것이다. 이 작품들로 인해 우리 동시의 호흡은 한 뼘 길어졌으며, 다채로운 하늘과 구름과 나무와 앞산 이야기를 갖게 되었다. 『파란 밥그릇』을 읽은 어린이들은 전보다 조금 더 차오르는 호기심으로 하늘과 구름과 나무를 올려다볼 것이며, 하늘과 구름과 나무가 많은 앞산을 늘 앞에 두고 사는 한 시인을 간혹 떠올려 볼지도 모른다.

급할 게 하나 없는
낙타를 타고

『파란 밥그릇』을 여는 작품(「파란 밥그릇」)도 하늘과 구름이고, 닫는 작품(「낙타를 타고 가는 구름」)도 하늘과 구름이다. 「낙타를 타고 가는 구름」에는 시인이 바라본 시와 인생, 자연과 인간에 대한 태도의 총체가 담겨 있다. 이는 분명 김이구가 『엄마 몰래』의 성취로 평가한 세계 "그 너머"에 도착해 있음을 증거하는 것인지도 모른다. 이 세계를 우리 동시는, 어린이 독자는 과연 어떤 느낌으로 맞이하며 얼마만큼 수용할 것인가. 이런 물음을 외면하지 않고 기꺼이 껴안으면서, 장동이 시인의 두 번째 동시집 『파란 밥그릇』이 우리 앞에 와 있다.

  오늘 아침 저 뭉게구름이
  바람에 등 떠밀려 간다거나
  강아지 촐랑대듯 떠간다고 하면
  구름에게 많이 실수하는 거다.

언제든 냅다 내달리는 당나귀 바람이나
성질 급한 망아지 바람 말고
급할 게 하나 없는 낙타를 타고
꼼꼼하게 간다고 해야 한다.

산의 나무들과
마을 앞 흐르는 좁은 시냇물과
우리 마을 집들과
마을을 둘러싼 사과밭들
요모조모 살펴보기 위해

그 마을이 그 마을일지 몰라도
처음이자 마지막인 것처럼
서두르지 않는 낙타를 타고
꼼꼼하게 간다고 해야 한다.

—「낙타를 타고 가는 구름」 전문

메아리의 탄생담과
그 이후의 이야기

—임수현 동시집 『외톨이 왕』 이야기

작은 바위에
혼자

의미, 또는 메시지가 직접화된 시는 쉽게 읽힌다. 소리로 말하자면 '직접음'(음원에서 나와 귀에 곧바로 도달하는 음)에 가까운 시다. 이와 달리 벽면 등에 한 번 이상 부딪친 후 귀에 도달하는 음은 '반사음'이라고 한다. 직접음보다 늦게 도달하는 소리다. 영어로는 에코(echo), 우리말로는 메아리다. 에코는 그리스 신화에 등장하는 인물이기도 한데, 헤라의 분노를 사 수다쟁이에서 남의 말끝을 겨우 한 마디 정도 따라 하는 존재로 바뀌고 만다. 나중엔 말에 이어 몸마저 잃는다. 바위가 되었다는 설도 있다. 『외톨이 왕』(문학동네, 2019)을 여는 시가 「메아리」인 점은 흥미롭다.

작은 새는

메아리를 본 적 있는데
아주 작고 귀엽게 생겼더래요

갈래머리를 하고
땡땡이 반바지를 입고 있더래요

메아리는 작은 바위에 혼자 앉아
나뭇잎을 톡톡 따며
흥얼흥얼 노래를 부르다가

산에서 내려오는 사람들
뒤꽁무니를 졸래졸래
따라 내려가더래요

— 「메아리」 전문

"갈래머리를 하고/ 땡땡이 반바지를" 입고 있는 모습이라든가, "나뭇잎을 톡톡 따며/ 흥얼흥얼 노래를" 부르는 행동은 수다쟁이 에코의 이미지를 구체적인 어린아이의 모습으로("아주 작고 귀엽게 생겼더래요") 그리게한다. 게다가 바위로 바뀌었다는 점을 염두에 둔 듯, 메아리는 작은 바위에 혼자 앉아 있다. "작은 바위"라는 좁은 공간, "혼자"라는 외로운 처지는 임수현 동시의 여러 시적 주체가 놓인 상황과 매우 흡사하다.

그런데 이 이야기는 시적 주체가 메아리의 모습을 직접 목격하고 쓴것이 아니다. 작은 새에 의한 전언, 작은 새의 눈을 거쳐 전달된 소리, 즉반사음인 것이다. 그렇다면 새가 하는 말을 알아들을 수 있는 주체가 있어야 한다. 그는 어디서 왔을까. "산에서 내려오는 사람들/ 뒤꽁무니를 졸래졸래/ 따라 내려가"는 메아리의 뒤를 함께 좇아가 보기로 하자.

신화에서 현실로
소년보다는 소녀

옛날 옛날에
이게뭐야할머니가 깊은
산속 오두막에 혼자 살고 있었어

항아리를 이고
지나가는 이게뭐야할머니를 만나면
아이들은 뭐든 물어봤대

할머니, 머리에 이고 가는 게 뭐야
그 안에 든 게 뭐야
누구 주려고 가져가는 거야
아이들은 묻고 또 물었어

이게뭐야할머니는
항아리에서 버들치를 꺼내다가도 답하고
새를 꺼내다가도 답했지

답하고 답하느라 손이 닳는 줄도 몰랐어

지금도 항아리를 이고 산으로 들로

이게뭐야할머니는

이게 뭐야 묻는 아이들을 꺼내고 있어

— 「이게뭐야할머니」 전문

「이게뭐야할머니」는 삼신할미의 이미지를 연상시킨다. 삼신할미는 아이를 점지해 줄 뿐 아니라 아이의 건강과 수명을 관장하며, 출산 후 산모의 건강도 지켜 주는 존재다. 또한 각 가정의 제액초복(除厄招福)을 관장하기도 한다. "작은 코바늘에 흰 실을 꿰어 내 아픈 손가락을/ 다시 짜" 주는 할머니(「흰 실로 짠 검지손가락」)라든지, 신열에 들뜬 "내 입"에 "무딘 칼로 무를 긁어/ 무즙을 짜" 넣어 주고 "길고 뾰족한 바늘로 내 손가락 마디를 톡!" 따서 병과 귀신으로부터 어린 생명을 지켜 주는 할머니(「겨울밤」)의 이미지는 모두 삼신할미의 그것과 겹친다. 「눈먼 할머니를 부르면」의 할머니는 신열을 가라앉히는 능력을 지녔을 뿐 아니라 온갖 생명과 대화하는 법까지 알려 준다. 「메아리」에서 "작은 새"가 하는 말을 알아듣는 존재는 그렇게 해서 태어나게 된 것이다.

"산에서 내려오는 사람들/ 뒤꽁무니를 졸래졸래/ 따라 내려가"던 메아리는 산길 어디쯤에서 「이게뭐야할머니」를 만나게 되었다. 수다쟁이인 메아리의 속성은 「이게뭐야할머니」에 등장하는, 질문으로 꽉 찬 어린이의 속성에 부합한다. 말을 빼앗기고 몸 없는 존재가 되었던 메아리가 삼신할미의 도움을 받아 자기 목소리와 몸을 지닌 하나의 생명으로 다시 태어나게 되었더라는 이야기.

뭉툭한 손

돋아나는 손가락

몽글몽글 살아나는 이야기

새싹처럼 돋아난 손가락을

입 속에 넣어 보고 요리조리 빨아 봤어

아, 짭짤해

멀리서 배꼽을 타고

접시를 닦으며 흥얼거리는

엄마의 노랫소리

발을 동동 구르며 헤엄쳐

바다 저 밑

알록달록 산호초 사이

예쁜 눈을 주웠지

돌 틈에서 빨간 심장도 얻어 왔어

출렁출렁 파도 따라

하나, 둘, 셋 손가락을 꼽으며

내 이야기가 막 시작되고 있었어

—「내가 아주 작았을 때」 전문

메아리는 이런 과정을 거쳐 신화 속 존재에서 현실의 인간-아이로, 소년보다는 소녀의 모습으로 우리 곁에 도착한 것이다. 임수현 동시의 시적 주체가 종종 어떤 기원, 또는 가없는 시간과 연결되는 상상을 펼쳐 보이는 것은 이러한 연유 때문이다.

아무리 켜도 "타닥 타닥 딱/ 타닥 타닥 딱" 소리만 내는 가스레인지 조작음을 "부싯돌에서 불을 끄집어내"는 먼 과거의 소리로 곧장 연결한다든지(「상상사전 3」), "골대를 넘어/ 운동장 밖으로 데굴데굴 굴러가"는 축구공이 "지구가 멈출 때까지" 굴러가는 장면을 통해 시간을 무한으로 펼쳐 내는 상상력(「지구를 굴리는 축구공」)은 시적 주체의 이와 같은 기원 설정에서 온 것으로 읽을 수 있다. 「퐁당퐁당 도토리」 「달려라 소파」 또한 이런 관점에서 감상할 만하다.

성냥팔이 소녀의
성냥처럼 환해지는 곳

우리 가까이 도착한 메아리 소녀는 즐거움과 행복보다는 넘어짐이 많은(「파도」 「봄」), 그래서 외롭고 쓸쓸하기도 하지만 어쩌면 그렇기에 더 단단할 수도 있는 학교, 가정, 거리의 일상과, 자신 또는 주변 인물의 처지와 내면을 보고하게 된다.

전등을 끄거나
장미에 물을 주는 소행성 왕처럼

외톨이야, 하고 부르면

외톨이가 되는 나라

일 년에 한 번

별들이 자리를 바꾸는 날이 되면

아이들은 외톨이와 짝이 되기 싫어

요리조리 피해요

그 왕은

일 년 내내 혼자 밥 먹고

혼자 축구공을 차요

구석진 곳 의자 하나만

왕관처럼 주어진대요

아무도 없는 구석 자리

왕의 은신처에서

화분에 물을 주고 있어요

—「외톨이 왕」 전문

이 시를 자신이 자기 이야기를 하는 것으로 읽든 남의 이야기를 전달하는 것으로 읽든 큰 상관은 없다. 정지용이 「종달새」에서 아이를 놀려 대는 소리("지리 지리 지리리……")를 "저리"라는 말로 튕겨 내고 "해바른 봄날 한종일 두고/ 모래톱에서 나 홀로 놀자."고 응원한 것처럼, 윤동주가 「호주머니」에서 가난한 아이에게 "주먹 두 개"를 "갑북갑북" 쥐여 주며 그 힘으로 살아가면 된다고 응원한 것처럼, 임수현도 외톨이 아이에게 물뿌리개를 들려 주며 자기 세계는 그렇게 만들어 가는 것이라고 응원하고 있기 때문이다. 이런 태도는 「모서리 아이」 「커다란 개미 발바닥」 「노란 대문」에서도 발견된다.

> 선생님께 혼나고 투덜투덜 모퉁이를 돌다가
> 상자 모서리에 무릎을 부딪혔다
>
> 씩 씩
> 화가 나서 상자 안을 들여다봤다
>
> 상자 모서리 안쪽
> 가장 오목하고
> 가장 어두운 곳
>
> 내 또래 아이만 한
> 민들레 하나
> 숨어
> 울고 있었다
>
> ──「모서리 아이」 전문

나도 이제 너희랑 한 팀이 되어

빵 부스러기도 같이 이고

축구도 하는 거야

개미와 나는 커다란 발바닥이

새카맣도록 운동장을 뛰어다녔다

— 「커다란 개미 발바닥」 부분

거긴 아무도 없고

누구도 안 오는 곳이고

혼자 놀기 좋은 곳이야

친구와 다투고 집으로 돌아올 때

엄마가 참여수업에 못 온 날

난 가끔 거기서 놀아

성냥팔이 소녀의

성냥처럼 환해지는 곳이야

— 「노란 대문」 부분

불리함의 처소에서
일어나

　외로움에 처한 아이는 자기와 동일한 처지에 놓인 대상("내 또래 아이만한/ 민들레 하나", 「모서리 아이」)을 만나 위안을 얻기도 하고, 꿈(「커다란 개미 발자국」)과 동화("성냥팔이 소녀", 「노란 대문」)에 힘입어 그 불리함의 처소에서 일어나 걸어갈 수 있는 내면의 힘을 얻기도 한다. 그러나 이 말이, 임수현 시인의 동시가 손쉽게 위안이나 희망에 접속한다는 뜻으로 읽혀선 안 된다. 오히려 그의 동시는 위안과 희망에 접속되는 시간을 최대한 지연하는 쪽에 가깝다. 그렇게 함으로써, 그러니까 직접음이 아닌 반사음-에코의 방식으로 불리하고 불우한 시적 상황을 더 오래 독자의 내면에 울리게 하는 힘을 갖는다.

　　자고 일어나니
　　아빠가 식물로 변해 있었어요
　　잎은 어긋나고 줄기는 가늘어져
　　물을 줘도 파릇파릇해지지 않아요

　　엄마가 젖은 수건으로
　　잎사귀를 정성껏 닦아 줘요
　　넝쿨 넝쿨 올라간 마른 줄기 때문에
　　우리 집은 그늘이 많아졌어요
　　나는 아빠가 꼼짝 않고 수액을 받아먹는 게

무서웠어요

시들시들 말라 가는 잎사귀들이
하루에도 몇 개씩 바닥으로 뚝뚝 떨어졌어요
엄마는 예전보다 더 바빠졌고요

아빠한테 햇빛이 필요할 거 같아
상장도 받아 오고 까불까불 개다리춤도 췄어요
오래 안 웃던 아빠가
조금 웃었어요

—「넝쿨식물이 된 아빠」 전문

"오래 안 웃던 아빠"가 절망의 시간이라면, 그것을 "조금"의 웃음으로 전환시키기 위해서 이 가정의 구성원들은 고됨("엄마는 예전보다 더 바빠졌고요")과 애씀("상장도 받아 오고 까불까불 개다리춤도 췄어요")의 긴 노고를 들여야 한다. 이 아빠는 「아빠가방에들어가신다」의 그 아빠, "부장님한테 불려 가 혼이 난 악어"처럼 우리 주변의 흔한 중년 남성의 모습, 어느 날 아침 붕괴 위기에 놓일 수도 있는 이 즈음 우리네 가정의 모습을 환기한다. 또한 이 엄마는 「고양이 뜨개질」에 나오는 그 엄마, "늦은 밤 퇴근하는 엄마 무릎은 잘 풀리지 않"는 바로 그 엄마이기도 하다.

임수현 동시의 등장인물이 놓인 현실 상황이 이러하므로, 그의 동시가 자주 환상성의 표정을 짓는 건 자연스러운 현상으로 다가온다. 제7회 문학동네동시문학상 심사평에서 송찬호 시인이 언급한 것처럼, "환상성 이야말로 동시를 수직적 상상력으로 끌어올리는 역동적인 도르래"여서 현실의 군색한 처지를 "성냥팔이 소녀의/ 성냥처럼 환해지는 곳"(「노란 대문」)으로 바꾸어 낼 수 있다. 성냥이 켜졌다 꺼지는 시간은 짧다. 그러나 그 짧은 빛의 시간이 비추어 준 잔상은 길다. 절망이 곧바로 위안과 희망에 접속하는 것이 아니라 이 짧은 희망의 빛이 절망 안에 간직되어 절망과 함께 오래 걸어갈 수 있는 힘으로 작동하는 것이다.

임수현 시인의 동시는 "갈래머리를 하고/ 땡땡이 반바지를 입고" 우리 앞에 와 있다. 우리 동시에서 아직 전면화하지 않은 어떤 목소리, 허공으로 붕 떠오르지 않고 현실과 강하게 결속돼 있는 환상성이 눈에 띈다. 한 발 더 내디딘 생활동시의 표정이랄 수 있고, 어린이의 겉이 아닌 내면에 더 가까이 다가간 동시라고도 할 수 있다. 메시지를 직접 전달하지 않고, 시가 단순한 의미화로 쉽게 소비되지 않기를 바라는 시작 태도도 엿보인다. 내면의 많은 부딪힘을 통해 겨우 밖으로 나온 말이기에 아껴 읽지 않으면 그 맛을 알기 어렵다.

● 더 나아간 세계
  읽기

『외톨이 왕』 이후 임수현 시인은 시집 『아는 낱말의 수만큼 밤이 되겠지』(걷는사람, 2021), 청소년 시집 『악몽을 수집하는 아이』(창비교육, 2022), 동시집 『오늘은 노란 웃음을 짜 주세요』(문학동네, 2023), 『코뿔소 모자 씌우기』(창비, 2023)를 냈다. 4년 동안 자신의 시적 자산을 시집, 청소년 시집, 동시집에 담아내며 좀 더 새로운 세계로 나아갔다. 『코뿔소 모자 씌우기』는 제27회 창비 좋은어린이책 창작 부문을 수상하여 송현섭 시인의 『내 심장은 작은 북』에 이어 두 번째로 이 공모전의 동시집 수상작이 되었다.

『외톨이 왕』의 헌사 "바닷속 가오리가 되신 할머니께 바칩니다."를 비롯해서, 「겨울밤」 「이게뭐야할머니」 「흰 실로 짠 검지손가락」 「눈먼 할머니를 부르면」 「상상사전 1」 「상상사전 2」 같은 자기-기원 서사의 정립과 여성-신화적 세계의 기획, 「파도」 「봄」에서 표현된 실패의 수용과 실패에의 의지 등을 또 하나의 책으로 펼쳐 낸 것이 『오늘은 노란 웃음을 짜 주세요』의 세계다.

『오늘은 노란 웃음을 짜 주세요』는 '서시' 「눈먼 할머니」에서 시작해 '시인의 이야기' 「눈 밝은 할머니가 있는 집」으로 끝나는데 본문 수록작 39편 가운데 할머니가 나오는 작품이 16편에 이른다. 임수현 동시의 두께와 너비, 깊이와 높이가 이러한 구성의 묘를 통해 더욱 극적으로 표현되었다. 특히 「눈 밝은 할머니가 있는 집」은 자기-기원 서사에 신화와 환상, 현실을 섞어 둠으로써 이 세계가 분리되어 존재하는 것이 아니라 다른 모습으로 병존하는 것임을 보여 주었다.

한편 무의식적 심연의 통로로 연결될 것 같은 뱀 이야기(「쑥쑥 길어지는 이야기」 「독을 품은 뱀」 「단풍놀이」), 음악적 요소가 두드러지게 표현된 작품(「뱃노래」 「울타리 밖으로 뛰어나간 염소들」 「감자의 감자 노래」 「고요는 빨주노초파남보」), 좋은 작품이지만 임수현 동시의 갈피에서는 좀 색다른 맛을 주는 「모자」, 그리고 『오늘은 노란 웃음을 짜 주세요』의 헌사 "차마 이 말을 여기에 쓸 수 있을까./ 전쟁의 포화 속에서 시를 쓰는 아이들에게."는 조금 더 펼치며 들어가 볼 만한 세계로 다가온다. 생일, 꿈, 횡단보도, 금붕어, 웅덩이처럼 『코뿔소 모자 씌우기』에까지 반복적으로 등장하는 소재, 상황, 시간, 장소도 따로 감각해 볼 만한 지점이다.

『코뿔소 모자 씌우기』는 『오늘은 노란 웃음을 짜 주세요』에서 '음악'과 '그림자'(「그림자 빨래」)를 꺼내고, 반복 형식을 활용한 작품으로 뼈대를 세웠다. 음악적 요소를 활용한 작품(「웅덩이의 웅덩이」 「이상하고 아름다운 도깨비 나라」 「찔레꽃 할머니의 노래」 등)은 9편에 이르고, 반복 형식을 전면화한 작품(「어쩐지」 「얼마나 신나게요」 「이렇게 말해」 등)도 5편 정도가 된다. 「에취 할머니」 「여름밤, 덩굴장미」 「용이 나타났다」와 같은 할머니 이야기도 전작을 환기시킬 만큼 들어 있다. 『외톨이 왕』에서 출발해 『오늘은 노란 웃음을 짜 주세요』를 지나 『코뿔소 모자 씌우기』에 도착하는 동안 임수현 동시는 조금 더 쉽게 읽히면서도 해석의 지점을 다채롭게 유혹하는 쪽으로 이동했다. 어른 시인의 욕망과 의지가 잘 보이지 않을 만큼 시인=어린이의 상태에서 발화되는 '여성 어린이 화자'의 존재는 임수현 동시가 지닌 강력한 특징이다.

'시인의 말'이나 헌사, '시인의 이야기' 등의 뒷받침을 받고, 『오늘은 노란 웃음을 짜 주세요』 『코뿔소 모자 씌우기』에 수록된 수월하게 읽히는 작품의 도움을 받아 독자는 다시 처음으로 돌아가 『외톨이 왕』을 더 풍부하게 읽어 낼 수 있는 눈을 갖게 되었다. 이로써 하나의 세계가 완성된 것이지만, 그렇기에 시인은 이로부터 다시 더 밀고 나갈 지점을 획득했다고도 할 수 있을 것이다.

그 세계로 들어서는 문 앞에 「찔레꽃 할머니의 노래」(『코뿔소 모자 씌우기』)를 놓아 보고 싶다. 이 노래를 통해 '꿈과 뱀과 노래와 여성 어린이 화자의 세계'가 좀 더 심층적이며 도약적인 지점을 획득할 수 있을 것이며, 아직 열리지 않은 『오늘은 노란 웃음을 짜 주세요』의 헌사 "차마 이 말을 여기에 쓸 수 있을까./ 전쟁의 포화 속에서 시를 쓰는 아이들에게."의 세계에도 가닿을 수 있을지 모른다.

애야, 세상에서 가장 긴 노래를 들려주마
길고 길어서 언제 끝날지 모르는
부르다가 잠이 드는 노래란다

수제비 반죽을 하면서도 부르고
빨래를 하면서도 부르고
마늘을 까면서도 부르는 노래란다

노래의 끝은 조금씩 달라
이렇게 저렇게 불러도
다 괜찮은 돌림 노래란다

우산을 빙글빙글 돌리며
나뭇잎을 하나 둘 따며

부르고 잠들고 잠들다 다시 일어나
부르고 또 부르는

누구도 끝까지 들어 본 적 없고
누구도 끝까지 불러 본 적 없는

이 노래의 끝은
아무도 모르는 찔레꽃 노래란다

피고 지고

지면 피는

—「찔레꽃 할머니의 노래」 전문

따라 하고 싶은
질문-놀이의 시

—함민복 동시집 『노래는 최선을 다해 곡선이다』 이야기

함민복 시인의 동시는 쉽다. 그런데 어렵다. 시는 쓰고 읽는 것이지만 사는 것이기도 하다. 시인은 시를 쓰면서 시를 산다. 시의 독자도 마찬가지다. 시를 읽으면서 시를 살고자 애쓴다.

'크게 느끼어 마음이 움직임.' 국어사전은 감동(感動)을 이렇게 풀어놓았지만, 마음의 느낌(感)을 몸의 움직임(動)으로, 실천으로 밀고 나가는 것이 감동이다. 함민복 동시의 어려움은 바로 여기에 있다. 함민복처럼 생각하고 살기의 어려움.

늘
강아지 만지고
손을 씻었다

내일부터는
손을 씻고
강아지를 만져야지

—「반성」 전문

강아지 만지고 손을 씻기는 쉽다. 내일부터 손을 씻고 강아지를 만져야겠다고 마음먹기는 어렵다. 더 어려운 것은 실천하기다. 마음먹은 걸 몸으로 옮기기다. 시인은 짐짓 강아지를 얘기하지만 강아지에 국한된 말이 아니다. 나를 뺀 모든 존재를 향한 마음가짐이 이렇다는 것이기에, 간절하고 정성스럽게 남 아래 서려는 하인(下人)의 태도이기에, 이 말은 쉽지만 어렵다.

질문을 던지며
나아가기

소설가 공선옥은 이렇게 썼다. "함민복의 글을 읽고 아프다는 것은 함민복의 글을 읽고 나서 내가 다시 태어나는 과정에 다름 아니다. 그의 글을 읽고 난 우리는 어쩌면, 우리가 지금껏 알고 있거나 익혀 온 언어와 습관 모두를 버리고 '함민복의 언어와 습관'을 받아들여야만 한다는 사실 앞에 전율할지도 모른다. 아픈 전율은 가슴 벅찬 행복감과 함께 올 것이니, 내가 그리고 당신이 함민복에게 감화받기를 망설여야 할 이유가 무엇이겠는가."[47]

과연 그렇다. 강아지를 만지고 손을 씻고, 고양이와 만난 뒤 옷에 붙은 털을 떨어낼 때, 우리는 들킨다. 이것이 사랑일까. 좋아하고 사랑한다면서

---

47 함민복, 『길들은 다 일가친척이다』, 현대문학, 2009, 추천사

그를 만나고 돌아서자마자 손을 씻고, 털을 떨어낸다. 위생적일 수는 있어도 사랑에서는 멀다. 그것을 들키는 순간 전율이 온다. '함민복의 언어와 습관'을 받아들이지 않으면 위생의 인간이 될 순 있어도 사랑의 인간이 될 수는 없다. 독자는 선택의 갈림길에 놓인다. '늘'의 일상에 머물 것인가, '내일'의 혁명으로 건너갈 것인가. 이렇게 어려운 일을 이렇게 쉽고 단순하게 말할 수 있다는 것이 놀랍다. 중요한 건 질문의 위치이고, 더 중요한 건 답변의 정직함이다.

　　귀가 먼저일까?
　　입이 먼저일까?

　　내가 좋아하는 너에게 말할 때는
　　귀가 먼저인 것 같고
　　내가 좋아하는 네가 말할 때는
　　입이 먼저인 것 같고

　　입이 먼저일까?
　　귀가 먼저일까?

　　　　　　　　　　　　　　　　　　　　　　— 「입과 귀」 전문

　　하인(下人)이다. 아랫사람 되기다. 남 아래 서기다. 후인(後人)이다. 뒷사람 되기다. 남 뒤에 서기다. 남 앞에, 위에 서지 않으려는 마음이다. 나 아닌 다른 존재를 조심스러이 모시려는 질문이다. "강아지"도 "너"도, "입"도 "귀"도 나보다 위에, 나보다 앞에 있다.

소설가 김훈의 말처럼 함민복의 글은 "언어적 장식의 유혹을 물리치고 삶의 구체성을 향해 곧게"[48] 나아간다. 동시도 마찬가지다. 그 바탕에 하인과 후인의 마음가짐과 태도가 있고, 질문의 형식이 있다. 쉽고 단순하지만, 그래서 힘이 있다. 김훈은 이어 이렇게 썼다. "그의 가난은 '나는 왜 가난한가'를 묻지 않고, 이 가난이란 대체 무엇이며 어떤 내용으로 존재하는가를 묻는 가난이다. 삶과 자신의 내면을 동시에 들여다보아야만 대답할 수 있는 이 질문을 거듭하면서, 그는 다만 살아 있다는 원초적 조건 속에서 돋아 나오는 희망과 기쁨을 말한다. 나는 이런 대목에 도달한 그의 산문들을 귀하게 여긴다. 여기에 이르면, 고통과 희망은 구별되는 것이 아니고, 글과 삶 사이의 간격이 없어져서 글은 자연히 순하고 편해진다. 그의 순함이 그의 글의 힘이다."

"가난"의 자리에 사람됨(「물어볼까」「잠자리」)을 놓아 본다. 깨끗한 말(「참새 2」)을, 글씨(「글씨체」「물나라 글씨」)를, 죽음(「수목장」)을, 뿌리 뽑힌 이후의 삶(「이사 가는 나무 1」「이사 가는 나무 2」)을, 정치(「붕어」)를, 몸의 현상(「방구」「간지러움은 왜 필요할까?」)을, 사물(「숟가락」)을, 태양(「태양과 그림자」)을, 노래(「노래들은 최선을 다해 곡선이다」)를 놓아 본다.

부족한 건 답이 아니다. 질문이다. 주어진 답에 길들여지지 않고 질문을 던지며 나아가기다. 올라서지 않고 내려서기다. 앞서지 않고 뒤에 서기다. 미안하고 조심스럽고 고마운 마음으로 돌아가기다. 비(非)-인간이 되어 봄으로써 비인간을 넘어 인간에 이르기다. "조심조심 걸음을 멈추고/ 곁눈질로" 내 어깨에 앉은 잠자리를 보는 일, "잠자리 계급장"을 달고 "마음이 착해"져 보는 일, 거기서 멈추지 않고 지금까지 내가 앉았던 "나무, 풀밭, 돌멩이 들"이 되어 나를, 인간의 무게를 달아 보는 일(「잠자리」). 마음

48 함민복, 『눈물은 왜 짠가』, 이레, 2003/개정판 책이 있는 풍경, 2014, 추천사

의 무게를 달아 보고(「앵두나무 저울」) 돌아보면서, "삐뚤삐뚤/ 날면서도/ 꽃송이 찾아 앉는/ 나비를 보아라// 마음아"[49] 하고 나를 다독이면서 질문을, 조금이라도 더 나은 인간이 되려는 애씀을 멈추지 않는 일.

그래서 깨끗한 말만 하고 싶은 것처럼 머리를 왼쪽 오른쪽으로 틀며 부리를 자주 닦는 참새(「참새 2」)나 풍풍으로 안경을 닦으며 하루 동안 만났던 풍경들도 설거지하는 할머니(「안경」)는 이 동시집의 발화 주체인 시인을 닮은 것으로 읽힌다. 입을 닦고, 눈을 닦아 가며 쓴 함민복의 동시는 맑고 깨끗해서 읽는 내내 내가 비친다. 내가 놓친 당신의 마음이 비친다.

> 참새가 앉으면
> 낭창낭창 앵두나무 가지가 휜다
>
> 참새가 날아가면
> 붉은 앵두 서너 알 떨어진다
>
> 참새가 더 조심했어야 할
> 참새 마음의 무게가
>
> 달콤 달콤 달콤
> 앵두 서너 알인가
>
> ― 「앵두나무 저울」 전문

잘못이나 실수가 없도록 말이나 행동에 마음 씀이 조심이다. 조심이

---

49 함민복, 「나를 위로하며」 전문, 『말랑말랑한 힘』, 문학세계사, 2005

없으면 미안(未安), 편안하지 않은 부끄러움에 빠진다. 조심하면 예의와 윤리에서 크게 벗어나지 않는다. 두루 원만하여 서로 고마울 수 있다. 조심하고, 미안해하고, 부끄러워하고, 고마워하는 마음이 함민복 동시의 바탕이다. 다른 한쪽에 그렇지 않음(못함)에 대한 저항과 반성이 놓인다.

곡선에 이르려는
노래

　질문하기는 함민복 동시의 방법론이다. 『노래는 최선을 다해 곡선이다』(문학동네, 2019)에 수록된 작품은 모두 42편인데, 절반이 넘는 22편에 질문과 추측, 짐작의 어미나 '-보다'와 같은 보조형용사가 들어 있다. 질문하는 인간, 말하자면 '호모 콰렌스(Homo quaerens)'가 되어 보는 놀이를 통해 시인은 독자를 조금은 다른 세계, 좀처럼 접속하지 못했던 마음과 인식의 지점에 옮겨 놓는다. 앵두나무에 앉았다 가는 참새는 많이 보았지만, 떨어진 앵두 서너 알을 보며 "참새가 더 조심했어야 할/ 참새 마음의 무게"를 달아 본 적은 없다. 시인은 나직한 목소리로 묻는다. "참새가 더 조심했어야 할/ 참새 마음의 무게가// 달콤 달콤 달콤/ 앵두 서너 알인가".
　이 지극한 마음의 상태를 무어라고 부르면 좋을까. 물에 떨어진 "빗방울/ 앵두/ 새똥/ 돌멩이" 따위를 "모두 동그란 원으로/ 동그란 원으로 번역해 읽는" 물나라(「물나라 글씨」) 시민(詩民)의 마음이라고 해야 할까. 직선을 넘어 최선을 다해 곡선에 이르려는 노래(「노래들은 최선을 다해 곡선이다」) 나라 가수의 마음이라고 해야 할까.

좋은 질문 몇 가지를 되새겨 본다.

간지러움은 왜 필요할까?

웃는 연습을 해 보란 말인가
강제로라도 웃어 보란 말인가
나 혼자만으로는 되지 않는 게 있다는 가르침인가

발바닥
손바닥
겨드랑이

친구 손이 다가오기만 해도
간지러운
간지러움은 왜 필요할까?

— 「간지러움은 왜 필요할까?」 부분

불량 식품은 왜 다 맛있을까
동물의 눈동자는 왜 다 동그랄까
무지개는 왜 오래 못 살까
꽃향기는 어떻게 작년과 같을까

— 「까까」 부분

뽀옹~

방구 소리는 예의 바른 소리다
내 몸속 구석구석 여행
신비롭고 즐거웠다고
공기가 몸을 떠나며
고맙다고 전하는 인사말이다
몸속 탐험에 응해 줘서 고맙다는
내 몸의 답례이기도 하다

공기와 몸이 함께 연주하는
짧은 이별노래 방구
실수로 뀌어 놓고
미안해져서
방구 소리에 대해
변명을 떠올려 보는데
눈치도 없이 냄새가 진동한다

밉다

—「방구」 전문

　　호모 쾌렌스를 따라 질문을 만들어 보고 싶어진다. 함민복 동시는
왜 쉬운데 어려울까? 단순한데 왜 힘이 있을까? 가볍지 않은데 왜 무겁
게 느껴지지 않을까? "뽀옹~"과 "밉다" 사이, 2연과 3연의 진지하지만 우

스쾅스러운 변명 때문일까? 2연과 3연의 진지함을 1연과 4연의 "뽀옹~"
과 "밉다"가 잘 감싸고 있기 때문일까?(「방구」) 아니면 「꽃잎 다리」「텃밭」
「참새 1」「나를 닮은 구름」「어머니가 책상을 사 주신 날」「방구」「잉어」
「자벌레」「살구나무」「까까」처럼 천진한 동심이 함민복 동시의 바탕에 깔
려 있어서일까? 하인과 후인(「반성」「입과 귀」), 미안과 고마움(「벽시계」「수
돗물」), 인간으로서의 부끄러움을 넘어서려는 간곡한 애씀(「붕어」「물어볼
까」「잠자리」), 선한 지향(「시골집」「발자국」「참새 2」「자석」「안경」「숟가락」),
함민복표 말놀이(「달랑게와 갈매기」「자벌레」「까까」) 때문일까? 어떻게 물
어야 좋은 질문이 될 수 있을까? 잘 말하는 것은 어떻게 말하는 것일까?
아니, 어쩌면 꼭 그렇게만 볼 필요가 없을지도 모른다(「꼭 그렇게만 볼 필
요가 있을까」).

다시, 좋은 질문을 하나 더 놓아 보자.

트럭 짐칸에 실려 나무가 이사를 간다
뿌리를 새끼줄로 칭칭 감고
가지 부러질까 그물망 뒤집어쓰고
수십 년을 서 있다가
처음으로 누워 보았을 나무
어지럽지는 않을까

나무의 나이테는 오늘을 어떻게 기록할까

움직이는 쇠가
뿌리를 머리로 하여

나를 거꾸로 업고

태양 달 별이 아닌

빨강 파랑 노랑 신호등 불빛을 지키며

거리를 달리는데

길가의 가로수 친구들이

우리도 그랬었다고

괜찮다고

위로해 주었다고 기록할까

— 「이사 가는 나무 2」 전문

이 나무는 「이사 가는 나무 1」의 "새로 만날 친구들 떠올리며 이사를" 가는 나무이자 "소나무 밑에 묻혀 소나무가" 되어 새로 나무 친구들을 사귄 할머니 나무(「수목장」)이기도 하다. 삶에서 죽음으로, 정주에서 이주로, 흔들림에서 흔들림으로, 불안으로, 뿌리 뽑힌 이후에도 이어지는 삶에 관한 이야기이다. 끝난 것이라고 덮어 버린 뒤에도 삶은 이어진다. 그것이 사실이라 해도 사실을 직면하기는 쉽지 않다. 희망도 절망도 없이 다만 애써 살아가고 기록할 뿐인 것이 삶이고 씀인지도 모른다.

달시계가 너무 밝은 밤에 벽에 위태롭게 걸려서도 제 할 일을 하고 있는 벽시계에게 미안한 마음을 갖는 것(「벽시계」), 쥐를 잡는다고 쥐 다니는 길에 놓은 쥐 끈끈이 덫 위로 앵두꽃잎 다리를 놓아 주는 눈치 없는 바람이 되어 보는 것(「꽃잎 다리」), 지구를 시계 하나로 보고(「길찾개」) 지구에서 일어나는 모든 일을 상호작용의 결과로 보며(「글씨체」) 벚꽃 핀 동산이 벚나무 한 그루로 보이게끔 멀리서, 더 멀리서 보려는(「벚나무」) 애씀, 마음 씀, 삶 씀, 시 씀이 독자에게 "함민복의 언어와 습관"을 따라가 보고 싶게 만든다.

　『노래는 최선을 다해 곡선이다』를 읽으면서 그의 꾸밈없고 곧은 말들이 나를 끌어당겨 내 마음의 오지가 구석구석 밝아짐을 경험했다. 이 동시집이 어린이와 어른 독자 모두에게 향기로운 자석이 되면 좋겠다.

　　꽃들은 자석인가 봐요
　　나를 끌어당겨요

　　꽃에게 끌리는 것 보면
　　나는 꽃과 다른 극인가 봐요

　　고운 빛깔 만져 보고
　　향긋한 향기 맡다 보면

　　나도 조금은 꽃과 같은 극이 되는지
　　꽃 떠날 때 마음이 꽃처럼 환해져요

　　　　　　　　　　　　　　　　　　　　　　　　　　　—「자석」 전문

돌다운 돌로 만든
돌탑 같은 시 읽기

—우미옥 동시집 『비밀 다락방』 이야기

　　우미옥 시인의 동시는 단순하고 단단하고 조그만 말의 돌맹이를 하나씩 쌓아 올려 만든 돌탑을 닮았다. 돌맹이 같은 말이 서로 어울려 만들어 내는 갸우뚱한 의미의 체형은 장식적이거나 화려한 맥시멀리즘이 아니라 단아하고 소박한 기품을 지닌 미니멀리즘에 가깝다. 꼭 필요한 것만 남기고 없어도 되는 것을 하나씩 덜어 낸 자리에 여백이 들어선다. 이 비어 있음이, 있음과 없음의 균형이, 이대로 서 있겠다고 마음먹은 말의 태도가 끝까지 시와 시인을 버티어 준다. 한 줄의 돌 하나에 또 한 줄의 돌 하나를 올려놓으며/내려놓으며 걸어가는 것이 시인의 시 쓰기라고 한다면, 그 마음을 같이 걸어 보는 것이 독자의 시 읽기라고 할 것이다.

　　우미옥 시인이 만든 말의 돌탑은 이렇게 생겼다.

　　　돌의 머리에
　　　돌 엉덩이를
　　　올려놓으면

떨어지지 않게

잘 이고 있다

풀도 안 발랐는데

착착 달라붙는다

기우뚱하다가도

이내 몸을 꼿꼿이 세운다

보이지 않는 손과 손을 뻗어

서로가 서로를 단단히 잡는다

이대로 서 있겠다고 마음먹으면

아무리 물살이 세어도

꿋꿋이 버티고 있다

역시 돌은 돌답다

— 「돌탑」 전문

"돌"을 '말(言)'로 바꾸어 읽어 본다. 우미옥 시인의 동시 중에는 독자로 하여금 시에 쓰인 말과 대상, 상황을 살짝 다른 것으로 바꾸어 읽고 싶게 만드는 작품이 많다. 「돌탑」도 그중 하나다. "이대로 서 있겠다고" 마음먹은 때문일까. 놓인 말을 따라가면 기도하는 마음이 생겨난다. 어떤 시에 기도의 효험이 있다면 시인이 돌멩이처럼 단단한 마음을 하나, 또 하나 쌓아 올려 시 속에 말의 탑을 넣어 두었기 때문일 터이다.

「돌탑」을 읽으며 드는 마음은 이런 것이다. 시의 말 위에 올려놓는 말 하나, 말 하나를 ① "떨어지지 않게/ 잘 이고" 있기를, ② 말과 말이 "착착 달라붙"기를, ③ "기우뚱하다가도/ 이내 몸을 꼿꼿이" 세울 수 있기를, ④ "보이지 않는 손과 손을 뻗어/ 서로가 서로를 단단히" 붙잡기를, ⑤"아무리 물살" 센 곳에 놓이더라도 "꿋꿋이" 버틸 수 있기를. "이대로 서 있겠다고" 마음먹은 말의 태도가 정확히 대상의 부위("돌의 머리"-"돌 엉덩이")에 딸깍, 하고 얹힐 때 기적처럼 완성되는 관계의 ① + ② + ③ + ④ + ⑤는 돌탑이자 한 편의 시이기도 하다.

잘 보이지는 않지만 "역시 돌은 돌답다"는 마지막 돌 하나의 말은, 'ㄷ'에 획 하나('ㅡ')를 보태 'ㅌ'을 만드는 가획(加劃) 행위와 같아서, '돌'에서 '탑'으로, "돌답"(돌다운 돌)에서 "돌탑"으로 이행해 간 이 시의 전체적인 움직임을 잡아주는 누름돌 같은 말이다. 돌다운 돌이 하나씩 얹혀 돌탑이 만들어지는 것처럼 말다운 말이 하나씩 얹혀 시가 이루어진다는 생각은 "꼿꼿"과 "꿋꿋"의 관계처럼 근사하고 아름답다.

이런 마음의 시인이라서, 꽃마저 돌탑 쌓듯이 한 생을 마감한다고 보는/염원하는 것이겠다.

속 보이지 않게
너풀대지 않게
꽃 잎사귀 돌돌 접어
바닥에 얌전히
톡, 톡, 톡,
떨어뜨린다

—「깔끔쟁이 무궁화」 전문

이쪽을 말하는데 자꾸
저쪽을 기웃거리며

우미옥 시인의 동시는 말과 말의 어울림에서 발생하는 재미와 의미의
체형에 민감하게 반응하며 전개된다. 가령 '음식이 상하여 맛이 시금하게
변하다'는 뜻의 '쉬다'를 '피로를 풀려고 몸을 편안히 두다'는 '쉬다'와 바
꾸거나 섞어 말할 때 말은 통상적인 연결 경로와 다르게 가 붙으며 의외
성을 발생시킨다. 이것이 시를 출발시키는 에너지로 작용한다. 말을 꼬아
서 던져 놓으면 꼬인 것을 풀려고 말은 스스로 꿈틀거리며 이동한다.

밥도 하루쯤 푹 쉬고 싶대
쉬지 않고 매일매일
똑같이 먹히는 건 피곤하대
그래서 하루쯤 쉬라고 했지

그랬더니
발은 안 씻어
냄새 폴폴 나고
이를 안 닦아
누런 하품만 하고
딱딱한 얼굴로
말도 안 해

너무 팍 쉬어 버렸어
우린 하루 종일 쫄쫄 굶었지

— 「쉰밥」 전문

첫 행 "밥도 하루쯤 푹 쉬고 싶대"는 잘 꼬아서 던져 놓은 말이다. 이어지는 행들은 이 첫 행이 꿈틀거리며 도약하며 어떻게든 이상스레 꼬인 의미의 난경을 헤쳐 나가고자 자기를 뒤집으며 움직여 간 말의 행적이다. 여기서 "밥"은 우리가 다 아는 "밥"이면서, '남에게 눌려 지내거나 이용만 당하는 사람을 비유적으로 이르는' 그 "밥"("쉬지 않고 매일매일/ 똑같이 먹히는")이기도 하다. 하나를 말했을 뿐인데 떠오르는 세상의 "밥"들이 너무나 많다. 세상은 이 "밥"들의 쉼 없는 노동으로 돌아가고 있었던 것이다. 「쉰밥」이라는 일상적 소재 하나로 이 세계에 누적된 피로감(2연)을 인상적으로 직조했다.

조금 더 구체적이고 폭넓게 다독거리는 말로 읽히는 「외계인의 보고서」, 내 안의 나를 들여다보고(「강」) 인정하고(「심술쟁이」) 시원하고 환하게 터뜨리는(「눈사람 머리」) 자기 다짐과 위로(「겨울에 해야 할 일」「나와의 약속」), 전혀 다른 나로 새롭게 태어난 사건적 순간을 다룬 「토끼 모자」 같은 작품과 잇대어 읽으면 서로 다른 위로에 기여하는 말하기 방식이 만들어 내는 차이를 발견할 수 있을 것이다.

우미옥 시인의 동시를 읽다 보면 시인은 이쪽을 말하는데 자꾸 저쪽을 기웃거리며 무언가를 찾고 있는 독자인 나를 만나곤 한다. 「껌이 좋은 이유」에서는 "껌" 자리에 '말'이나 '생각'을 넣어 읽는 즐거움이 크고, 「모기 물린 자리」에서는 모기 대신 '너'나 '시' 같은 것을 넣어 보기도 하는 나를 만난다.

왜 그럴까. 시인이 대상이나 상황의 의미를 장악하거나 독차지하지 않고 그것을 자유롭게 풀어 놓는 배치의 방식을 택하기 때문이다. 이럴 때 시인은 자기가 말한 것에 해석의 책임을 지는 사람이 아니라 독자가 해석의 자유를 누리도록 말과 말의 간격을 조정하고 배치의 구도를 잡아

주는 사람에 가깝다.

　그러자면 무엇보다 말과 잘 놀 것. 아무것도 아닌 것 같지만, 아무것도 아닌 놀이 자체를 사랑하는 데서 어떤 시는 시작되고, 그게 전부이기도 하니까.

　　너, 토끼는
　　토끼

　　너, 꼭 끼는
　　닭

　　너, 여유 없는
　　여우

　　그래서
　　너희들이랑
　　안 노는 거야

―「안 노는 이유」 전문

　아무것도 아닌 게 전부인 그 놀이를 아끼고 사랑할 것. 그래야 우리는 서로를 끼워 줄 수 있는 사이에 들 수 있다.

하나를 버리면 또 하나가
생겨나는 알맹이

> 나를 바나나처럼 깔 수 있다면
> 호두처럼 깰 수 있다면
> 내 알맹이를 볼 수 있을 거야
> 굼벵이처럼 말랑하고
> 달팽이처럼 느릿한
>
> 가끔 내 안의 알맹이를 생각해
> 돌멩이처럼 단단하게 익으면
> 꺼내서 강물에 던지고 싶어
> 물수제비를 세 번쯤 뜰 수 있으면 좋겠어

— 「내 알맹이」 전문

"나" 또는 "내 안의 알맹이"를 말하기 위해 무겁고 진지한 무엇이 아니라 "바나나"를 가져 오고, 호두를 가져 오는 시인의 생각이 재밌다. "나"와 "바나나"가 대체 무슨 상관이란 말인가 싶지만, 바나나 껍질을 벗기면 "나"가 두 개나 들어 있다는 사실. 그래서 나는 바나나와 연결되고, 바나나 껍질을 '깐다'는 말은 '깬다'는 말과 이어지며 "호두"를 불러온다. 그렇게 우리는 불과 3행 만에 각자 자기 안으로 들어가 "굼벵이처럼 말랑하고/ 달팽이처럼 느릿한" "내 알맹이"를 상상하고 감각하게 된다.

이 과정에서 형태적 유사성을 지닌 3음절 말들의 연쇄("알맹이" "굼벵이"

"달팽이" "알맹이" "돌멩이")가 동그란 리듬을 그리는 가운데 시는 다소 의외의 지점으로 빠져나간다. 그러니까 이렇게 찾아낸 알맹이를, 그것도 "돌멩이처럼 단단하게 익으면" 잘 보관하겠다거나 하지 않고 "꺼내서 강물에 던지고" 싶단다. 강을 건너길 바라는 것도 아니고 그저 "물수제비를 세 번쯤 뜰 수" 있는 정도의 꿈이라니. 무겁지 않은 알맹이라서, 하나를 버리면 또 하나가 생겨나는 알맹이라서, 나를 가라앉히기보다 가볍게 하는 알맹이라서 좋다.

'알맹이-굼벵이-달팽이-알맹이-돌멩이' '바나나-호두-물수제비'(는 못 먹지만 수제비는 들어 있는), '깔 수-깰 수-뜰 수' 같은 말의 흐름이 "알맹이"를 바라보는 고정적이며 관습적인 시선에서 독자를 자유롭게 풀어 준다. 의미를 구성하기 위해 말이 동원되지 않고 말의 자유로움이 다른 방향과 태도를 상상하게 만든다.

고정된 시선이 아니라 다르게 보기는 한자어인 폭포(瀑布)를 우리말 음성 상징어("폭폭폭폭/ 포록포록포로록/ 폭포폭포폭포폭포포포")로 유쾌하게 바꾸어 버리기도 하고(「폭포」), 여태까지 시각으로만 접속해 오던 반딧불이의 빛을 "차갑고 환한" "울음"으로 새로이 바라보게도 한다(「반딧불이의 울음」). "쩍쩍 갈라지기 시작"하는 한강 얼음을 보며, "분명 얼음 아래 누군가/ 돌멩이를 던지고 있다"고 말하는 것은 새로운 발견에 가깝다(「봄이 오는 소리」). 주체의 정체(동물, 사물, 비인간 등)/위치/시선을 다른 쪽에서 발생시킬 때 나타나는 효과다. 「동물원 아기 곰」 「방석과의 편지」 「외계인의 보고서」 「겨울에게」 같은 작품이 여기에 속한다. 「돼지」 「변신 가족」 「배꼽을 줍다」는 문명화된 세계 속에 살아가는 우리네의 현재를 폭넓게 소환하고 환기한다. 우미옥 동시가 가진 단단하고 든든한 힘이자 매력이고 가능성이다.

우미옥 시인의 동시는 읽을수록 걸리고 달라붙고 휘감기고 감싸는 게 많아진다. 무슨 멀고 거대한 것이 아니라 "손톱만 한 거미 한 마리"처럼 작은 동시가 할 수 있는 일이어서 한결 가깝고 좋다.

숲을 걷는데
팔에 걸리는 거미줄
얼굴에 달라붙는 거미줄
다리에 휘감기는 거미줄
목을 감싸는 거미줄

거미줄로 꽁꽁 묶어서
끌고 가고 싶은가 보다

도대체 어떤 거미가
인간을 먹겠다는
과감한 시도를 하는 거야

씩씩거리며 둘러보니
손톱만 한 거미 한 마리
뽈뽈뽈 망가진 거미줄 고치고 있다

— 「과감한 거미줄」 전문

첫 발표작 세 편(『동시마중』 2015년 5·6월호)을 비롯해서 2015년에서 2020년까지, 2018년 한 해를 빼놓고 꼬박꼬박 선정된 '올해의 동시'(『동시마중』11·12월호) 6편 등 우미옥 동시의 정수를 이루는 작품을 첫 동시집 『비밀 다락방』(상상, 2021)에서 만나지 못하는 건 아쉬움으로 남는다. 역설적으로 이 점이, 이 시인의 두 번째 동시집을 벌써부터 기다리게 만든다. 첫 발표작 「내일 놀러 오세요」「돌멩이빵」「엉덩이 동물원」을 처음 만났을 때 나는 일찌감치 앞으로 오랫동안 우미옥 동시의 독자가 될 것을 예감했는데, 그의 동시가 독자인 나를 모기 물린 자리처럼 오래 가렵게 만들었기 때문이다. 우미옥 시인은 말을 돌멩이처럼 단단하게 놓을 줄도 알고 모기 물린 자리처럼 가렵게도 할 줄 안다. 애독자로서 둘 중 어느 것도 포기할 수 없다. 『비밀 다락방』이 독자들에게 오래도록, "온몸으로 미친 듯이 기억"되기를 바란다.

우린 순식간에 만나고 이별했는데
서로 얼굴도 못 보고 헤어졌는데
참 오래도 기억한다
온몸으로 미친 듯이 기억한다
며칠이 지났는데도
만났던 그 기억
점점 더 붉어진다
점점 더 가려워진다

— 「모기 물린 자리」 전문

있었던 것의 없음이
우리에게 있음을 알리는 트라이앵글

—송진권 동시집 『어떤 것』 이야기

우리가 잃어버린 그, 어떤 것은 무엇인가. 무엇인지는 모르지만, 그것을 주머니에 넣고 어디도 아닌 다른 곳으로 가기도 했으며(행방을 모르며), 아무도 아닌 누구에게 맡겨 두기도 하고(맡아 준 이를 모르고), 여기도 아니고 저기도 아닌 곳에 넣어 두었다(장소를 모른다). 높은 곳도 아니고 낮은 데도 아니며(위치가 불명확하며), 옛날도 지금도 내일도 아닌 데다(시간이 불분명하지만), 상자 안에 상자를 넣고 상자 안에 또 작은 상자 속에 넣어, 깊지도 얕지도 않은 마음속 '나'만 아는(그러므로 우리는 모르는) 곳에 두었다. 나중에 나중에 꺼내 보아야겠다고 생각하면서. 그런데 나이 먹으면서(생활과 성장의 시간이 깎아 대는 마모를 견디지 못하고) 그것을 어디다 두었는지, 그것이 어떤 것이었는지도 잘 모르는 지경에 놓이고 말았다.

시적 주체는 그, 어떤 것이 무엇인지를 기억하지 못한다(그러나 소중한 무언가를 잊어버렸다는 것만은 분명히 기억한다.). 나만 아는 것인데 내가 모른다면, 찾을 수 없는 것에 가깝다. 그러나 꼭 찾았으면 싶은 것이어서, 송진권의 『어떤 것』(문학동네, 2019)은 다음과 같은 간곡한 전언을 동반하게 된다. "나중에라도 너희들은 꼭꼭 기억해 둬야 해 그게 어떤 것이었는지 어떤 것이 무엇이었는지." "나중에라도"는 '시간이 아무리 흘러도'의 뜻으로 읽게 되는데, 그것은 지금(어린 시절에)뿐 아니라 "나중에 나중에"(어른의 시간에) 더 긴요하게 소용될 것이기에 그렇다.

그것은 무엇일까. 그것이 무엇인지 잊지 않기 위해서는 어떻게 해야 할까. 있을 때 몰랐던 것이 없어지고 난 뒤에(어른이 된 다음) 더욱 또렷이 드러나는 것은 무엇에 힘입어서인가.

**없음 그러나
있음**

잎사귀가 있을 때는 몰랐는데
잎 지고 난 뒤에 보니
담장 위를 지나간 고양이
넝쿨에 앉았던 뱁새 떼
답답해서 나온 지렁이며
한숨 쉬며 울고 간 아주머니
말들을 모두 빼곡하게 적어 두었어요
하나도 잊지 않고
또박또박 적어 두었어요

— 「담쟁이」 전문

한 번쯤 지나쳤을 법한 어느 길가 담벼락에 담쟁이가 "하나도 잊지 않고" "또박또박" 잎사귀 아래 "빼곡하게 적어" 둔 것은 그리 대단해 보이지 않는, 그저 아무렇지 않게 지나치곤 하던 풍경, 생활의 외부에 가깝다. 「엄청 아주 중요한」에서 기록하고 있듯이, 그것은 아주 "작은 것", 그래서 눈여겨보지 않아도 좋을 "그깟" 것, 눈여겨볼 때만 겨우 존재하는 것이다. 가령, 발에 밟히는 채송화, 길을 잃고 갈팡질팡하는 개미들, 허물을 뚫고 나오지 못하는 매미나 알을 깨고 나온 한 마리 병아리 같은 것. 관심이 없어서가 아니라 "엄청나게 아주 중요한 일 때문에 그런 작은 것에 신경 쓸 틈이 없"(다고 생각하)는 사람들에게, 그에 반응하는 것은 그저 한가로운 "엉뚱한 소리"로 들리거나 한심한 "눈물"로 보이기 마련이다.

그런데 시가 일용하는 양식은 바로 이렇게 세상으로부터, 시대로부터 외면받고, 배제되고, 누락되어 마치 부재하는 것처럼, 흘러가거나 사라져 버린 것처럼 보이는(그래서 보이지 않는), 생활의 내부가 아니라 외부로 밀려난 것이다. 이것이 바로 송진권 시인의 두 번째 동시집을 여는 작품이 다른 게 아니라 「어떤 것」이 되어야 하는 까닭이며, 이 동시집의 중심에 '없는(것으로 치부된) 것의 있음', '있었던 것의 없음이 있음'이 놓이는 까닭이다.

분명 우리 둘뿐이었잖아?
밥 다 먹고
설거지할 때 보니까
밥그릇이 셋 국그릇도 셋
숟가락도 세 개더라

합창 대회 나갔을 때 생각나?

연습할 때 들리지 않던 목소리가 들렸지

듣는 사람들은 잘 모르겠지만

우리는 알 수 있잖아

누가 왔다 간 거 아냐?

초인종 안 울렸지?

문도 그대로 닫혀 있고

바람도 불지 않았잖아

나방이 같은 것도 아니고

하루살이나 거미도 아닌데

반짝

현관 센서등에 불이 켜졌어

—「누구지?」 전문

송진권 시인의 작품이 아니라면 그저 가볍고 재밌는 공포물로 읽고 지나쳐도 좋을 것인데, 그의 맥락에 붙잡혀 있기에 그럴 수 없다. '있었던 것의 없음'이 생활 내부에 깊숙이 들어와 우리와 함께 살고 '있음'을 드러내는 것으로 읽게 되기 때문이다. 「없는 개」는 이런 역설적 상황을 좀 더 쉽고 확연하게 보여 준다.

개가 죽고

감나무 밑에 빈 개집

빈 개집 앞에 개밥 그릇만 놓였습니다

바닥이 반질반질한
개밥 그릇만 놓였습니다

빈 개집을 들여다보던 할머니가
개밥 그릇에 떨어진 땡감을 주워 듭니다
할머니가 빈 개집 안을 들여다봅니다

꼭 꼬리 치며 나올 것 같아서
컹컹 짖으며 드러누울 것 같아서

없는 개는
없는 개지만
없는 채로도
아직 개집 안에 삽니다

—「없는 개」 전문

'있었던 것의 없음이 있음'이 무엇을 말하는지가 또렷하다. 그런데 이것은 거저 드러나지 않는다. 주체가 들여다봄으로써 비로소 대상의 없음이 확인되고, 이 확인 행위를 거쳐 없음은, 있음이 없음, 없음이 있음의 상태로 드러나게 된다. 없음이 있다면 그것은 없는 것인가, 있는 것인가. 없음이 있음을 알기에 그것은 부재하지만 다른 형태로 존재하는 것이 된다.

송진권 시인은 첫 시집 『자라는 돌』(창비, 2011)에서부터 첫 동시집 『새 그리는 방법』(문학동네, 2014)을 지나 두 번째 시집 『거기 그런 사람이 살았다고』(걷는사람, 2018)에 이르기까지 '있었던 것의 없음이 있음'을 생생하고도 일관되게 기록해 왔다. 『어떤 것』에서는 전작의 기조를 유지하면서도 사뭇 다르게 읽히는 변화의 지점이 목격된다. 그 내용을 살피기에 앞서 송진권 동시가 주는 감동의 울림이 어떤 구조에서 연유하는지부터 알아보자.

떨어져 나간 관계의 세계에서
살아가는 이야기

세 사람이 살았는데
한 사람이 어디로 갔어
두 사람만 남았어

한 사람은 새를 따라갔다고도 하고
산을 넘어가는 걸 봤다고도 하고
말을 타고 갔다고도 해

두 사람은 한 사람을 생각하며
세 사람이 좋아하던 국수를 먹어
울면서 국수를 먹어
어디서 아프지나 않은지
밥은 굶지나 않는지

한 사람은 두 사람을 생각해

두 사람도 한 사람을 생각해

울면서 퉁퉁 불은 국수를 먹어

— 「트라이앵글」 전문

트라이앵글(triangle)은 삼각형, 삼각관계의 뜻도 있지만, 여기서는 그 뜻을 포함하면서 악기 트라이앵글을 가리키는 것으로 읽힌다. 트라이앵글의 모양을 떠올려 보기 바란다. 삼각형인데 각(角) 하나가 없다. 없는 각 하나를, 있는 두 각이 가리키는 모양새다. 나는 이렇게 쓴 적이 있다 (「부재를 비추는 거울의 시간」, 『길에서 기린을 만난다면』, 사계절, 2018, 해설). 요약해 본다.

이 작품은 트라이앵글의 부재하는 각 하나를, 세 사람이 같이 살다 그 중 한 사람이 떠나간 빈자리, 그래서 두 사람만 남은 자리로 읽으면서 출발한다(1연). 2연에서는 떠나간 사람에 대한 풍문을 전한다. 이런 불명확한 풍문은 바탕음이 배음의 부분음들로 인해 흐려지기 때문에 불명확한 음높이밖에 낼 수 없는 트라이앵글의 특성에 부합한다. 어떻게 해도 수습되지 않는 부재의 시간은 걱정과 근심, 아픔과 슬픔, 셋이 함께했던 시간으로 거슬러 가는 그리움, 언제 끝날지 모를 불안을 호출한다(3연). 마지막 연을 다시 보면 이렇다.

한 사람은 두 사람을 생각해

두 사람도 한 사람을 생각해

울면서 퉁퉁 불은 국수를 먹어

1행과 2행이 마주 본다. 두 개가 한 짝을 이루는 젓가락, 키가 같은 국수 가락이 떠오른다. 동질적인 것의 부재여서 슬픔을 동반하지만, 한 가닥 소식조차 모르지만, 이들은 국수를 먹는 행위 가운데 서로 이어져 있다. 부재하지만 존재하는 것이다. "퉁퉁 불은 국수"는 너무 울어서 퉁퉁 부은 눈두덩을 떠오르게 한다. 사라진 구석 하나, 떨어져 나간 모퉁이 하나를 찾는 일이야말로 국수를 먹는 일처럼 흔한 일상, 인생의 근원적 모습이라는 전언이겠다.

송진권 동시의 감동 구조가 있었던(과거) 것의 없음이 있음(현재)을 가리키는 모양새로 짜였음을 알 수 있다. 충일성의 과거를 현재로 소환함으로써 현재의 부재감을 드러내는 구조. 첫 동시집 『새 그리는 방법』의 세계는 자연-신성(神性)-인간을 축으로 하는 충일성의 삼각형 구조였는데, 작품 밖의 시인과 독자는 이미 그 세계가 없어진 것임을, 그래서 없어진 있음임을 안다. 트라이앵글의 부재하는 각 하나의 현존을 의식하게 됨으로써, 있었던 것의 없음이 있음을 알게 됨으로써 독자는 커다란 상실감을, 그로부터 육박해 오는 정서적 울림을 경험하게 되는 것이다.

시인은 산문 「톰 소여랑 허클베리 핀이랑」(『동시마중』 2017년 5·6월호)에 이렇게 썼다.

온갖 샤머니즘과 미신들이 뒤섞여 살고 있어서 두려움이 뭔지 알았던 때 자연은 넉넉하게 나를 품어 주었고 감싸 주었다. 살면서 내가 힘들거나 깊은 슬픔에 빠져 흔들릴 때도 이곳의 부드럽게 휘어져 나간 강물과 완만한 산들은 나를 위로해 주었다. 그리고 저수지의 일렁이던 물빛과 피라미 떼들과 소를 데리고 집에 돌아오던 그 저녁의 풍경들이 내 속 깊은 데엔 아직도 일렁이고 있다.

샤머니즘과 미신을 '신성(神性)'의 세계로 본다면, 이것이 자연-신성-인간의 삼각형으로 이루어진 세계에 관한 이야기임을 알 수 있다. "나중에 나중에"까지 "꼭꼭 기억해 둬야"(「어떤 것」) 할 게 무엇인지도 유추해 보게 된다.

이번 동시집에서는 무엇보다 인간에게서 신성과 자연이 분리되어 사라지거나 축출되고 축소된 원인에 관한 직접적인 언급이 눈에 띈다. 이는 인간에게서 인간 '관계'가 떨어져 나간 원인과도 궤를 같이하는 것이어서, 이를 '떨어져 나간 관계의 세계에서 살아가는 이야기 —『새 그리는 방법』이후의 세계'라고 이름 붙여 본다. 시인의 진단은 이렇다.

우리는 엄청나게 아주 중요한 일 때문에 그런 작은 것에 신경 쓸 틈이 없어 그깟 채송화야 밟히면 어떻고 개미들이 길을 잃고 갈팡질팡하면 어때 염소 떼가 밭을 뭉개고 닭들이 집 밖으로 나가 돌아다니면 좀 어떠냐고 지금 너무 바쁘다니까

제발 엉뚱한 소리 그만하고 저쪽으로 좀 가 줄래 지금 아주 중요한 일을 하는 중이야 도무지 다른 것엔 신경 쓸 틈이 없다니까 매미가 허물을 못 뚫고 나오는 거 따위나 병아리 한 마리 태어난 건 아무것도 아니야

왜 이래, 그깟 늙은 개 한 마리 죽은 거 가지고 눈물이나 흘리다니 부끄럽지도 않아 시간 없단 말야 아주 중요한 일을 하러 나가야 한다니까 엄청나게 아주 중요한 일 때문이라니까

— 「엄청 아주 중요한」 전문

이제는 밤도 대낮처럼 환해지고

오래된 나무는 잘려 나가고

숲도 사람들이 다 차지하고 살아서

도깨비들이 어디에 숨을까 걱정하다가

말 속에 숨은 거야

진눈깨비엔 그래서

'도깨비놀음 하듯'이란 말도 따라붙지

별안간 어두컴컴해지고

희뜩희뜩 눈발이 치다가

도깨비 방망이 내려치듯 눈보라 치다가

심술부리듯 비 뿌려 길이 질척질척해지는 거지

방아깨비란 말 속에 숨어서

방아깨비들을 콩 튀듯 팥 튀듯

튕겨 올리기도 하지

또 어디어디에 숨었을까

도깨비들이

무슨무슨 말 속에 숨어서 살까

—「도깨비가 사는 곳」 전문

그러니까 문명화 과정의 폭력적 전개에 따라 인간을 둘러싸고 있던 신성과 자연이 파괴되고 축소되었으며, 문명의 시간표에 적힌 대로 살아가기에 바빠 작지만 소중한 것들의 가치, 상호 관계성을 상실한 채 우리 모두가 살아가게 되었다는 것. 「트라이앵글」을 이러한 관계성의 파괴 및 상실에 관해 우리 공동체가 치르는 애도 의식의 상징으로 읽게 되는 것은 이 때문이다.

시인의 위치는 분명하다. 「물 건너온 개」「유모차 탄 개」「없는 개」에 등장해서 "개 준다고 생선 대가리며 내장"을 얻어 오고, "듬성듬성 털 빠지고 깡마른 늙은 개"를 유모차에 태워 "햇볕이라두 좀 쬐"어 주며, 빈 개집을 들여다보는 할머니의 위치. 그 목소리는 이렇게 말한다. "나 살았을 적 먼저 보내야지/ 나 죽으믄 누가 하겠어".

『새 그리는 방법』에서 시인은 우리가 돌 밑에 눌러두고 떠나온 세계를 돌을 들추어 하나하나 환하게 보여 주었다. 그리고 5년이 지난 지금 그 불빛이 서서히 페이드아웃(fade-out)되고 있음을 본다. 이리하여 그 세계는 우리 내부에 온전히 보존된다.

돌을 들추니
지렁이, 달팽이, 애기 지네, 개미 들
옷도 안 갈아입었는데
갑자기 불을 켜면 어쩌느냐고
개미는 아기들 놀란다고 알을 물고 야단법석
지렁이는 벗어 둔 안경 찾는다고 더듬더듬
애기 지네는 신발 신느라고 허둥지둥
달팽이는 마음만 급해 집에 뭘 두고 나왔다고
들어가더니 영 다시 나오지를 않고

미안해서

얼른 불을 꺼 주었지요

—「돌 밑」 전문

「노래나 불렀지」「달팽이 껍질만 남은 이야기」「감나무와 개」「봄비」「굴뚝새」「억울한 두꺼비」「잠자리의 잠자리」「숨 쉬는 자라」「머윗잎 아래」「백(白)」「까마득이」「잘 계시나 부다」「추석」「고소한 돈」 같은 작품은 송진권 시인이 너무나 잘 쓰는 방식이고, 앞서 살펴본 읽기의 맥락과 결이 다르게 읽히기는 하지만 『새 그리는 방법』에서도 이미 탁월하게 구사된 바 있다. 가령 「노래나 불렀지」「굴뚝새」「억울한 두꺼비」「잠자리의 잠자리」「까마득이」에 나오는 귀뚜라미, 굴뚝새, 두꺼비, 잠자리, 거미는 『새 그리는 방법』의 노이히 삼촌(「노이히 삼촌을 생각함 1」「노이히 삼촌을 생각함 2」)과 만근이(「어둑시니 만근이」)의 캐릭터가 분화되고 내면화된 예로 읽음 직하다. 나아가 「까마득이」는 노이히 삼촌과 만근이에게 승리의 서사를 부여한 것으로 읽히기도 한다.

이것도 차이이기는 하지만 더 큰 차이를 보이는 작품으로, 「비행기」「자동 세차장」「선풍기」에 주목하게 되는데, 이 소재가 『새 그리는 방법』 이후의 세계―문명화된 도시적 삶의 구성물이어서 그렇고, 이들 앞에 보이는 시적 주체의 대응이 자연물에 반응하는 것과는 사뭇 다른 양상이기 때문에 그러하다. 당연한 말을 덧붙이자면, 이 동시집은 시집 두 권을 포함한 전작들을 함께 읽을 때 더욱 풍성한 텍스트가 된다. 작품들은 서로 얽히면서 시에서 동시로, 다시 동시에서 시로 이동하고 교차되는 가운데 다양하게 변주되고 심화된다.

내 아기는 아직 어려

두꺼비 기름도 때맞춰 발라 줘야 하고

해바라기 유모차도 필요하지

─「비행기」 1연

어떡해

우리 차를 삼키려고 해

북슬북슬 털북숭이 괴물이 데굴데굴 굴러와서

침을 뚝뚝 흘리고 있어

두 눈을 벌겋게 뜨고 우릴 잡아먹으려나 봐

─「자동 세차장」 1연

방 안에 떨어진 말들이 깨지고

흩어지며 이상한 말들이 생겨났다

슈ㅠㅠ퍼이'ㅓ;;ㅕ크

먹곡;푸;ㄴ모하;머 슬러시

슈루루루루피플루루루

─「선풍기」 3, 4연

물론 이 작품들의 화자는 어린이이고, 그래서 일상 사물과 현장에 새
롭고 낯설게 반응하는 것이 자연스럽긴 하지만, 『새 그리는 방법』에서와
달리 시적 대상을 매우 이질적으로 바라보는 것으로 읽힌다. 이와 같은

맥락에서 「야근」에 등장하는 해와 달 역시 『자라는 돌』 『새 그리는 방법』에 등장하는 자연물로서가 아니라 사람의 지속적인 수리를 요하는 인공물로 표현되었다는 점은 흥미롭다. 또한 「수박이 둥둥」(『새 그리는 방법』)과 이 동시집의 「불쌍한 수박」 사이에 놓인 거리도 눈여겨보게 된다. 전작들에 수없이 등장했던 「반딧불」도 이전의 그것이 아니다. 이번 동시집을 '떨어져 나간 관계의 세계에서 살아가는 이야기 —『새 그리는 방법』 이후의 세계'로 이동하는 것으로 읽는 이유다.

시인의 초상
시의 빛

『새 그리는 방법』의 두 주인공(「어진이랑 가온이가 유치원에서 돌아올 때」 「숨바꼭질」)인 어진이와 가온이도 훌쩍 자라 성장에 따른 고통(「액체괴물」)과 분리 의식(「우리가 나고 자란 집」)을 치르기도 하고, 제법 의젓한 모습을 보여 주기도 한다(「심심할까 봐」). 시인은 「감나무와 개」 「컴퍼스」에서, 「키로 간다」(『새 그리는 방법』)에서 그러했듯이 이들의 성장을 소망하고 응원하지만, 이들이 이미 되돌아갈 수 없는 시간 밖으로, '있었던 것의 없음이 있음'의 세계로 튕겨져 나온 것은 분명한 사실이다. 그리하여 이제 분리된 두 세계의 조우는, "한 입씩/ 한 입씩/ 폭포를 베어 먹으며" "기어 올라"(「폭포 위」)가야 어렵사리 가능한 것이 되었다. 그나마 다행이라면 이들이 치른 분리 의식이 비폭력적인 방식으로, 매우 품격 있는 애도의 절차로 수행되었다는 점이다.

우리가 나고 자란 집을 떠나
오늘 이사 갑니다
장야 주공 아파트 3층
목련나무가 베란다를 들여다보는 집

우리가 나고 자란 집은
우리가 아기 때부터
벽에 그림을 그려 놓고
장판에 글씨를 써 놓아서 지저분합니다

우리가 나고 자란 집은
벽에 곰팡이가 피었고 욕조는 내려앉았습니다
이삿짐 차에 우리 짐이 다 실리고
우리 집을 떠날 때
나는 나와 동생이 어릴 때
벽에 그려 놓은 그림들이 눈물 흘리며
잘 가라고 손 흔드는 걸 보았습니다

우리가 나고 자란 집
현관문이 닫힐 때 조금 눈물이 났습니다
우리가 나고 자란 집의
현관에 내가 붙여 놓은 공룡 스티커도
나를 보고 손을 흔들었습니다

　　　　　　　　　　　　　—「우리가 나고 자란 집」 전문

분리의 현장이 이렇게 기록되고 애도되었으므로, 이들은 부모 세대보다 조금 덜 헤매게 될까? 기억해 두어야 할 「어떤 것」의 목록이 이렇게 적어 둠의 행위를 통해 좀 더 적어지고 또렷해졌으니 말이다. 그러나 그렇지는 않을 것이다. 모든 세대와 개인에게 「어떤 것」은 '있었던 것의 없음이 있음'을 통해 영원히 부재하는 것이니까. 그렇기에 그것의 최후까지의 발견자이자 표현자로서 시인의 발걸음 역시 "깜박깜박/ 푸른 불빛"으로 이어질 수밖에 없다. 깜깜한 밤, "따악 딱" 소리와 함께 하늘에 피어나는 푸른 불빛, 이것이야말로 신성이 사라진 세계에 처한 시인의 초상, 시의 빛이 아닐까.

누가 차돌멩이 두 개 들고
따악 딱
부딪치며 가나 봐

깜깜한 하늘에
깜박깜박
푸른 불빛

— 「반딧불」 전문